인문학적 감성으로
과학을 바라보다

인문학적 감성으로 과학을 바라보다

지은이 | 김준원, 문성민, 문재혁, 배성호, 백지훈, 손종민, 이일중, 정우진, 조건희
엮은이 | 최희숙

발 행 | 2017년 4월 10일

펴낸이 | 신중현
펴낸곳 | 도서출판 학이사
출판등록 | 제25100-2005-28호

대구광역시 달서구 문화회관11안길 22-1(장동)
전화_(053) 554-3431, 3432   팩시밀리_(053) 554-3433
홈페이지_http://www. 학이사. kr
이메일_hes3431@naver.com

ISBN _979-11-5854-072-2 03810

인문학적 감성으로
과학을 바라보다

대구과학고등학교 29기
김준원 문성민 문재혁
배성호 백지훈 손종민
이일중 정우진 조건희

최희숙 엮음

學而思 | 학이사

냉철한 이성과 따뜻한 감성의 조화를 이뤄야

인류의 문명을 발달시킨 것이 과학 기술임을 어느 누구도 부인할 수는 없을 것입니다.

'그러면 과학 기술의 발달이 인류에게 긍정적이기만 한 것일까?

과학 기술에 대해 제기한 아이들의 의문이 이 책의 출발점이었습니다.

최근 들어 과학 기술이 놀라울 정도로 급격히 발달하고 이에 대한 의존도가 높아지면서 사람들은 과학 기술의 발전이 가져올 미래생활에 대한 막연한 기대감과 함께 알지 못할 두려움도 가지게 된 것 같습니다.

과학 기술의 비약적인 발전을 체감하고 있는 현실 속에서 미래사회를 이끌어갈 인재가 되기 위해 과학을 공부하고 있는 학생들이 자신들 삶의 중심이라고 할 수 있는 과학에 대해 의문을 던지고 진지하게 고민하였습니다. 그리고 그 내용을 이 책에 담았습니다.

1년여의 시간 동안 책을 쓰면서 과학에 대해 많은 생각을 했을 학생들이 이끌어 낸 결론은 과학자는 연구의 근본을 인간에게 두고 인간을 위해 과학 발전을 이루어 나가야 한다는 것입니다. 그러기 위해 과학자는 냉철한 이성과 따뜻한 감성의 조화를 이뤄야 한다고 이 책의 저자들은 밝히고 있습니다.

　미숙하기는 하지만 누구보다 따뜻한 마음을 가진 미래의 과학도들이 날카로운 판단력과 인문학적 감성으로 과학을 바라보고 스스럼없이 자신들의 생각을 풀어낸 이 책을 읽으며 과학과 인간을 이어 보는 것은 어떨까요?

2017년 3월
교장 엄기성

인문학적 감성으로 과학을 표현

"선생님, 책을 쓴다구요?"

처음 책쓰기에 대해 안내했을 때 1학년 전교생 96명은 당황한 얼굴로 이렇게 되물었습니다.

그리고 '과학과 인간'이라는 주제를 말했을 때 아이들의 얼굴은 암담한 표정으로 변했습니다.

이것이 우리의 첫 책쓰기 활동이었습니다.

이후 3명씩 모둠을 이루어 모둠별 책 주제를 정하고 그것에 맞게 개인별 주제를 정하고, 참고 자료들을 읽고, 글을 쓰고, 협의를 하고 수정하고…. 이렇게 책은 조금씩 완성돼 갔습니다.

과학 영재로 불리는 학생들이 인류에게 도움이 되는 과학이 어떤 것인지, 어떤 과학자가 될 것인지를 심각하게 고민하며 책은 완성돼 갔습니다.

3월에 시작한 책쓰기 활동이 10월에 마무리가 되면서 96명의 아이들은 강당에 모여 자신들이 쓴 책에 대해 발표하고 친구들의 책 내용과 책쓰기 과정에 대해 질문하며 함께 생각을 나누고 공감하며 성장하였습니다.

"선생님, 우리가 책을 썼어요."

자신들의 책을 한 권씩 들고 뿌듯해하던 아이들의 모습이 잊히지 않습니다.

완성된 32권의 책 모두 훌륭한 내용이었지만 그중 인문학적 감성으로 과학을 표현한 책 3권을 선정하여 이렇게 출판을 하게 되었습니다. 이 책을 통해 미래 과학자들의 진심을 느껴 보시기 바랍니다.

그리고 긴 시간 동안 노력하며 책을 쓴 96명의 대구과학고등학교 29기 학생들에게 칭찬과 격려의 마음을 전합니다.

따뜻한 봄날에
교사 최희숙

■ 차 례

1. 3개의 삶, 3개의 그림자

2. 2061

3. 과학기술과 윤리

1

3개의 삶, 3개의 그림자

과거의 그림자 : desiderio

현재의 그림자 : 시간 여행

미래의 그림자 : 손가락 9개

과거의 그림자 : desiderio

배 성 호

1

"하아 …."

난 오늘도 쉴 새 없이 일한다. 끊임없이 면직물을 토해내는 저 기계를 보면 마치 내가 기계가 된 것 같다. 여기 온 지는 조금 됐다. 오늘이 정확히 8년째 되는 날이다. 더 행복해 질 거라는 말을 듣고 왔지만, 행복은 이미 나에게서 떠나간 지 오래다. 어릴 때 편안한 안식처로 갈 것이라는 나의 기대는 굳게 닫힌 저 공장 문과 쉴 새 없이 돌아가는 기계소리와 함께 처참히 무너졌고, 따뜻할 것만 같았던 나의 두 번째 보금자리는 악덕하고 못된 공장주 '폴'에게 짓밟히고 뭉개졌다.

"에들리, 그만 쉬고 일 좀 해 … 이러다 걸리겠어."

"누가 보면 내가 맨날 놀기만 하는 줄 알겠다. 나 정말 1분도 안 쉬었어!!"

내 옆자리에 앉은 이 아이는 내 친구 에들리이다. 맨날 투닥거리며 지내지만 나의 하나밖에 없는 친구이다. 얘를 언제 만났는지는 정확히 기억나지 않지만 사람들이 말하기를 처음 만난 순간부터 나와 줄곧 함께 해왔다고 한다. 장난기만 조금 빼면 정말 완벽한 친구일 텐데, 얘는 뭐 진지할 때가 거의 없다.

에들리가 일을 다시 시작하려던 참이었다. 작업장 문 쪽에서 큰 호통소리가 들려왔다.

"거기 3번째 줄 맨 끝에서 4번째 일로 나와!"

에들리는 두리번두리번하다가 자신을 가리키며 나에게

"나야?"

라고 물어보고 황급히 자리에서 일어나 문 쪽으로 뛰어나갔다. 결국 또 걸린 것이다.

"짝! … 짝! … 짝! … 짝!"

채찍으로 사정없이 에들리를 후려치는 관리인들을 눈 뜨고는 도저히 못 보겠다. 친구 마음이 찢어지는 걸 에들리는 아는지 모르는지… 도통 모르겠다.

"씁 … 흐하 … 아 … 쓰라려 …"

피가 맺힌 종아리를 붙잡고 절뚝거리며 멀리서 걸어오던 에들리와 눈이 마주치자 에들리는 아무 일도 없었다는 듯이 해맑게 웃는다.

'어휴, 저 병신….'

"제이슨! 나 그래도 이번엔 피는 안 났어!!"

"그걸 말이라고 하냐!"

그렇게 얼마나 시간이 흘렀을까 일을 하다 보니 어느새 저녁을 알리는 종소리가 크게 울렸다.

"댕! 댕! 댕!"

종소리가 나면 사람들은 숨 돌릴 틈 없이 너 죽고 나 살자하며 배식대로 달려든다. 배식대는 지하 1층에 있기에 계단을 내려가야 한다. 주위를 살피지 않고 질서 없이 계단을 우르르 내려가다 보면 사람들에게 이리저리 치이고, 밟히는 경우가 종종 생겨 안전사고가 자주 발생한다. 저녁은 고작 밀빵 반조각과 물 두 모금 정도이다. 하지만, 사람들이 이렇게 목숨을 거는 데에는 다 이유가 있다. 첫째로, 식사를 하지 않고 15시간의 노역을 버티는 것은 불가능에 가깝다. 원래는 오전 10시부터 오후 10시까지 12시간 일하는 것이 원칙이었지만, 공장의 수익과 일률이 너무 낮다는 공장주의 이기적인 생각으로 오전 9시부터 자정까지 총 15시간 일하는 것으로 규율이 바뀌었다. 둘째로, 이 공장에 배급되는 빵의 양이 매일 달라 아예 먹지 못하는 경우가 자주 생긴다. 나랑 에들리도 멍을 때리다 가보면 이미 빵이 모두 없어진 경우가 빈번했다. 다행히도 오늘은 늦지 않게 도착했다. 관리인들이 접시에 빵과 물을 담아 하나하나 나눠주다 에들리 앞에서 잠시 멈춰 섰다.

"넌 왜 앉아있어. 일도 안 하는 게. 일도 안 하는 새끼는 먹을 자격도 없어! 빨리 꺼져!"

나는 그 말을 들음과 동시에 관리인을 째려보았다. 그러자 에들리는 나의 옆구리를 꼬집으며 하지 말라는 눈치를 주었다.

"제이슨, 그렇게 째려보다 걸리기라도 하면 어쩌려고 그래. 그러다 너까지 밥 못 먹어 ….."

"너 진짜 미쳤어? 벌써 4일째야. 요즘 왜 이렇게 일하기 싫어하는 건데. 도대체 이유가 뭐야?"

"그런 거 없어. 하기 싫은데 이유가 있냐. 그냥 하기 싫은 거지. 난 내가 여기서 왜 이렇게 일만 해야 하는지도 모르겠거든."

"하, 아무리 그래도 그렇지 너 이러다가 진짜 굶어 죽겠어"

나는 에들리에게 내 빵의 반을 떼어주며 말했다.

"내가 맨날 내 빵 조금씩 떼 주니깐 그러나 본데, 담부턴 내가 빵 주나 봐라!"

"내가 언제 달랬냐? 네가 그냥 준 거지."

"하아."

잘해 주려 해도 맨날 이런 식이다. 어휴….

소란스러웠던 저녁시간이 지나면 우리는 다시금 일을 시작한다. 아침엔 단순히 기계에서 나오는 면직물들을 정리만 해서 차곡차곡 쌓아 놓으면 그만이지만 저녁엔 훨씬 많은 일들이 쌓여 있다. 나무토막에서 실을 뽑아낸 뒤에 실을 꼬이지 않게끔 하나하나 잘 풀어서 기계에 하나씩 걸쳐서 놓으면 된다. 실을 꼬이지 않게끔 잘 풀어서 거는 것은 그다지 위험하지 않다. 하지만, 나무토막에서 실을 뽑아내는 기계를 사용할 시에 잠시라도 멍을 때리거나 딴생각을 하게 되면 기계에 달린 톱에 손이 날아가는 경우가 다반사다. 또한, 실이 조금이라도 겹쳐서 기계 안으로 들어가게 될 경우 면직물이 고르지 않게 나와 조심 또 조심해야 한다.

　자정까지의 저녁 일과가 모두 끝나면 우리는 공장주 폴에게 일당을 받는다. 1파운드밖에 못 받고 또, 그중 반이 숙박비로 사용된다. 말만 숙박이지, 공장 밖의 마당에 놓인 두 개의 줄에 몸을 걸치고 자는 것이 현실이다. 에들리와 나는 공장에서부터 두 번째 가로줄의 5, 6번째에 자리를 잡았다. 잠자리는 정말 불편하다, 차디찬 공기에 뺨은 시리고 발은 오들오들 떨리지만 다른 사람들 눈치 안 보고 아무 생각 없이 몽상에 잠길 수 있기에 내가 매일같이 기다리는 순간이다. 나는 밤하늘에 수놓인 별들을 하나둘씩 세다가 어느 순간 잠에 들었다.

2

　"제이슨, 이 잠꾸러기야! 도대체 몇 시간을 자는 거니! 빨리 일어나야지~!"

　"흐아아암, 일어나요."

　"일어난다면서 또 드러눕는 건 뭐니, 제이슨!"

　"하아, 알겠어요."

　여느 때와 같이 나는 포근한 이불에서 엔의 목소리와 함께 아침을 맞는다. 창문을 열어보니 아직 서늘한 겨울바람이 가시지 않았다는 걸 느낄 수 있었다. 이불을 가지런히 정리한 후 문을 열고 방을 나가 보니 길쭉하게 뻗은 책상에서 나란히 앉아 모두들 아침식사를 하고 있었다. 아침은 버터와 쨈을 바른 식빵과 발사믹 오일이 곁들여진 생선구이였다. 내가 좋아하는 생선이 나왔기에 허겁지겁 손을 씻고, 책상 모서리 끝부분에 자리를 잡았다. 앉자마자 에들리가 나에게 핀 잔을 주었다.

"제이슨, 오늘도 늦잠이야?! 신생아도 아니고 잠을 몇 시간을 자는 거야. 어휴"

"잠 많이 자는 게 나쁜 거냐? 나한테만 맨날 뭐라 그래!"

아침부터 다투기 시작하자 엔이 한 소리를 했다.

"둘 다 그만하세요. 아침부터 친구끼리 왜 그러니. 제이슨, 생선구 이 다 식겠다. 빨리 먹어야지~."

"네…."

에들리를 째려보며 나는 말했다.

"우이씨, 넌 엔 선생님만 없었으면 한 대 맞았어."

"때리지도 못하는 게, 겁주기는. 밥이나 먹어라."

기분 좋게 아침을 맞이하고 싶지만 항상 에들리, 이 자식이 내 기 분을 엉망으로 만든다.

여기는 'Hope orphanage'로 엔 선생님 과 여선생님 두 명이서 운 영하는 고아원이다. 항상 희망을 잃지 말고 살라는 뜻에서 엔 선생 님이 고아원의 이름을 '희망 고아원'으로 지었다고 한다. 엔 선생님이 말하길 나는 3살 때 부모님의 형편이 좋지 못해 여기로 오게 되었다고 한다. 내가 온 바로 다음 날에 에들리가 왔는데, 에들리를 낳은 부모님은 이혼 후에 아내 혼자 아이를 키우기 힘들어져 고아원에 에들리를 맡기게 되었다고 한다. 하루 차이로 고아원에 들어와 서로 동정심을 느껴서 그런지는 모르겠지만, 그때부터 서로 떼려야 뗄 수 없는 사이가 되었다고 한다. 어릴 땐 다툼 하나 없었는데, 점점 커가면서 장난이 심해지다 보니 이젠 하루라도 다투지 않으면 몸서리가 날 정도가 되어버렸다. 그래도 에들리에게나 나에게나 서로 하나밖에 없는 소중한 친구임은 자명하다.

아침밥을 먹고 쉬다가 해가 중천에 뜰 때쯤 우리는 고아원 앞의 밭에 나가 선생님의 일을 돕는다. 하는 일은 정말 단순하다 그저 물을 밭에 나란하게만 주면 끝이다. 솔직히 물을 주는 건 10분도 채 안 되고 나머지 시간 동안 나와 에들리는 매일같이 장난을 친다.

"에들리, 잠깐 나 좀 봐봐."

"응, 왜 불ㄹ…."

그 순간 나는 손에 움켜쥐고 있었던 물을 에들리의 얼굴에 대고 뿌렸다. 말하고 있던 에들리의 입 안으로 물이 들어가자 에들리는 켁켁거리며 연발 기침을 했다.

"에들리, 미안해. 실수로 손이 미끄러져서…."

"아하하! 뭐 충분히 그럴 수 있지. 그치?"

에들리는 재빠르게 내 오른손이 쥐고 있던 분무기를 낚아채고 내 얼굴에 사정없이 물을 뿌리기 시작했다.

"아아악, 콜록 그만, 제… 발 콜록"

내가 계속해서 기침을 하자 엔 선생님이 장난이 심해졌다고 생각을 했는지 큰 소리를 냈다.

"에들리! 이제 그만 하세요, 친구가 그만하라고 하잖니~"

그렇게 그 이후에도 계속 장난을 치다보니 어느새 중천에 떠 있던 해가 지고 붉은 빛이 하늘을 가득 채웠다. 저녁을 먹은 후에 우리는 수업을 듣는다. 동화책을 읽는 것부터 예절 교육까지 하고 나면 잠자리에 들 시간이 된다. 이렇듯 나는 에들리와 엔 선생님과 함께 평화롭고 행복한 나날들을 보냈다.

그러다가 정확히 1760년 5월 17일, 그 날 새벽이 내 불행의 시작이었다. 다른 날과 다르게 밖에서 시끄러운 남자들 소리와 트럭 엔진 소리가 울려 퍼졌고, 그 소리에 나는 다른 아이들보다 먼저 잠에서 깼다. 남자들은 두리번거리다가 우리 고아원 쪽으로 다가왔고, 초인종을 사정없이 눌러 댔다.

"띵동, 띵띵, 띵 띵동띵동."

그 소리에 엔 선생님은 잠에서 깼고 비몽사몽 상태에서 누가 왔는지 확인하러 밖으로 나갔다. 잠시 후 건장한 체격의 남자들과 함께 고아원 안으로 들어갔고, 원장실로 들어가 얘기를 했다. 나는 무슨 일이 일어나고 있는지 궁금해져 내가 자고 있던 방문을 살짝 열고 밖으로 나가 원장실 복도에서 창문으로 상황을 염탐했다. 무슨 얘기를 하는지 자세히 들리진 않았다, 하지만 얘기가 끝날 때쯤 남자가 소리친 한 마디는 정확히 들었다.

"당신이 선택해, 저 아이들을 순순히 내주든지. 아님 여기서 다 같이 죽든지!"

남자는 으박을 지르며 엔 선생님을 협박하는 듯 해 보였고, 엔 선생님의 표정은 심하게 경직된 채 울먹거리고 있었다. 정적이 흐른 후, 엔 선생님의 말을 끝으로 남자들은 원장실에서 나왔다.

"아, 그럼 이따가 봅시다. 엔 선생님."

그 말을 끝으로 고아원은 조용해 졌고, 아무 일도 없었다는 듯 아침을 맞았다. 아이들은 평소와 같이 행복했지만, 엔 선생님은 그날 하루 종일 겁에 질린 표정을 짓고 있었다. 무언가를 심히 걱정하는 듯해 보였다.

해가 또 다시 지고 붉은 빛이 하늘을 가득 채울 때쯤 초인종이 다시 울렸다. 엔 선생님은 문 쪽으로 바쁘게 뛰어나갔고, 밖에서 무언가를 얘기하다 몇 분 후 다시 들어왔다. 그 후 고아원의 모든 아이들을 식탁에 앉혀 놓은 후에 우리들에게 얘기를 시작했다.

"얘들아, 선생님 말 잘 들어. 이제 너희들은 이 고아원을 떠날 때가 됐어. 여길 떠나서 다른 곳에 가면 처음엔 조금 힘들 수 도 있어, 새로운 환경에 적응해야 하니깐. 하지만, 적응기가 지나고 나면 여기서의 생활보다 훨씬 행복해 질 거야, 아니 더 행복해야만 해…."

선생님은 누군가에게 쫓기듯이 빠르게 말을 했으며, 계속 횡성수설하며 말끝을 흐렸다.

"…얘들아 그동안 정말 고마웠고, 사랑해. 선생님이 말했듯 아무리 힘들고 아파도, 희망을 가지고 살아가길 바랄게. 선생님도 너네

들이 행복하게 살아갈 수 있도록 항상 기도할게. 선생님이 곁에 없어도 울지 말고, 꿋꿋하게 살아가야 한다. 갑작스럽게 얘기해서 정말 미안하다 애들아… 다시 한 번 정말 사랑한다."

그 말을 끝으로 엔 선생님은 한 명 한 명 모두의 손등에 키스를 해주고 한 번씩 꼭 안아주고 문 쪽으로 배웅했다. 문 쪽에는 이른 새벽에 보았던 건장한 체격의 남자 넷이 서 있었고, 맨 뒤에는 처음 보는 굉장히 뚱뚱한 체격의 남자 한 명이 서있었다. 나를 끝으로 모든 아이들이 트럭 뒤 칸에 탔고, 모두 엔에게 작별인사를 하자 엔 선생님은 참고 참았던 눈물을 터트렸다. 아까 아침시간이나 낮 시간에 선생님에게

"엔 선생님, 왜 이렇게 표정이 안 좋으세요?"

라고 말이라도 건네줬으면 어땠을까 하는 생각이 머릿속을 스쳐지나갔다. 선생님에게 말 한 번 먼저 못 건네고 떠난다는 것이 나는 너무 아쉬웠고 슬펐다. 트럭 안의 공기는 매우 무거웠으며, 몇몇 아이들은 눈물을 흘렸다. 선생님에게 절대로 울지 않겠다고 몇 번을 다짐했지만, 여러 복잡한 감정에 치여 눈물을 내보이고야 말았다. 에들리도 나를 안고 울었고 우리는 서로를 토닥였다.

얼마나 시간이 지났을까, 밤하늘에 수많은 점박이들이 뜰 때 즈음 우리는 산 길 중간쯤에 위치한 한 공장에 내렸다. 공장의 외면은 깨끗했고, 지은 지 얼마 안 돼 보이는 건물이었다. 하지만 대문을 열고 공장 앞의 넓은 마당을 가로질러 본 건물에 들어가 보니 상황은 달랐다. 철제 벽은 다 헤어져 색깔이 변질된 지 오래였고, 공장의 기계

들은 '삐걱삐걱' 하며 엄청난 소음을 만들어 냈다. 심지어 타는 냄새가 진동을 해서 인상을 찌푸리게 만들었다. 고아원의 모든 아이들이 공장에 들어온 순간 한 층 위에서 아까 봤던 뚱뚱한 사람이 큰 소리로 말했다.

"여러분, 이제 과거의 순간들은 모두 잊고 열심히 일하시면 됩니다. 오늘은 첫날이니 기계를 다루는 법과 공장의 규칙 등을 저기 서 있는 아저씨들이 알려줄 거예요."

그렇게 아저씨들에게 공장에 대하여 배운 후 우리는 잠자리에 들었다. 이때까지만 해도 나는 엔 선생님의 말을 굳게 믿고 있었다. '더 행복해질 거라고, 아니 더 행복하게 살 수 있을 거라고.' 하지만, 다음날 눈을 뜬 순간부터 나의 모든 희망은 깨져 버렸다.

"빨리 일어나! 늦장 부리는 애는 뭐야, 도대체!"

아침부터 차가운 물벼락이 누워 있던 내 얼굴로 쏟아졌다. 관리인들이 호스를 들고 우리에게 물을 뿌리고 있었다. 고아원에서는 상상도 못할 일들이 벌어지고 있었다. 우리는 정신을 차릴 새도 없이 옷을 챙겨 입고 공장 안으로 들어갔다. 에들리와 나는 바로 옆자리에 배정 되었고, 아침도 먹지 못한 채로 일을 시작했다.

"제이슨, 우리 이제 뭘 하면 되는 거야?"

"어제 설명 들었잖니 에들리, 우리는 나무에서 실을 뽑아내는 작업을 하면 돼."

그때 뒤에서 큰 호통소리가 들려왔다.

"작업 시작하란 말 못 들었어? 뭘 그렇게 꾸물꾸물 대고 있어!"

나와 에들리의 행복하고 평화로울 것만 같았던 삶과 운명은 하루 사이에 뒤바뀌져 있었다. 고아원에서는 잘못된 행동을 했을 시에 선생님들이 왜 잘못 되었는지, 왜 하면 안 되는지에 대해 자세하게 설명하고 다음부터 하지 말라고 조치를 취했다. 하지만, 이곳은 다르다. 우리가 무언가 실수를 저지르거나 잘못을 했을 때 무조건 혼내고 본다. 반성의 시간조차 주지 않는다. 바구니에 물을 담아 얼굴에 뿌리는 것은 기본이고, 심한 잘못을 저질렀을 때에는 채찍으로 아이들을 마구잡이로 때리기도 한다. 이런 현실이 고작 9살밖에 되지 않은 우리들로서는 도저히 용납, 이해할 수가 없었기에 울음을 터트릴 수밖에 없었다. 하지만, 이곳에서는 울어서도 안 된다. 다른 사람들이 공장 일을 하는 데에 집중력을 흩트릴 수 있다는 것을 핑계 삼아 관리인들은 우리들의 감정 또한 막는다. 이 형식적이고 갇힌 공간 속에서 우리들의 눈물은 점점 메말라 갔고 우리들의 몸 또한 천천히 기계화 되어 갔다.

　그렇게, 에들리와 나는 힘들 때 서로 의지하고, 기쁠 때 서로 함께하며 이 열악한 환경 속에서 악을 쓰며 버텼다. 시간이 흐르고 흘러 1767년 5월 18일, 오늘 우리가 처음 이 곳에 온 날로부터 딱 8년째 되는 날이 되었다. 우리들은 자랐다, 키도, 몸도, 마음도. 하지만 이 공장은 바뀐 것 하나 없이 여전히 그대로다. 그저 차가운 기계 앞에 충성한 채 관리인들에게 굴복하며 살아가야 한다. 오늘도 우리는 똑같이 제대로 씻지도 못한 상태로 작업복을 입고 공장으로 들어섰다.

3

에들리는 점점 더 많은 게으름을 피웠고, 일할 때 나에게 장난을 치는 등 딴짓거리를 하는 빈도수는 늘어만 갔다. 그에 따라 관리인들에게 수도 없이 많이 혼나고 맞았기에 에들리는 이 공장에서 '악동', '게으름뱅이'로 찍혔다. 또, 그 옆엔 항상 내가 있었기에 나도 그에 엮여 관리인들에게 같이 눈초리를 받는 상황이 되었다. 우리는 저녁을 먹은 후 저녁 일을 시작했고, 에들리는 일에 집중하지 않고 나에게 계속 쓸데없는 질문을 던져 댔다.

"제이슨, 이 기계는 무슨 원리로 돌아가는 걸까. 이 나무 깎는 칼 좀 봐 항상 일정한 주기로 똑같이 잘라 주잖아. 신기하지 않아?"

"갑자기 또 왜 그래. 물론 신기하지 근데, 우리 이거 수년 째 보고 있거든? 에들리? 위험하니깐 일에 집중 좀 하지?"

"괜찮아, 맨날 똑같은 일만 반복하는데 다칠 일이 뭐가 있냐. 이젠 눈 감고도 하겠다."

에들리는 눈 감고 기계를 만지는 시늉을 했고, 그런 모습을 보며 나는 좌불안석이었다. 무시하고 일을 계속 하려던 참이었다. 갑자기 옆에서 비명소리와 함께 우려했던 일이 실제로 일어났다.

"아아아아악!!!! 아아아아아아악!"

에들리의 손가락은 돌아가는 칼날에 끼어버렸고, 그의 손 또한 기계 안으로 빨려 들어가 버렸다. 우리 줄의 맨 앞에 앉은 사람이 에들리의 비명소리를 듣고 비상사태임을 인식해 기계를 황급히 멈추었지만, 이미 손목까지 기계가 집어삼킨 상황이었다. 에들리의 손목에서는 피가 선명하게 뚝뚝 떨어지고 있었고, 빠르게 치료를 해야되는 상황이었지만, 관리인들은 모른 체를 했다. 에들리는 상기된 얼굴로 너무나도 고통스러워하며 소리를 질러댔지만, 관리인들은 눈길조차 한 번 주지 않았다. 정말 어이가 없는 상황이었기에 관리인들에게 따지고 싶었으나, 에들리를 치료하는 것이 훨씬 더 우선이기에 나는 손을 모으고 큰 목소리로 사람들에게 소리쳤다.

"제발, 누가 좀 도와주세요! 제발요!"

사람들은 애석하게도 자신들의 일만 묵묵히 했고, 나는 너무 절실했기에 어쩔 수 없이 지나가고 있던 관리인을 붙잡고 울며 부탁을 했다. 에들리를 잃으면 아무도 없다는 생각이 스쳐 지나가며 자존심 따위는 모두 버린 채 무릎을 꿇고 머리를 굽신대며 울먹거리며 말했다.

"흐으으으윽, 제발 한 번만 도와주십쇼. 하나밖에 없는 제 친구입니다. 도와만 주신다면야 제가 무슨 일이든 하겠습니다. 정말로 부탁드립니다."

관리인은 2층을 쳐다보며 공장주 폴에게 눈으로 사인을 보냈다. 폴은 몇 초간 생각을 하는 듯 하다가 고개를 양 옆으로 저었다. 나는 관리인의 다리를 붙잡고 계속해서 사정사정하며 부탁을 했지만, 관리인은 폴이 고개를 짓는 모습을 보자마자 다리에 매달린 나를 걷어 찼다. 나는 뒤로 엉덩방아를 찧으며 내동댕이쳐졌다. 관리인은 내게 조용히 하라며 나를 째려보며 말을 했다.

"이제 그만 조용히 하지? 저 친구는 물론이고 너까지 위험해지는 수가 있어. 그만 닥치고 자리로 돌아가."

에들리는 그 말을 듣고 자신의 고통을 참으며 나에게 말을 했다.

"제이슨, 난 괜찮아. 이러다 너까지 피해 입으면 어쩌려 그래. 나 신경 쓰지 말고 네 자리로 가."

"그걸 말이라고 하냐? 손 한쪽이 나가 떨어져서 피는 계속 뚝뚝 흐르고 있고, 아파 죽으려 하는 친구를 그냥 무시하라고? 그게 가능하다 생각해? 너는?"

"그럼 어떡하게, 니가 아무리 소리쳐도 변하는 건 없는데."

"그럼 가만히 있니? 뭐가 어떻게 되든 안 되든 계속 소리쳐봐야지, 뭘 어떡해."

에들리를 뒤로 하고 나는 계속해서 울며 소리쳤다.

"제발, 아무나 좀 도와주세요. 이러다 애 정말 죽어요!"

그렇게 두어 번 정도 더 소리 쳤을까? 저쪽 계단에서 한 여자아이가 우리에게 큰 소리로 말을 하며 달려왔다.

"왜 그러세요! 괜찮아요?"

2층에 앉아 있던 폴은 그 모습을 보고 관리인들을 시켜 아이가 우리 쪽으로 오는 것을 막으라고 시켰다. 관리인들은 여자아이 쪽으로 달려가 그녀의 팔과 손을 잡고 막았다.

"미쳤어요? 당신들? 사람이 저렇게 다쳤는데 빨리 도와주지는 못할망정 나까지 막아? 이거 빨리 안 놔요?"

여자아이는 그렇게 말하고 관리인들의 손을 뿌리친 후 우리 쪽으로 왔다. 그녀는 피로 물들은 에들리의 팔을 보며 매우 놀란 표정을 지었고, 잠시 동안 놀란 가슴을 추스르고 말을 건넸다.

"좀만 참아요. 내가 어떻게든 해볼 테니."

그녀는 재빠르게 계단을 통해 2층으로 뛰어 올라갔고 폴에게 따지 듯이 말을 했다. 조금 후에 폴은 어쩔 수 없다는 표정을 지으며 고개를 끄덕였고, 여자아이는 관리인 2명에게 에들리를 부축하라고 시켰다. 관리인들은 에들리를 들것에 실어 공장 문 쪽으로 데려갔고, 여자아이는 나에게로 와 숨을 고르며 말을 했다.

"에…들리? 맞나요 이름이? 에들리는 제가 병원에 데리고 가서 치료할게요. 시간이 많이 지나지는 않아서 아마 안전할 거에요. 지금은 시간이 없으니깐 이따가 다시 얘기하죠."

"네, 감사합니다. 정말 감사합니다."

비록 짧은 시간이었지만, 나는 정말 많은 것을 느꼈다. 나에게 하나뿐인 존재가 떠나갈 거란 생각을 했을 때의 좌절감을 느꼈고, 같은 또래의 여자아이에게 오래전 우리를 떠나 보냈던 엔 선생님의 따뜻함을 비스무리하게라도 느꼈다. 이 공장에 온 뒤 처음 느껴보는 온기였고, 그녀는 불빛 하나 없는 암실에 갇혀 있던 나에게 한 줄기의 빛과 같은 존재로 다가왔다.

그 시간 에들리와 여자아이는 관리인 2명과 함께 트럭을 타고 병원으로 가고 있었다.

"조금만 힘내요. 도대체 뭘 하다가…."

"한 눈 팔다가 한 순간에 이렇게 돼버렸네요, 근데 저희를 왜 도와

주시는 거에요?'

"아니 이렇게 심하게 다치셨는데 왜가 어딨어요. 다쳤다면 치료부터 먼저 받고 봐야죠. 일단 피가 너무 많이 흐르니깐 이 붕대 먼저 감고 계세요. 제가 감아 드릴 게요."

"네, 감사합니다."

그렇게 30여 분을 달린 후에 근처 보건소에 도착했다. 담당 의사도 에들리의 상태를 보고 놀란 듯했다.

"어쩌다가 이렇게 되신 겁니까? 환자분."

에들리는 고통스로운 표정으로 찡그리며 말을 했다.

"칼날에 손가락이 걸렸는데 그대로 손목까지 기계 안으로 빨려 들어가 잘려 버렸습니다."

"그냥 잘렸다면 모르겠는데, 소독도 되지 않은 기계에 다치셨다면 세균 감염의 위험도 있기에 팔을 완전히 절단한 후에 봉합 하는 것이 훨씬 안전할 듯합니다. 환자분."

"네? 그럼 한쪽 팔을 완전히 못 쓴다는 얘깁니까?'

"네, 그렇습니다. 안타깝게 됐네요."

에들리는 의사의 말에 후회감이 가슴을 적막하게 채워 쉽게 말을 이어 나가지 못했다. 그러자 의사는 에들리에게 재촉하듯이 한마디를 했다.

"이렇게 시간이 지체되다 보면 더 위험해집니다."

여자아이는 안타까운 표정을 지으면 에들리의 등을 토닥이며 말을 건넸다.

"결정하는 게 쉽지는 않을 거에요. 하지만 이대로 놔두면 의사선생님의 말씀처럼 더 위험해 질 수도 있어요. 에들리 씨."

에들리는 한숨을 내쉬며 힘겹게 말문을 열었다.

"알겠습니다. 의사 선생님의 뜻대로 하죠."

그렇게 에들리는 칼로 오른팔의 어깨 옆 부분까지 팔을 절단했다. 그는 고통에 소리를 질렀으나, 그 비명 속에는 고통보다는 후회감과 절망감이 가득했다.

그렇게 일주일이 지난 후 에들리는 병원에서 다시 내 곁으로 돌아왔다. 나와 에들리를 도와준 그녀 또한 같이 돌아왔다. 여자아이는 나를 그녀의 방으로 불렀다. 나는 그녀에게 무릎을 꿇으며 먼저 말을 꺼냈다.

"진심으로 감사드립니다. 당신은 저의 가장 소중한 사람을 살려주신 은인이십니다."

그녀는 내 손을 잡고 나를 일으켜 세웠다.

"이게 뭐라고 무릎까지 꿇어요. 빨리 일어서요."

그녀의 따뜻한 손이 내 손에 닿자 차갑게 닫혀 있었던 내 마음은 녹아내리는 듯했고, 복잡한 감정과 함께 참아왔던 눈물이 쏟아져 나왔다. 그녀는 조용히 눈물을 흘리는 나를 꼭 안아주며 토닥였다.

"괜찮아요. 비록 당신 친구는 한쪽 팔을 못 쓰게 되었지만, 그래도 아무 탈 없이 당신 곁으로 돌아왔으니 정말 다행이에요."

나는 어린 시절 때의 엔을 회상하며 나와 같은 또래의 그녀의 품에 안겨 한참 동안을 울었다.

"다시 한 번 정말 감사합니다. 혹시 실례가 된다면 당신의 이름만이라도 알 수 있을까요?"

"아. 제 소개가 늦었군요. 제 이름은 소피아고 이 공장의 주인이신 폴이 저의 아버지세요. 당신 이름이 제이슨이고 어떤 사람인지는 어느 정도 알고 있었어요."

"아, 그래서 저희를 도와주실 수 있었던 거군요. 당신은 아버지와 다르게 정말 따뜻한 마음씨를 가지셨네요."

"하하, 네. 만약 저의 도움이 필요하신 일이 있다면 여기로 저를 찾으러 오세요. 지금쯤 관리인들이 당신이 없어진 것을 알고 찾고 있을 거에요, 내려가서 저를 만나고 왔다고 하면 알겠다고 할 거에요. 제가 아까 대충 말해 놨으니깐요. 오늘 얘기는 여기서 이만 마치도록 하죠. 안녕히 가세요."

"네."

나는 그녀에게 여러 번 허리를 굽히며 인사를 하고 작업장으로 내려왔다. 내려오자마자 에들리를 찾았다. 이제 에들리는 밤에 나와 같이 일을 하지 않는다. 에들리는 그 일이 있고 난 후부터 밤일에 대한 트라우마가 생겼다. 그래서 낮과 밤 둘 다 기계를 사용하지 않는 일을 하는 것으로 바꾸었다. 하지만, 주로 사용하던 오른팔을 잘랐기에 일을 하는 것을 정말로 힘들어 했다. 예전엔 일을 하기 싫어서 하지 않는 것이었지만, 이젠 하고 싶어도 제대로 할 수 없게 되었다. 밤마다 잠자리에 들 때면 에들리는 나에게 요즘 너무 힘들다고 얘기를 한다. 그때마다 나는 나오려는 눈물을 꾹 참고 에들리의 잘라진 오른 어깨를 잡고 말한다.

"괜찮아, 어떤 순간에도 희망을 잃지 말라는 엔 선생님의 말씀처럼 지금은 조금 힘들더라도 왼팔로 일하는 게 적응되면 다시 우린 행복해 질 거야, 에들리."

4

에들리는 다친 이후로 예전처럼 일률을 높이기 위하여 정말 열심히 일했다. 하지만, 두 손을 쓰는 것만큼 일하는 것은 불가능에 가까웠고, 일하는 속도는 다른 사람들에 비해 뒤쳐져만 갔다. 에들리가 작업장에 온 한 달간은 모든 것이 다시 예전처럼 돌아가는 듯했다. 하지만, 요즘 들어 관리인 사이에서 돌고 있는 이상한 소문을 듣고야 말았다. '이번에 다쳐서 팔 한쪽 없이 일하는 애가 있는데 일을 너무 못한다며 조만간 버려야 겠다'는 얘기가 관리인 사이에서 오고 간다는 걸 들었다. 그 소문을 듣고 나는 모든 게 다시 두려워졌다. 겨우 되찾은 나의 소중한 친구인데, 또 다시 떠나보내야 할 수도 있다는 생각이 머릿속을 맴돌았다. 에들리에게 이에 대해 먼저 말을 하려 했지만 더 이상 에들리가 고통 받는 모습은 보고 싶지 않았기에 쉽게 말문이 열리지 않았다. 에들리가 언제쯤 이 공장에서 추방될지는 아무도 모르기에 더욱이 머리가 아파왔다. 결국 난 누구와도 상의하지 않은 채 나 홀로 결론을 내버렸다. 이 공장을 떠나기로, 비록 나가봤자 할 것은 없지만, 에들리와 내가 함께 할 수 있는 방법은 이 방법이 유일해 보였다. 하지만, 경계가 삼엄하기에 아무런 방책 없이 이 공장을 탈출하는 것은 불가능했다. 결국 나는 소피아의 손을 한 번 더 빌리기로 결심했다. 나는 점심을 빠르게 먹은 후에 다른 사람들보다 일찍이 일어섰다. 에들리는 내게 어디를 가냐고 물었다.

"제이슨, 먹다 말고 어디 가는 거야?"

"지난번에 너 구해준 은인한테 할 말이 있어서 잠깐만."

"알겠어."

나는 에들리에게 잠깐이면 된다고 얘기를 하고 계단을 통하여 2층의 소피아의 방으로 올라갔다. 노크를 하고 조심스럽게 방 안으로 들어갔다. 소피아는 흔들의자에 앉아 버터가 발라진 빵을 먹고 있었다. 그녀는 내가 들어오자 의자에서 벌떡 일어서서 반갑게 맞이해줬다.

"어! 제이슨, 이번엔 무슨 일로 왔어?"

나는 잠시 동안을 머뭇거리다가 입을 열었다.

"정말 미안한데. 부탁이 하나 있어 소피아. 실례인 건 나도 알지만, 혹시 들어줄 수 있겠어?"

"당연히 들어줘야지, 내가 지난번에 한 말 잊었어? 무슨 부탁이든 다 들어 주겠다고."

"소피아, 나와 에들리가 이 공장을 떠날 수 있게 도와줄 수 있어?"

소피아는 나의 말을 듣고 당황한 기색이 역력했다.

"어, 어? 이 공장을 떠나겠다고? 갑자기 왜?"

"요즘 관리인들 사이에서 돌고 있는 소문 못 들었어? 팔 한 쪽 다친 아이가 있는데 일을 너무 못해서 조만간 공장에서 추방시켜야겠다는 얘기가 돌고 있는데, 그게 에들리 얘기 같아."

"그래서?"

"에들리랑 더 이상 떨어지기 싫은데, 이번에 에들리가 공장에서 버려진다면 다신 못 보게 될 수도 있을 것 같아서. 차라리 이렇게 두려움에 쫓기며 살 바에는 같이 탈출하는 것이 낫다고 생각했어, 소피아."

소피아는 내가 나가겠다는 말을 들은 이후로 표정이 심각하게 굳어졌다. 5분간의 침묵이 흐르고 소피아가 드디어 입을 열었다.

"하아, 알겠어. 그럼 내가 어떤 걸 도와주면 되겠니? 제이슨."

비록 염치없는 짓임을 정말 잘 알지만, 그저 나의 하나뿐인 친구를 위해 힘겹게 말문을 이어갔다.

"내일이나 모레 저녁에 이 공장을 탈출할 예정이야. 근데, 경비가 너무 삼엄해서 힘들어 그래서 쉽게 나갈 수 있게 도와줬으면 해. 정말 미안해."

"알겠어. 방법을 찾아볼게. 내일 저녁 먹기 전에 나한테 한 번 와줘."

"고마워. 소피아."

이날 밤 에들리에게 나는 내가 생각하고 있는 계획을 말했다.

"에들리, 우리 같이 이 공장을 떠나는 것에 대해 어떻게 생각해?"

"갑자기 왜?"

"너가 일할 때 너무 힘들어 하는 것 같아서. 그것 때문에 고민이 조금 많아."

"제이슨, 그거에 대해선 걱정하지 마. 니가 말했듯 왼팔로 일하는 것이 적응되면 다 괜찮아 질 거야. 일하는 데 속도도 붙을 것이고."

나는 잠시 동안 생각을 하다가 에들리에게 말했다.

"에들리, 너가 왼팔을 자유자재로 쓰기까지는 너무나 많은 시간을 필요로 할 것 같아. 또, 그때까지 허비되는 시간 또한 너무나도 아까울 것 같아. 그래서 내가 계속 생각을 해봤는데, 나가서 공장 일보다 더 편하고 좋은 일을 찾아 해보는 건 어떨까? 그럼 너도 나도 더 행복해질 수 있지 않을까?"

"나는 너랑 함께하는 일이라면 다 좋아, 제이슨. 네가 생각한 대로 해. 근데, 이 공장을 어떻게 빠져나가게?"

"그건, 소피아에게 말해놨어. 방법을 마련해 보겠데."

"잘했네, 우리 나가다 걸리기라도 하면 진짜 끝장인 건 알지?"

"그럴 일 없으니깐 걱정 마! 빨리 자자."

그렇게 잠이 들고 다음날 저녁이 되었다. 나는 약속대로 소피아에게 찾아갔다.

"제이슨, 방법은 찾았는데. 쉽지는 않을 거 같아. 만약이라도 실패한다면 그땐 나도 도와주기가 쉽지 않아."

"괜찮아, 그래서 어떤 방법인데?"

"오늘 자정이 지나고 새벽 2시쯤 되면 관리인들도 비몽사몽한 상태일 거야. 그때 내가 회의를 한다는 핑계로 관리인들을 공장 안으로 불러 모을게. 그때 너네 둘이 재빠르게 나가는 것이 계획이야."

"음… 약간 위험하긴 하다. 다른 방법은 없어?"

"내가 생각한 건 여기까지야. 어제, 오늘 이틀 동안을 곰곰이 생각했는데도 하나밖에 떠올리질 못했어."

"알겠어, 그럼 우리가 새벽 2시가 되자마자 공장 밖으로 달려 나가면 되는 거지?"

"어어, 공장 문은 잠겨 있을 테니 내가 문 옆에 열쇠를 놔둘게. 그럼 나가는 데에 별다른 어려움은 없을 거야."

"너한테 너무 신세 지는 게 많은 것 같아. 정말 고마워. 오늘 헤어지게 되면 다시는 못 만날 수도 있는데… 너의 은혜 절대 잊지 않을게, 소피아."

소피아는 나를 꼭 안아주며 말했다.

"제이슨, 짧은 시간이었지만 벌써 너랑 정 들어 버린 것 같아. 그리울 거야."

나는 소피아에게 안겨 한참 동안을 가만히 있었다. 그리고 나도 소피아를 따뜻하게 안아주었다.

"나도 마찬가지일 거야. 고마워, 정말로."

소피아와 얘기를 끝낸 후 나는 에들리에게 가서 상황을 설명했다.

"에들리, 방금 소피아와 다시 얘기하고 왔어. 오늘 자정이 지나고 내일 새벽 2시가 되면, 소피아가 밖에서 감시하고 있던 관리인들을 모두 불러 모을 거야 그때 재빨리 나가자."

"알겠어, 제이슨. 가능할까…?"

"일단 해보는 거지 뭐. 널 계속 이렇게 방치할 수는 없어."

그렇게 마음 졸이며 기다리다 보니 자정을 울리는 종소리가 들렸다. 우리는 잠을 자는 듯이 연기를 했고, 관리인들은 우리가 자는 것을 확인하고 우리 머리맡을 지나갔다. 시간은 계속 흘러갔고 나와 에들리는 불안한 마음에 계속해서 시계만 쳐다보았다. 12시 30분, 40분, 1시 20분…, 1시 55분. 드디어 시간이 되었고 우리는 계획한 것을 실행에 옮겼다. 역시나 소피아의 말대로 공장 문 옆에 조그마한 열쇠가 놓여져 있었고, 우리는 그것을 이용해 문을 열고 조심해서 밖으로 나갔다. 드넓은 공장 앞엔 아무도 감시하는 사람이 없었다. 그렇게 마지막 문을 통과하고 나갔다. 그때까지만 해도 우리는 탈출에 성공한 줄 알았다. 하지만, 그 순간에 옆에서 한 남자가 크게 소리를 질렀다.

"탈출자다!! 여기는 공장 정문, 2명이 탈출 중이다! 신속한 지원 바란다."

이렇게 된 상황의 전말은 이렇다. 10분 전이었다. 소피아는 공장 안의 관리인을 시켜 모든 관리인들을 다 불러오라고 지시했다. 그렇게 관리인들이 하나둘씩 소피아의 방으로 모이고, 단 두 명의 관리인이 남았다.

"저기, 소피아님이 오늘 저희에게 할 말이 있다고 방으로 지금 즉시 모이랍니다. 당신과 저만 가면 됩니다."

"네, 알겠습니다. 먼저 가십시오. 혹시 모를 상황을 대비해서 전 조금만 더 보초를 서다가 빨리 들어가겠습니다."

그렇게 2시가 지났고, 에들리와 제이슨은 공장문을 열고 빠져나가다가 회의에 가지 않은 관리인과 마주치게 된 것이다. 관리인은 공장주 폴에게 즉시 무전을 날렸고, 공장주 폴은 재빠르게 공장을 박차고 나왔다. 제이슨과 나는 계속 달렸다. 뒤도 안 보일 때까지 달리고 달렸다. 새벽에 산속을 뛰어가는 상황이었기에 앞길이 제대로 보이지 않았고, 에들리는 돌부리에 발이 걸려 그만 넘어지고 말았다. 나는 그것을 모른 채 계속 달렸다. 한 20보쯤 더 뛰었을까? 에들리가 옆에 없다는 것을 그제야 눈치 채고 다시 왔던 길을 달려 에들리를 일으키러 갔다. 에들리는 팔 한 쪽을 절단했기에 쉽사리 일어나질 못했다. 뒤에서는 관리인들이 쫓아오는 발걸음 소리가 점점 가까워졌고, 우리는 더욱이 불안에 떨었다.

"에들리, 빨리 일어나야 돼. 이러다 잡히겠어."

"어! 탈출자가 저기 있다. 빨리 와!"

관리인들은 우리의 뒤꽁무니까지 쫓아왔고, 에들리는 점점 더 힘에 겨워왔다. 하지만, 여기까지 와서 포기할 수 없었기에 나는 에들리의 손을 잡고 더욱 빠르게 달렸다.

최종 문에 도착했을 때쯤, 문 옆에서 '탕!' 소리와 함께 에들리가 쓰러졌다.

"에들리!!!!"

어둠 속에 가려 잘 보이진 않았지만, 뚱뚱한 체형으로 보아 폴이 관리인에게 연락을 받은 후 문 앞에서 대기하고 있었던 것 같다. 나는 순간적으로 해머에 맞은 듯 머리가 떵해졌다. 내가 먼저 나가

자고 에들리에게 말했는데, 지금 에들리는 총을 맞고 내 옆에 누워 있다.

"에들리, 괜찮아? 일어날 수 있겠어?"

"제이슨, 여기서 시간을 좀만 더 지체하면 너까지 잡혀! 난 여기에 내버려 두고 빨리 도망쳐. 제이슨, 그동안 너란 친구가 있었기에 난 너무 행복했고 고마웠어. 너랑 같이 가고 싶은 마음은 하늘과도 같지만, 현재 내 상태로는 힘들 것 같아. 그동안 나 땜에 마음고생이 심했을 텐데, 정말 미안해. 사랑해."

"에들리, 그럴 순 없어. 차라리 잡혀도 같이 잡혀."

"정신 차려! 여기서 잡히면 끝장이라고! 빨리 도망쳐 빨리!"

이 상황이 나는 도저히 이해가 가지 않았고, 믿고 싶지 않았다. 눈에선 계속 눈물이 흘렀고, 가슴은 알 수 없는 먹먹함으로 가득 찼다.

"제이슨! 빨리 가라니깐! 대신에 부탁이 하나 있어. 네기 항상 지켜보고 있을 테니깐, 내 몫까지 행복하게 살아, 알았지! 너랑 내가 누리지 못했던 자유로운 삶을 맘껏 누리며 살아 알겠지!"

나는 에들리를 뒤로한 채 계속 앞으로 달렸다. 에들리는 뒤에서 나에게 계속 소리쳤지만, 나는 뭐라 하는 건지 제대로 알아듣진 못하였다. 내가 달리는 도중에도 총소리는 계속해서 들려왔다. 이곳은 어둡고 캄캄하기에 폴은 나에게 총알을 제대로 겨냥하지 못하였고, 계속해서 총알은 빗나갔다. 나는 폴이 총을 재장전하고 있을 때를 틈타 재빠르게 공장을 빠져 나왔고, 아무 소리도 안 들릴 정도로 조용한 곳까지 달리고 또 달렸다. 그렇게 난 8년간의 지옥 같은 생활에서 탈출했다. 하지만, 자유를 얻은 대신 나에게 있어서 인생의 동반자였고, 없어서는 안 될 소중한 존재인 에들리를 눈앞에서 잃었다.

5

에들리를 잃고 탈출한 뒤 일주일간 아무것도 입에 대지 않고 폐인처럼 살았다. 에들리를 눈앞에 뻔히 두고 혼자서 탈출했다는 것 때문에 계속 마음이 찔렸다. 나의 계획의 결말이 소중한 친구의 죽음이 될 줄은 상상도 못했기에, 나는 연이은 죄책감에 갇혀 하루하루를 보냈다. 그렇게 일주일을 보내고 나는 에들리가 마지막에 한 말이 계속해서 머릿속을 맴돌았다.

'내가 누리지 못했던 행복까지 누리면서 살아줘, 제이슨.'

일주일이 지나고 나는 어떻게 하면 에들리 행복을 대신 채워나갈 수 있을지에 대해 계속해서 고민했다. 나는 고심 끝에 나같이 힘들고 불행한 사람들을 위로해줄 수 있는 공장을 건립하기로 마음먹었다. 모두가 다 같이 즐거운 마음으로 일하며 작업 시간은 짧게 하고 보수는 늘려 모두가 행복할 수 있는 그런 공장을 만들기로 말이다. 일단 현재의 나로선 가진 게 없기에 가까운 마을로 가서 시장 사람들의 일을 도와 돈을 벌기로 결심했다. 그렇게 이틀 밤낮을 꼬박 세워 나는 근처 'Hey-on-wye'라는 마을에 도착했다. 먼저 몸을 좀 씻고 싶어서 근처 과일 가게로 들어갔다. 과일 가게 주인은 흔쾌히 가게 뒤에 있는 호스를 쓰라며 허락해 주셨다. 몸을 대충 물로 헹구고 나는 과일 가게 아주머니께 말했다.

"저기, 혹시 제가 과일가게 일을 좀 도울 수 있을까요? 제가 할 만한 마땅한 일이 있나요?"

주인아주머니는 나를 영 못 미더운 눈빛으로 쳐다보았다. 그러자 나는 다급하게 주인아주머니에게 사정했다.

"제가 보기에는 거지같고 더러워 보여도. 면직물 공장에서 8년 동안 일한 몸입니다! 믿고 맡겨 주십쇼."

주인아주머니는 곰곰이 생각을 하다 일주일간 가게 청소를 해보고 만약에 잘하면 가게에 받아주겠다고 말씀하셨다. 그렇게 나는 이 마을에서 새로운 마음으로 일을 시작하게 되었다. 한 달 후쯤, 나는 모든 일에 정말 열심이었고, 내가 일을 잘한다는 소문은 마을 전체에 나게 되었다. 정확히 말하자면 물건 파는 일은 아니지만, 가게 청소를 잘한다고 소문이 났다. 마을의 상인들은 쉴 틈 없이 나를 불러 댔고, 청소를 시켰다. 이로써 돈은 쏠쏠하게 벌리기 시작했지만, 공장을 차릴 정도의 자금에는 역시나 턱없이 부족이었다. 20년 동안 뼈 빠지게 이 시장 밑바닥에서 일을 해봤자 공장의 뼈대밖에 못 세우는 것이 현실이다. 그 현실을 깨닫고 나는 더욱이 많은 일자리를 찾아다녔다. 실수를 해서 가게 주인에게 이리 치이고 저리 치이고 꾸중을 들어도 상관하지 않고 내 일을 꿋꿋이 해나갔다.

그러던 어느 날, 한순간에 내 인생을 다시 한 번 뒤바꿔 놓은 일이 벌어졌다. 나는 청소를 하던 중에 식용으로 사용할 물이 부족해져 가게주인의 부탁을 받아 물가 쪽에 물을 길러 가고 있었다. 물가 위쪽에서 싸움이 벌어지는 소리가 뭔 일인가 궁금해져 바삐 뛰어 올라가 상황을 지켜보았다. 5명의 남자 아이가 있었는데, 4명의 아이들이 체형이 왜소한 한 남자아이의 양팔과 다리를 잡고 강물에 넣었다 뺐다 하면서 굴욕을 주고 있었다. 남자 아이는 그 고문에서 벗어나기 위해 발버둥을 쳤고, 그 아이의 왼쪽 다리를 잡고 있던 애가 다리를 놓치고 말았다. 붙잡혀 있던 아이는 균형을 잃고 냇물로 고꾸라졌고, 빠른 유속의 강물에 휩쓸려 내려갔다. 그곳에서 조금만 더 흘러 내려가면 상류의 바위들과 부딪히게 되는데, 그렇게 되면 다치는 것에 그치지 않고 생명줄이 끊길 수도 있다. 일을 저질러 버린 다른 4명의 아이들은 놀라서 상기된 얼굴로 도망쳐 버렸고, 나는 한순간의 망설임도 없이 입고 있던 조끼를 벗어던지고 차가운 강물 속으로 뛰어 들어갔다. 유속이 워낙에 빠르고 물길이 거세 성인 남성도 쉽게 건너가지 못하기에 빼빼 마른 나로서는 그를 구하기 매우 힘든 상황이었다. 그렇게 5분 정도 강물과 사투를 벌이다가 바위와 부딪힐 뻔 한 아이를 가까스로 구해내었다. 아이는 땅을 밟자 나에게 연신 고개를 굽히며 감사하다는 말을 남기고 마을로 뛰어갔다. 그렇게 이 또한 아무 일도 없었던 것처럼 지나가는 듯했다. 그리고 10여 일 정도가 지나고 그때 내가 구해주었던 꼬마가 나에게 찾아왔다. 꼬마가 나에게 말을 먼저 걸기를 망설이는 듯 하여 내가 꼬마의 볼을 쓰다듬으며 먼저 말문을 열었다.

"꼬마야, 무슨 일로 찾아왔니."

"아, 저…. 저기 다름이 아니고요. 저희 부모님께서 감사하다는 말을 직접하고 싶다고 하셔서 형을 데려오라고 저에게 시키셨어요."

"뭐, 그런 것 갖고 그래. 괜찮다고 말씀드려."

"꼭 데려오라고 하셨어요. 바쁘시겠지만, 시간을 조금만 내서 따라와 주세요. 부탁이에요."

나는 꼬마의 머리를 쓰다듬으며 알겠다고 말을 하고 가게 주인장에게 잠시만 어디 좀 다녀오겠다고 말을 하고 꼬마를 따라갔다. 꼬마는 밖의 마차를 가리키더니

"이걸 같이 타고 가시면 되요. 금방 갈 거에요."

그때 난 알았다. 내가 구해준 이 조그만 꼬마가 어떤 꼬마인지. 마차를 타고 다니는 사람은 정말 돈이 많은 귀족 중에서도 상위 귀족들만이 포함되기 때문이다.

"내리시면 돼요. 도착했어요."

꼬마는 먼저 내렸고 나를 자신의 집으로 안내해주었다. 그 아이의 집은 굉장했다. 넓은 들판에서는 수십 마리의 양들이 뛰어 다니고 있었고, 그 웅장한 저택은 존재감 하나로 나를 기죽게 만들었다. 복도의 맨 끝 방에 가보니 정말 큰 식탁의 끝에 꼬마의 엄마와 아빠가 앉아 있었다. 그의 아버지는 나에게 자신의 앞에 앉으라고 했다.

"자네가 우리 아들을 구해준 은인인가?"

"네, 그렇습니다만."

"자네가 구해준 그 꼬마 아이가 우리 둘에겐 하나밖에 없는 외동

아들이야. 요즘 따돌림을 당한다는 소문은 들었지만, 그게 이렇게 심한 장난일 줄은 상상도 못했어. 그저 또래친구들과의 다툼 정도로만 알고 있었거든. 그래서 죽을 뻔한 우리 아들을 구해준 대가를 우리가 치르려고 하는데. 원하는 것을 한 번 말해보게, 자네."

라고 그의 어머니가 나에게 상황을 자세히 설명해 주며 나에게 물었다.

"음… 편히 잠을 잘 수 있는 집이 있었으면 좋겠어요."

"또 원하는 건 없니?"

"혹시 더 큰 것도 가능한가요?"

"물론이지. 무엇이든 다 들어 줄 수 있단다."

"제가 예전부터 바라던 것이 하나 있었어요. 저와 같이 힘든 처지에 있는 사람들과 같이 운영할 공장을 하나 짓는 것이었어요. 허나 비용적 문제로 지을 수 없었어요. 그래서 만약 가능하다면 큰 공장을 하나 가지고 싶어요."

부부는 얘기를 하다가 나에게 말했다.

"한 달 뒤쯤 저희 집 뒤의 마당에 큰 공장을 하나 지어 드릴게요. 그럼 당신은 당신과 같이 일할 의사가 있는 사람들을 불러 모으세요. 그럼 반드시 공장은 번창하게 될 것이고, 당신 또한 행복해질 거예요. 당신의 꿈을 응원할게요."

나는 내 꿈이 실현될 수도 있다는 기대에 부풀어 감사하다는 말만 연신 되풀이했고, 그들에게 인사를 한 후 대저택에서 나왔다.

그렇게 한 달이 지나고, 나에겐 큰 공장이 하나 생겼다. 나는 사람들을 편안하게 해 줄 수 있는 공장이라는 의미에서 이 공장의 이름을 'homeless factory' 라고 지었다. 처음에는 20명의 사람으로 시작했지만, 누구나 함께 할 수 있는 공장이라는 소문이 퍼지고 퍼져 더욱 많은 사람들이 모여들었다. 현재 이 공장에서 일하고 있는 사람은 총 합쳐서 200명 정도이며 계속해서 꾸준히 성장 중이다. 내가 처음에 상상한 것 그 훨씬 이상의 성과를 거두며 한 번의 하강 없이 공장의 소득은 상승곡선을 이루고 있다.

그렇게 시간이 흐르고 흘러, 나는 21살의 청년이 되었다. 우리 공장은 크게 성공했고, 지난 5년간 단 하나의 불만도 없이 순조롭게 운영되었다. 그러던 어느 날, 한 여자가 우리 공장에 찾아왔다. 그녀는 다짜고짜 사정도 말하지 않은 채 이 공장의 사장의 만나러 왔다고 말했고, 나 또한 그녀를 의심하지 않고 들여보내 주었다.

"당신이 이 공장의 주인 맞나요?"

"네. 맞습니다만. 무슨 일로 오셨나요?"

"혹시 이 공장을 돈을 받고 저에게 파실 생각은 없으신지 물어보러 왔습니다."

그녀는 내 눈을 똑바로 쳐다보고 당돌하게 말을 했다. 하지만, 나도 지지 않고 그녀에게 말했다.

"죄송합니다. 저는 그럴 생각이 없습니다."

그녀는 한숨을 쉬며 한참 동안을 생각에 잠겨 있었다. 그런 그녀를 계속 바라보는데 갑자기 머릿속에 소피아의 모습이 스쳐 지나갔다. 나는 다짜고짜 그녀의 이름을 물어보았다.

"혹시 성함이 어떻게 되시나요?"

"제 이름은 소피아입니다. 저 산속의 위치한 공장의 주인이신 저희 아버지께서 당신을 만나보라고 하셔서 오게 되었습니다."

나는 그녀의 말을 듣자마자 마음속에 울컥한 게 터져 나왔다. 그리고 그녀에게 조심스럽게 물어보았다.

"혹시 그 공장에서 일하던 제이슨이라고 아시나요?"

그녀는 안다는 표정을 지으며 나의 얼굴을 쳐다보았고, 그녀는 이제야 나를 알아보고 싱그럽게 웃으며 눈물을 흘렸다.

"당연히 알죠. 그가 나를 얼마나 힘들게 했는데요."

"그랬나요? 늦었지만 지금이라도 사과드릴게요. 미안해요."

나는 그녀를 꼭 안았다. 그리고 말했다.

"이제부턴 당신을 절대 혼자 내버려두고 떠나지 않을게요."

epilogue

소피아는 제이슨의 공장을 매수한 뒤 폐쇄시키려는 목적으로 왔지만 제이슨을 알아보고 사랑에 빠지게 된다. 그렇게 소피아는 뒤에서 제이슨을 계속해서 도와주고 제이슨의 공장은 폴의 공장보다 높은 일률과 수익으로 공장은 크게 번창하고 폴의 공장은 몰락한다. 소피아는 그녀의 아버지에게 지난날의 잘못들에 대해 회개하라고 말을 하지만, 아버지 폴은 쉽게 말을 듣지 않는다. 그러자 소피아는

아버지에게 제이슨을 사랑한다는 것을 밝히고 그가 아니면 아무와
도 결혼하지 않을 것이라고 얘기를 하게 된다. 제이슨도 마찬가지로
당신이 회개하고 우리와 공장을 합치지 않으면 소피아와 결혼을 할
생각이 없다고 말하고, 폴은 결국 딸의 행복을 위해 공장을 합치기
로 결심한다.

현재의 그림자 : 시간 여행

백 지 훈

1 장

'애들아, 너네 어디야?'

역에 도착했지만 만나기로 한 친구들은 보이지 않았다. 분명 제 시간에 왔는데. 친구들이 늦나 싶어서 기다리기로 했다. 5분, 10분, 15분이 지났는데도 친구들이 오지 않았다. 더 기다리다간 늦을 것 같아서 먼저 들어가기로 했다. 일회용 교통카드 기계 앞에 섰다. 광화문역을 선택하고 성인 1인용을 누르니 1850원이었다. 보증금 500원이 포함된 가격이지만, 부담스러운 가격임은 틀림없었다. 이번에는 양심에 찔리지 않게 성인용을 타려고 했지만 엄두가 안 났다. 할 수 없이 어린이용을 선택하고 남은 잔돈을 짤랑거리며 게이트를 통과했다. 큰 소리로 '어린이입니다.' 가 울려 퍼졌다. 내 얼굴이 화끈거

렸지만, 사람들의 눈치를 보며 지하철 출입구로 들어갔다.

지하철 출입구에 들어가 모니터를 보니 다음 열차까지 9분이 남았다. 끝 칸까지 걸어가서 의자에 앉았다. 일어나 있는 사람들, 자리에 앉아 있는 사람들, 계단을 내려오는 사람들까지 단 한 사람도 빠지지 않고 스마트폰을 쳐다보고 있다. 그 조그마한 것 안에 도대체 뭐가 숨어있는지, 참. 나는 휴대폰이 있는 척 괜히 주머니를 만지작거렸다.

계단 쪽을 쳐다보는데 한 여자가 반 이상 남아 있는 음료수를 그대로 쓰레기통에 넣었다. 저 아까운 걸 왜 그대로 버리는지. 저것도 결국 돈 주고 산 거 아닌가. 결국 돈을 버리는 셈이다. 그 돈 나나 주지.

음료수를 가만히 쳐다보고 있으니 지하철이 들어온다. 문이 열리고, 차가운 바람을 가로지르며 열차에 몸을 올렸다. 이 역은 종착역에서 2번째라서 타고 있는 사람들이 별로 없다. 나는 기둥이 있는 쪽 의자에 앉았다. 왜인지 모르겠지만 그 쪽 의자가 편하다. 이대로 쭉 가다보면 광화문역이 나올 거라고 담임 쌤이 그랬다.

지하철에 타고 있는 모든 사람들의 시선은 같은 곳을 향해 있다. 핸드폰을 보면서 웃는 사람도, 진지한 표정을 짓는 사람도, 졸린 사람도 보이지만 절대 핸드폰을 놓진 않는다. 나는 지하철에 거의 타지 않지만 가끔 타면 하는 일은 하나다. 자는 거다. 나는 그대로 기둥 쪽에 머리를 기대며 잠에 빠졌다.

'이번 역은 광나루, 광나루입니다. 내리실 문은 왼쪽입니다.'

'아직이네.'

'이번 역은 동대문역사문화공원, 동대문역사문화공원입니다. 내리실 문은 왼쪽입니다. 2호선 열차나 4호선 열차로 갈아타실 고객님께서는 이번 역에서 환승해주시기 바랍니다.'

'뭐… 뭔 문? 광화문 아니야?'

나는 정신이 번쩍 들어 모니터를 바라보았다.

'아 동대문이구나. 광화문은 언제지?'

그 자리에서 일어나 인파를 뚫고 지하철 노선도 앞으로 향했다.

'동대문…동대문…동대문… 찾았다. 어디 보자, 을지로 3가, 종로 4가, 광화문! 3역 밖에 안 남았네.'

사람이 너무 많아 더 이상 이동하는 것은 포기했다.

잠시 뒤, 안내방송이 들린다. 나는 인파를 뚫고 겨우겨우 내리는 데 성공했다.

'왔다. 광화문. 근데 몇 번 출구였지?'

역 모니터에 있는 시계를 보니 이미 가야되는 시간 1시를 넘은 시각이었다. 근데 어디로 가야하는지 기억이 안 났다. 기억을 미친듯이 더듬기 시작했다.

'얘들아, 오늘 1시까지 한국과학박물관으로 오면 된다. 지하철 타고, 쭉 오다보면 광화문역 있거든? 거기서 내려서… 번 출구로 나오면 된다. 나와서 쭉 걷다보면 보인다. 아시겠어요~? 3반'

담임쌤의 종례 전체가 기억났는데 그 몇 번인지만 기억나지 않았다. 더 기억을 떠올려 보았다. 끝내 답을 찾을 수 있었다.

'3반이니까 3번 출구로 오면 된다. 얼마나 간단하니?'

나는 뿌듯함을 느끼고 계단을 올랐다. 나오면서 보증금 500원을 받고, 3번 출구로 밖으로 나왔다. 쌤의 말처럼 3번 출구에서 나오자마자 그대로 쭉 걸어가니, 커다란 박물관 입구가 보인다. 입구 쪽을 보니, 익숙한 실루엣을 가진 한 여자가 서 있는 것 같았다. 익숙한 실루엣은 역시나 담임쌤이었다.

"태현아, 왜 이제 오냐. 얼른 가자. 다른 애들 먼저 다 갔다."

"친구들은요?"

"다 벌써 먼저 들어갔지. 지금 송일고등학교 1학년 300명 전교생에서 너만 안 왔다."

"그래요? 얼른 가요, 그럼."

내 담임선생님 이름은 김세정. 우리학교 과학 쌤이자, 우리 학교 최고의 미모를 지닌 선생님이다. 나이는 30대 중반인 걸로 알려져 있지만 워낙 동안인 탓에 나는 첫날 웬 교생 쌤이 담임을 하냐고 생각할 정도였다.

"저기 있네. 얼른 가라." 세정 쌤이 친구들을 가리키며 말했다.

나는 애들한테 뛰어갔다. 나는 가장 친절한 시형이에게 물었다.

"얘들아, 다들 어디 있었어? 기다렸는데 아무도 안 오더라?"

"어, 그게…"

시형이가 말을 꺼내려 하자 정훈이가 그 앞을 가로막고 대신 말했다.

"우리 그전에 출발하기로 했었는데, 못 들었냐? 그니깐 다음부터 집중해."

"그랬나? 어, 그래."

사실 내가 모르는 척하지만 나도 다 안다. 친구들은 모두 나를 싫어한다. 그래서 오늘도 자기들끼리 몰래 빨리 떠난 것이다. 공개적으로 따돌리면 처벌 받으니까. 최근 들어 잠잠해지나 했지만, 그럴 리 없다.

앞에서 애들이 먼저 무리지어 인솔 선생님을 따라가는데, 나는 그들을 따라가기가 싫었다. 그래서 뒤로 처져서 혼자 쓸쓸히 걷고 있었다. 그때였다.

"왜 이렇게 기운이 없어."

라고 하며 세정 쌤이 내 손을 잡고 끌고 가주었다.

"가자, 가서 쌤이랑 같이 구경하자. 내가 명색이 또 과학 쌤 아니니." 그러곤 세정 쌤은 나를 보며 환히 웃어주었다.

관람이 끝나고, 시형이가 나에게 다가왔다.

"같이 PC방 갈래? 아까 좀 미안해서."

"괜찮아."

"그럼 가자, 같이."

PC방은 친구들에겐 집과 같은 공간이지만, 단돈 10원이 부족한 나에게는 꿈과 같은 공간이다. 사실 내가 친구들과 멀어진 이유도 PC방 때문일 확률이 높다.

"미안, 나 오늘은 집에 일찍 가봐야 할 것 같아. 집에 일이 있어서."

"그래? 그러면 다음번에 가자. 잘 가~"

시형이가 밝게 인사해 주었다.

지하철을 타려고 역으로 가는 길에 사람들을 한번 봤다. 역시나, 길을 걸으면서도 스마트폰은 기본이다. 안 하고 있는 사람을 찾기가 힘들다. 그들이 작은 세상 속에 갇혀 있을 사이, 나는 광화문의 아름다운 모습과, 산의 초록빛, 그리고 하늘의 푸른빛을 보며 더 큰 세상을 즐겼다.

'이렇게 좋은 걸. 저 작은 세상이 뭐가 좋다고 그럴까? 큰 세상이 백 배, 아니 몇 만 배 이상은 아름다울 거 같은데.'

큰 세상을 즐기다 보니 지하철역에 도착했다. 지하철역에서 이제는 당연한 듯이 어린이용을 끊고, 차에 올랐다. 그리곤 당연하게도 잠에 빠졌다. 아까 자서 그런지는 몰라도, 금방 잠에서 깼다. 심심해서 지하철 모니터를 계속해서 쳐다보았다. 광고의 연속이었다. 은근 광고 보는 것도 재밌다.

헌데 오늘은 계속 병원 광고만 나왔다. 병원 광고는 좀 재미가 없다. 그래서 지루해질 무렵, 새로운 광고가 등장했다. 나의 눈을 번뜩이게 하는 광고였다.

'시간 여행. 당신이 수십 년간 여행을 다녀온 사이, 지구는 이미 몇 만 년이 지나가 있을 겁니다.'

처음에 이런 멘트가 나오길래, 무슨 체험전이나 영화 광고인 줄 알았다. 하지만, 그 다음부터는 충격에 입을 다물 수 없었다.

'한국항공우주센터 개발. 실험 대상 구함. 16~18살의 건강한 남자. 보상: 가족들에게 일시금 50억 지급, 사망 전까지 연에 5000만원씩 지원.'

점점 광고가 공익 광고처럼 변해갔다. 그래서 마지막에 광고 업체가 누군지 주목했다. 광고 업체는 더욱 놀라울 뿐이었다.

'대한민국 청와대'

'저거 진짜인가? 그래 청와대 이름까지 걸었는데 거짓말은 아니겠지. 저거 해보면 어떨까? 광고 내용대로라면, 내가 갔다 온 뒤에는 내 가족, 친구 등은 당연히 없을 테고, 인간이 과연 살아있을까? 진짜 궁금하네. 아니 근데, 저거 하면 가족 못 보잖아? 에이, 할 게 아니지. 저거 해서 내가 50억을 벌어다 준다 한들 엄마가 좋아할까? 싫어하겠지. 부모님에 대한 예의가 아니다. 이상한 상상하지 말자.'

이런 생각을 하다 보니, 친구들이 보던 드라마에 나온 명대사가 생각났다. 자식들 병원비를 위해서 자살하려는 남자에게 예쁜 여자가 이렇게 말했다.

'애들은요! 아빠가 자기들 병원비 때문에 죽었다는 걸 알면, 걔네가 행복할까요?'

2 장

학교가 끝난 나는 집에서 쉬고 있었다. 엄마가 오길 기다리며. 엄마 대신 라면도 끓여놓고, 젓가락을 집으려는 순간 전화가 왔다. 순간 짜증이 났다. 그래도 전화는 받아야 하니까. 솜만 가변 있는 집 전화기를 들었다.

"여보세요."

"이연아씨 댁 맞으십니까?"

"네 그런데요, 무슨 일이세요?"

그 다음 말을 듣고는 전화기를 떨어뜨렸다. 그대로 현관 밖으로 뛰어 나갔다. 근처에 있는 큰 병원으로 단숨에 뛰어 갔다. 응급실에 그대로 들어간 나는 미친 사람처럼 소리 지르고 다니기 시작했다.

"엄마! 엄마!"

그러니까 의사처럼 보이는 한 선생님이 나에게 다가왔다.

"혹시 이연아씨 아드님 되시나요?"

"네, 네. 저희 엄마 어딨어요, 저희 엄마, 저희 엄마 좀 살려주세요."

"네, 아들 분 진정하시고, 그 정도는 아니니까, 저쪽 10번 베드 가보세요." 대답은 생략한 채 뛰어갔다.

"엄마!" 커튼을 치우며 소리쳤다. 엄마의 모습이 보였다. 얼굴에는 흉터와 멍 자국으로 가득했다. 머리에는 꼬맨 것 같은 흔적이 있었고, 다리는 정상적인 피부보단 시퍼런 부분이 더 많았다.

"엄마, 무슨 일이야, 엄마." 눈물이 나지 않을 수가 없었다.

"왜 여기까지 왔어, 태현아."

엄마가 간신히 목소리를 내며 말했다.

"엄마, 많이 다친 거야? 또 어디 다쳤어. 어떤 놈들이 그런 거야. 대체 어떤 놈들이!" 엄마가 내 손을 딱 잡았다.

"태현아, 진정해. 엄마 괜찮아. 엄마 괜찮으니까 너무 걱정하지 마."

나는 두 손으로 엄마의 손을 감싸며 다리에 힘이 풀려 털썩 무릎을 꿇었다.

"엄마…"

엄마는 아픈 몸을 일으켜 나를 꼭 안아줬다. 엄마의 품에 안기니 조금 진정되는 기분이었다.

엄마의 품에서 잠시 안정을 취하면서 잠이 들었다.

일어나 보니 벌써 밤 10시가 넘은 시각이었다. 엄마는 자지 않고 누워 있는 나를 쳐다보고 있었다.

"일어났어? 이제 태현아 집에 가서 자. 엄마도 곧 갈게."

"싫어. 나도 여기 있을 거야."

"서태현, 엄마 말 안 들을 거야."

"아 알았어, 엄마도 빨리 와야 돼."

나는 병원에 있는 엄마를 뒤로한 채 집으로 향했다.

터벅터벅 집으로 돌아가며 생각을 해보았다. 아니, 생각해 볼 거리도 없었다. 엄마가 조폭들에게 저 정도로 맞은 이유는 빚밖에 없다. 내가 얼른 취업해서 엄마 빚 갚아줘야 하는데.

"아빠, 이럴 땐 어떻게 해야 돼요?" 하늘을 쳐다보며 말했다.

엄마는 어릴 적 나에게 말했다.

'너네 아빠는 엄마랑 태현이 지키다가 별이 됐어. 가끔 힘들고 어려운 일 있을 때, 아빠 별 보면서 얘기해봐.'

"아빠, 진짜 어떻게 해야 돼요? 아빠? 아빠…" 메아리 없는 공허한 외침일 뿐이었다.

3장

"무슨 일 있어?" 다영이가 말을 건넨다.

"어⋯어? 뭘 무슨 일. 별 일 없어."

"야, 얼굴에 '나 별 일 있어.' 이렇게 써져 있어. 자, 얘기해 봅시다."

반에서 남자 중에는 마땅한 친구가 없는 나에게 항상 친근하게 말을 걸어주는 건 옆에 앉은 다영이 뿐이다. 다영이는 귀여운 외모와 착한 성격을 가져 우리 학교에서 인기가 많다. 그런 다영이가 나에게 자꾸 말을 거는 것 또한 내가 남자 애들에게 따돌림을 받는 이유 중 하나다.

"어⋯그게⋯" 나는 말하기가 망설여졌다.

"봐봐, 맞네. 따라와."

다영이가 자리에서 일어났다. 교실 뒷문으로 나가서 나를 쳐다본다.

"뭐해, 가자니까"

"어⋯그래."

여기에 오는 방법을 어떻게 아는지는 모르겠지만, 나는 어느새 옥상에서 다영이와 마주하고 있었다. 내 손에는 바나나 우유까지 들려 있었다. 이건 또 어떻게 구했지?

"자, 이제 얘기해봐. 여기 아무도 없어. 너와 나밖에."

"어⋯그게 있잖아,"

나는 다영이에게 어제 있었던 일을 설명하기 시작했다. 집에 전화를 받고 병원을 간 것, 엄마가 조폭에게 맞은 것, 그리고 내가 생각하는 맞은 이유까지도. 모든 걸.

"이제 알겠어?"

"아~ 그렇구나." 다영이가 알겠다는 듯 고개를 끄덕거린다.

"잠깐만, 근데 내가 지금 너한테 이걸 왜 얘기하고 있지?"

"이미 배는 떠났네요~"

가족사를 친구한테 이 정도로 얘기해도 되나 싶었다. 그래도 내가 지금 힘든 이유를 누군가에게 털어 놓으니까 마음은 후련하다. 사람이란 그런 것 같다. 솔직하게 얘기하는 것만으로도 마음이 편해진다.

내 얘기가 끝나고 잠깐의 침묵이 있었다. 그러다 다영이가 얘기를 꺼낸다.

"사실… 나도 너랑 비슷해."

"무슨 말이야?"

"나도 너랑 비슷하다고. 가족사가."

다영이 입에서 나오는 의외의 말에 나는 놀라고 말았다.

"사실, 나도 그랬었어. 나도 어렸을 때 엄마가 돌아가셨거든. 물론 아빠가 부자인 덕에 너처럼 가난하게 살진 않았지만, 부모님이 한 분 안 계시다는 것. 그게 얼마나 슬픈 일인지 나도 잘 알아. 그래서 학기 초부터 내가 너랑 친하게 지내려고 한 거고."

"지금한 말 진짜야?"

"그럼, 내가 뭐하려고 너한테 이런 거짓말을 하겠냐. 한 분 밖에 없어서 더욱 아끼는 부모님이 그런 일을 당했으니, 진짜 슬프겠다."

그 후로도 나와 다영이의 대화는 계속 이어졌다. 서로의 공통점을 알아가며, 우리는 서로에게 위안을 얻어갔다.

4장

"집에 가면 뭐해?"

"뭐 딱히. 그냥 엄마 기다리는 거지 뭐."

그날 이후 나와 다영이는 하굣길을 같이 하기 시작했다. 이런저런 얘기도 하니 훨씬 기분이 좋은 것 같았다.

"아, 근데 오늘은 엄마 하루 쉰다고 했는데. 빨리 가봐야겠다."

"그래, 빨리 가봐."

"괜찮아, 같이 가자."

그렇게 걷다보니 어느덧 집 직전 골목에 도착했다. 오른쪽으로 꺾기만 하면 바로 우리 집이었다. 여기서 왼쪽으로 가서 헤어지는 다영이를 배웅하려고 왼쪽을 보고 있었다. 그 순간이었다.

"태현아, 저 사람들 뭐야?"

"응? 뭐가?" 나는 그 순간 뒤를 돌아보았다.

우리 집 앞에는 건장한 남성 한 5, 6명이 있었다. 그들은 문을 계속 발로 차며 소리쳤다. 나는 바로 상황이 심각함을 깨달았다. 다가가서 일을 얘기해보려고 했다. 앞으로 나가려는데, 누군가 내 팔을 잡았다. 다영이였다.

"미쳤어? 너 지금 나가면 맞아 죽어. 가만히 있어."

“그럼 어떡해? 우리 엄마는, 우리 엄마는!”

“침착해, 경찰을 불러보자.”

다영이는 바로 112에 전화를 했다. 다영이가 신고를 하는데, 내 눈에서 눈물이 나기 시작했다. 전화를 끊은 다영이가 울고 있는 나를 보며 얘기했다.

“곧 도착하신대. 잠깐만 기다려. 울지 말고.”

얼마 지나지 않아 싸이렌 소리가 들렸다. 싸이렌 소리가 들리자 그 남성들은 바로 옆에 있던 차에 올라탔다. 그들이 출발하자마자, 경찰차가 도착했다. 오토바이를 탄 경찰관이 그들을 쫓았고, 경찰차에 탄 경찰들은 우리 집 앞에 내렸다.

그 순간, 나는 집으로 뛰어가기 시작했다. 우리 집 안에 있는 엄마를 확인하려는 경찰들을 가로지르고 바로 문 앞으로 뛰어갔다. 열쇠로 문을 열었다. 나는 문을 열자마자 소리 질렀다.

“엄마!”

문을 여니 이불 안에서 떨고 있는 엄마의 모습이 보였다. 나는 곧장 뛰어갔다.

“엄마, 엄마. 괜찮아? 괜찮냐고.”

“태현이? 엄마 괜찮아.”

“사람들 다 갔어. 엄마 안심해도 돼. 경찰들 와서 다 쫓아냈어.”

“그래? 우리 아들 잘했네. 기특하네, 다 컸어.”

“엄마…” 나와 엄마 모두 눈물을 멈출 수 없었다.

그날 밤. 나는 쉽게 잠을 이루지 못했다. 옆에서 엄마는 내일 아침

일을 나가기 위해 주무시고 있다. 나도 피곤한 하루였지만 내가 잠 못 드는 까닭은 하나였다. 마음이 너무 복잡했기 때문이다.

'과연 내가 이런 식으로 산다고 해서 행복할까? 무엇보다 내가 아니라 엄마는. 매일 빚 독촉에 시달리며 온종일 일하면서도 내 걱정만 하는 우리 엄마는. 엄마는 그래도 행복할까? 아니야, 엄마도 행복하지 않을 거야. 더군다나 앞으로 이런 압박은 더욱 심해질 텐데. 엄마 어떡해. 무슨 수를 쓰더라도 엄마를 행복하게 해주고 싶다. 이런 엄마를 보는 나도 행복하지 않은 것 같아. 내 목숨을 바쳐서라도…'

이런 극단적인 생각마저도 드는 상황이었다. 그때, 한줄기 빛이 나의 뇌를 스쳐지나갔다.

'그래, 그때 그 광고! 그거야.'

5장

"괜찮아?"

온종일 내 눈치를 보던 다영이가 건넨 첫 마디였다.

"어? 어. 괜찮아."

"많이 놀랐을 것 같아."

"그것보다 네가 진짜 많이 도와줬잖아. 진짜 고맙다. 너무 고마워."

"당연히 해야 할 일을 한 건데 뭘 새삼스럽게 그래."

다영이가 쑥스러운 듯 얼굴이 붉어진다.

"근데 다영아, 그러면 나 하나만 더 도와주면 안 돼?"

"이번엔 무슨 일인데?"

"핸드폰 잠깐만 빌려줘"

"뭐하게?"

"그건 알려줄 순 없어. 하지만 어제보다 훨씬 더 의미 있는 일이 될 거야."

"뭔데 그래, 자 여기. 다른 거 보면 안 된다~."

"진짜 고마워."

다영이에게 스마트폰을 빌린 나는 그때 봤던 그 광고에 대해서 찾기 시작했다. 기억나는 건 50억, 그리고 청와대였다.

네이버 검색창에 혹시나 해서 50억부터 쳐보았지만, 역시나 찾을 수 없었다. 다음 단서는 청와대였다. 네이버에 청와대를 치니 청와대 사이트가 나왔다. 나는 곧바로 청와대 사이트에 접속했다. 사이트에 들어가니 대통령의 사진이 떡하니 나왔다. 나는 위에 있는 배너에 집중했다. 어디 가면 그 광고 내용이 나올까. 우선 정부 3년 정책 모음에 들어갔다. 그곳에 들어가니 생전 처음 본 정치적 내용들이 수두룩했다. 그 다음에 정책 파트에도 들어갔지만 그런 류의 광고는 찾을 수 없었다. 역시나 내가 그때 잘못 본 것인가. 혹은 그냥 가짜 광고인가. 내가 볼 땐 후자일 확률이 높았다. 그래서 포기하고 폰을 끌려는 찰나, 갑자기 중요 문구가 떠올랐다.

'시간여행.'

나는 곧바로 시간여행을 검색했다. 초등학생들이 쓴 것으로 보이는 지식인 질문이 잔뜩 있었다. 더 내리니 몇 권의 책이 보였다. 계속 내리는데도 내가 원하는 게 보이지 않자 다시 포기하려 했다. 그때였다.

'시간여행 실험 대상자 모집. 16~18세 남성. 50억 지급'

정확히 그때 보았던 정보와 일치했다. 나는 바로 이것을 클릭했다. 그러니, 아까 갔었던 청와대 사이트 중 일부로 연결되었다.

원하는 정보를 모두 얻어낸 나는 다시 핸드폰을 다영이에게 돌려주었다.

"정말 고마워, 다영아."

"도대체 무슨 일을 한 거야?"

"쉿, 비밀. 너는 정말 가치 있는 일을 하고 있는 거야."

학교가 끝나고, 다영이가 나를 기다리고 있었다.

"어 다영아, 오늘은 미안한데 혼자 가야할 것 같은데? 내가 담임 쌤을 봬야 돼서 말이야."

"무슨 일이야? 세정 쌤이 불러?"

"어, 그래. 무슨 일인지는 나도 잘 모르겠어. 가봐야 알 것 같아."

"그러면 기다릴게. 교무실 앞에서."

"아니야. 나 쌤 보고도 오늘 엄마한테도 좀 가봐야 돼서 그래. 먼저 가. 정말 미안."

"그래? 알았어. 먼저 갈게. 쌤 잘 만나."

다영이가 떠나며 손을 흔들어서 나도 같이 손을 흔들어주었다. 다영이가 완전히 시야에서 벗어나고서야 나는 2층에 있는 쌤 교무실로 향했다.

교무실로 향하는 계단 속에서 나는 수많은 감정이 오고갔다. 분명히 일은 계획대로 풀리고 있었지만, 이와 동시에 많은 슬픈 감정이 나를 지나갔다. 하지만 교무실이 그리 멀지 않은 탓에, 아주 깊은 생각을 하진 못했다.

쌤은 제일 큰 교무실 말고, 창의기획부라는 부서에 계신다. 언제나 그렇듯 교무실 문을 여는 것은 두렵다. 노크를 너무 약하게 해서 노크도 안하고 들어왔다는 오해를 받을까봐, 노크를 너무 세게 해서 너무 시끄럽게 하고 들어왔다는 오해를 받을까봐 항상 조심스럽다. 나는 교무실 문 앞에 서서 문을 3번 두들겼다. 아 2번째 노크가 약간 셌나? 하고 교무실 문을 열었다.

창의기획부 문을 열어도 쌤의 얼굴을 바로 보기는 쉽지 않다. 쌤이 가장 안쪽에 있는 탓에, 나머지 세 분을 항상 먼저 마주치고 마지막에 쌤을 뵐 수 있다. 세 분을 먼저 뵙고 머리를 살짝 내미신 담임 쌤을 마주할 수 있었다.

"어, 무슨 일이야, 태현아."

언제나 그렇듯 세정 쌤은 이름을 부르며 살갑게 맞아주신다.

"쌤, 저 컴퓨터 잠깐만 빌릴 수 있을까요? 프린트하고 싶은 게 있어서요."

세정 쌤은 내 집안 사정을 알기 때문에 흔쾌히 수락해주셨다. 쌤의 자리에 앉아서 마우스를 잡았다. 네이버에 들어가자마자 시간여행을 쳤다. 그 후 아까 알아낸 경로를 이용해 필요한 정보가 있는 곳에

들어갔다. 그곳에는 첨부파일에 신청자 양식이 있었다. 신청자 양식을 혹시 다운받았다가 쌤이 보실 수도 있으니까 '열기'를 누르고, 인쇄 버튼을 눌렀다. 복사기가 돌아가는 소리가 들렸다. 나는 그 즉시 내가 열었던 모든 파일과 인터넷을 끄고 복사기 앞에서 내 프린트를 받아 주시려는 세정 쌤 앞으로 뛰어갔다.

"제 파일은 제가 받을게요."

세정 쌤은 약간 당황한 모습이었지만 미소로 응대해주셨다.

"쌤 감사했습니다, 이만 가볼게요 안녕히 계세요."

"태현아. 감사했습니다라고 하면 다신 안 볼 것 같잖아 감사합니다라고 해."

"네." 나는 약간의 웃음을 지을 뿐이었다.

집에 돌아온 나는 거실 탁자에 놓여있는 펜을 집었다. 그러곤 가방에 고이 들고 온 프린트를 꺼냈다. 그리고는 프린트를 작성하기 시작했다. 이름, 소속, 나이, 키, 몸무게 등을 차례로 적은 나는 의외의 칸에 놀랐다.

'수많은 이별을 경험할 수밖에 없는 이걸 굳이 하려는 까닭이 무엇입니까?'

나는 솔직하게 써내려갔다.

'저는 어렸을 때 아빠를 사고로 잃었습니다. 저는 기억도 안 날 정도로 어렸을 때에 말이죠. 그 후로 엄마와 단둘이 살았습니다. 하지만 거의 대부분의 경제활동을 책임지고 계셨던 아빠가 사라지셨기 때문에 경제적으로 저희 가족은 더욱 어려워졌습니다. 그런 형편 속에서도 엄마는 어려운 사람을 도와주시려다 사기를 당하셔서 막대한 빚을 지게 됐습니다. 엄마는 그 빚을 갚기 위해 온종일 일하시지만, 그 빚을 다 갚는다는 것은 쉽지 않습니다. 최근 들어서는 엄마가 사채업자에게 폭력을 당하시거나, 집 앞까지 찾아와 위협을 당하는 경우도 있었습니다. 엄마는 당연히 너무나도 불행하셨고, 그런 엄마를 보는 저도 너무나 불행했습니다. 그런 엄마에게 행복을 가져다주고 싶습니다. 남은 세월이라도 엄마가 행복하셨으면 좋겠습니다.'

나는 그 후 눈물을 머금은 신청서를 우표를 구매해서 우체통에 넣었다.

3일 뒤, 학교 갔다 온 나에게 답장이 왔다.

'귀하는 실험 대상자로 선정되었습니다. 이번 일요일까지 꼭 만나야할 사람들을 만나고 다음 주 월요일 10시까지 청와대 내부 공원 분수대 앞으로 찾아오세요.'

나에게 남은 날짜는 단 3일이었다.

6장

"오늘 하루 종일 수고 많았습니다. 야자해야 되는 사람은 남아서 야자하고, 나머지는 집 잘 가세요~. 그리고 서태현, 잠깐 선생님 좀 볼까?"

다영이가 나에게 물었다.

"태현아, 너 요즘 무슨 일 있어? 왜 이렇게 담임 쌤이랑 자주 봐?"

"어…어? 아, 글쎄 나도 잘 모르겠네."

"오늘은 몇 시간이 돼도 기다릴래."

다영이가 단단히 마음먹은 듯 얘기했다.

"그래, 그럼."

담임 쌤을 쫓아가는 나의 뒤로 다영이가 쫓아왔다. 담임 쌤이 다영이를 보고 말씀하셨다.

"다영아, 집 안 가니?"

"태현이 기다리려고요."

"태현이 오래 걸릴 것 같은데? 먼저 가는 게 좋을 것 같은데?"

"그래도 기다릴 거예요."

"태현이 사적인 것이랑 관련된 거라서 그래. 먼저 가줘, 제발 부탁이야."

"그래요?"

다영이의 표정이 시무룩해졌다. 다영이는 나를 쳐다보았다. 나는 미소로 맞아주었다.

"그래요, 그러면 먼저 갈게요." 다영이가 말했다.

"태현아, 다음주 월요일에 봐."

다영이가 손을 흔들며 먼저 내려갔다. 다영이가 내려가자 담임 쌤이 말을 걸었다.

"다영이랑 많이 친한가봐?"

"네? 그렇게 많이 친하진 않고."

"많이 친한 것 같던데 뭘. 항상 집도 같이 가고."

"네."

"근데 왜 그랬어."

담임 쌤이 의미심장한 말을 남겼다. 나는 대답하지 못했다.

"그래, 태현아 먼저 우리 반 교실에 가 있어."

우리 반 교실에서 내 책상에 앉아있으니 잠시 후 세정 쌤이 들어왔다. 세정 쌤이 의자를 끌고 와서 내 앞에 앉았다. 표정은 내가 여태껏 본 쌤의 표정 중 가장 심각했다.

"태현아, 이것 좀 설명해줄래 선생님이 이해가 안 돼서." 쌤이 종이 하나를 내밀었다. 내가 썼던 신청서 양식이었다. 아무래도 그날 뭔가 빠뜨린 것 같다. 일단 처음에는 모르는 척을 했다.

"이…이게 뭔데요."

"서태현! 선생님 지금 진지해. 이거 네가 쓴 종이 맞지."

"…" 나는 대답하지 못했다.

"서태현! 대답해, 네가 쓴 종이 맞아 아니야."

세정 쌤이 목소리가 점점 커졌다. 이렇게 큰 목소리를 들어본 적이 없었다.

"네." 나는 끝을 얼버무리며 대답했다.

"그래, 태현아. 도대체 왜 이 종이가 너에게 필요한 거지?"

"…"

"태현아, 부모님께 말씀은 드린 거야?"

"…"

"말씀 안 드렸어?"

"…네."

"부모님께 말씀도 안 드리고 이런 엄청난 행동을 해?" 쌤의 목소리가 최대치로 커졌다.

"…"

"서태현, 도대체 이 미친 짓을 네가 왜 하려는 건데. 그래, 너희 집안 사정 안 좋은 거 선생님도 알아. 최근에 불미스러운 일이 있었던 것도 알고. 선생님은 다 알아, 다 아니까 한 번 말해 봐. 왜 이런 결정을 내린 거야?"

"…"

"태현아, 선생님은 다 안 다니까. 선생님은 태현이 편이야. 널 도와주고 싶어서 그래. 우리 얘기 하자, 얘기."

"…"

"서태현, 선생님은 다 안다고…"

"선생님이 뭘 아시는데요, 선생님이 뭘 아시냐고요."

내가 일어나면서 말했다.

"태…태현아." 쌤이 당황한 듯 보였다.

"선생님이 뭘 아세요, 선생님이 이 감정을 어떻게 알아요? 선생님이 부모님 일찍 돌아가서 봤어요? 선생님이 엄마랑 단둘이 살아보셨어요? 선생님 엄마가 조폭들에게 두들겨 맞고 병원에 누워 있는 거 본 적 있으세요? 선생님 댁 앞에 조폭 대여섯 명이 와서 위협하고 있는 거 보신 적 있으시냐고요."

"태현아, 쌤은 그게 아니라…"

"선생님은 아무것도 몰라요. 제 엄마가 얼마나 힘들게 사시는지, 그런 엄마를 보고 있는 제 기분은 어떤지, 아무것도 경험해 보지 않은 선생님은 아무것도 모르신다고요."

"…"

쌤은 말을 잇지 못했다.

"쌤… 저 너무 힘들어요. 제 엄마가 그렇게 힘들고 어렵게 사시는 거 보고 너무 힘들다고요. 그래서 엄마를 위해서. 아니 솔직히 엄마를 위해서는 핑계예요. 제가… 제 자신이 이 상황을 빨리 벗어나고 싶어요. 제가 이것만 가면 저도 이 상황을 벗어나고. 엄마도 돈 생겨서 기쁜, 그런 정말 행복한 상황 아니에요?"

주저앉으며 선생님을 바라보는 내 눈에는 또르르 눈물이 흘렀다.

"태현아…"

"저 이만 갈게요. 화내서 죄송해요. 그동안 부족한 저 많이 챙겨주셔서 감사했습니다. 앞으로도 좋은 학생 길러주시는 좋은 선생님 되시기를 빌게요. 저는 좋은 학생으로 못 떠나서 죄송합니다."

나는 뒤로 돌아 뒷문으로 향했다.

"너희 어머니는!"

세정 쌤이 소리쳤다. 나는 발걸음이 멈칫했다.

"네가 그렇게 사라지고 나면, 어머니가 아무리 돈이 많이 생겨서도 과연 기쁘실까? 그런 상황에서 너희 어머니가 행복해 하실 것 같냐고!"

나는 잠깐 멈칫했던 발걸음을 이어서 뒷문을 열고 나갔다. 반에서 세정 쌤이 소리 지르는 소리가 들렸다.

"서태현!"

흘러내리는 눈물을 닦으며 나는 발걸음을 재촉했다.

7 장

"그래."

다영이의 산뜻한 대답을 듣고서 나는 바로 씻으러 들어갔다. 물을 아끼기 위해 우리 집은 목욕은 최대한 자제한다. 세수할 때, 양치할 때는 물론 머리를 감을 때도 물을 받아 놓고 씻는다. 애들은 들으면 경악을 하곤 했지만, 최근엔 얘기한 친구도 없다. 이번에도 나는 내가 원래 씻던 방법대로 씻었다. 다 씻고 수건으로 머리를 말리는데 문득 그런 생각이 들었다.

'이제 이렇게 씻는 것도 마지막인가.'

너무 슬픈 생각을 하는 건 정서에 좋지 않다. 더군다나 이렇게 기분 좋은 일을 앞두고 있을 때는 그런 생각을 할 필요가 없다.

옷장에서 몇 벌 되지 않는 내 옷 중에서 제일 멋있는 조합을 찾아보려고 계속 옷을 몸에 대보았다. 10분이 넘는 고민 끝에 나는 결론을 얻었다.

'패션의 완성은 얼굴이야.'

이런 명쾌한 결론을 얻어낸 나는 그 후 고민 없이 쉽게 옷을 선택했다.

우리 엄마는 항상 어려운 형편이지만 친구들이랑 나가서 놀 때 쓰라고 부엌 싱크대 안에 만 원짜리를 놓고 가신다. 나는 돈이 아까워서 한 번도 쓴 적이 없다. 하지만, 오늘은 먼지가 쌓인 만 원짜리를 들고 나가야만 한다. 처음으로 어렵게 잡은 다영이와의 데이트 기회다. 하지만 오늘 결과가 좋더라도 오늘 데이트가 마지막 데이트가 될 것이다. 그런 건 결과가 좋고 나서 아쉬워해야 되는데 벌써 김칫국부터 마시고 있다.

먼지가 쌓인 만 원짜리를 꺼내고 최대한 머리를 다듬은 다음 집을 나섰다. 약속 장소는 언제나 우리가 헤어지는 갈림길 앞이다. 한 마디로 그냥 집 앞이다. 내가 다영이 집 근처에서 만나자고 했지만 다영이는 그곳이 편하다고 했다. 그러고 보니 아직 다영이가 어디 사는지도 전혀 모르네. 오늘 물어봐야지.

약속 시간은 5시. 내가 집을 출발한 시간은 4시 40분이다. 기어서 가면 20분 걸리려나? 기어서 가도 3, 4분 안에 도착하는 거리를 너무 일찍 출발한 것 같았지만 다영이를 기다리게 하고 싶진 않았다. 발걸음을 재촉해 약속 장소에 빨리 도착했다. 하지만 약속 장소에 도착한 순간, 나는 깜짝 놀랐다. 웬 절세미인이 그 장소에 서 있었던 것이다. 얼굴이 약간 낯이 익었지만, 나는 설마 했다. 그런데 그때 목소리가 들렸다.

"태현아! 일찍 왔네."

다영이가 맞나 보다. 원래도 예뻤지만 교복이 아닌 사복을 입고 제대로 꾸미니까 아이돌 같다. 내가 이런 애랑 친했다니. 괜시리 마음이 뿌듯해진다. 너무 예쁜 여자애가 내 앞에 있으니 목소리가 갑자기 떨린다.

"어…어! 다영아, 왜…이렇게 일찍 왔…어"

"왜 그래? 평소답지 않게? 평소에 안 이러잖아."

대화를 반드시 이어가야한다는 생각으로 겨우 마음을 다스렸다. 다영이 뒤에 있는 나무를 보니 조금 마음이 안정됐다. 나는 나무를 보면서 얘기했다.

"어, 다영아. 왜 이렇게 일찍 왔어?"

"그러는 너는? 약속시간 5시잖아. 그리고 너 어디 보고 얘기해? 뒤에 뭐 있어?"

나는 그냥 웃었다. 다영이가 알고도 모르는 체 하는 건지, 진짜 모르는 건지 알 수 없었다. 나는 마음속으로 속삭였다.

'네가 너무 예쁘게 하고 와서 그렇잖아, 설레게.'

대답은 해야 되니 말은 이어갔다.

"나는 너 안 기다리게 하려고 일찍 왔지."

"어? 나돈데! 우리 통하나봐." 다영이가 웃었다.

"그럼 일찍 만났는데 일찍 갈까?"

다영이가 말을 이었다. 나는 고개를 끄덕이는 것으로 대답을 대신했다.

"우리 밥 뭐 먹을래?" 다영이가 물었다.

"아무거나 좋아."

라고 대답을 했지만 솔직히 크게 부담 없는 걸 먹고 싶었다. 하지만 남자가 자존심이 있지. 그런 얘기를 차마 꺼낼 순 없었다.

"음… 그래? 그럼 뭐 먹지? 어 그럼 밥버거 먹자!"

"밥버거? 아냐 더 맛있는 거 먹어도 돼."

"밥버거 안 좋아해?"

"아니, 그런 건 아닌데."

다영이가 괜히 나 때문에 밥버거를 고른 느낌이 들었다. 나 때문에 다영이가 별로 안 좋아하는 거 먹게 하는 게 싫어서 솔직하게 얘기하기로 했다.

"다영아, 나 굳이"

"태현아, 내가 밥버거가 진짜 먹고 싶어서 그래. 한 번만 먹자."

다영이가 내가 하려는 말을 눈치 챈 듯 말을 끊고 자기 얘기를 한다. 나를 진심으로 아끼고 배려하는 여자가 세상에 엄마뿐이라고 생각했었는데, 꼭 그렇지만은 않은 것 같다.

그렇게 우리는 밥버거 집에 들어갔다.

"뭐 먹을 거야?" 다영이가 물었다.

"어? 어… 나는 햄 밥버거."

"그래? 그럼 나도 그거 먹어야지."

다영이가 뒤를 돌아서 점원을 보며 얘기했다.

"햄 밥버거 2개 주세요."

다영이가 2개를 다 산다는 말에 깜짝 놀란 나는 만 원짜리를 꺼내려고 주머니에 손을 넣었다.

"다영아, 내 건 내가…"

라고 말하고 주머니에서 돈을 빼려는 순간. 다영이가 내 손목을 잡았다.

"쓰읍! 어디서 남자가 밥값을 내려고. 원래 밥값은 여자가 내는 거야. 가서 앉아 계세요."

라고 말하며 나를 자리 쪽으로 밀었다. 다영이의 배려는 끝도 한도 없는 것 같다.

우리가 시킨 밥버거가 모두 나와서 먹기 시작했다. 점심을 빈약하게 먹은 탓에 허겁지겁 먹었다. 헌데 다영이는 가만히 앉아 먹고 있는 나의 모습을 지켜보고 있었다. 나는 다영이가 먹지 않는 것 같아서 순간적으로 먹는 걸 멈추고 고개를 들었다. 그 순간, 눈이 마주쳤다. 눈이 마주치자, 다영이는 나에게 눈웃음을 지었다.

'하, 내가 이렇게 미인이랑 단둘이, 그것도 이런 분위기에서 밥을 먹는 날이 오다니. 그런데도 떠나서 이런 복을 걷어차려고 하는 난 참 바보구나.'

식사가 모두 끝나고 다영이가 내게 말했다.

"영화 볼래?"

"영화?"

사실 나에게 영화란 절대 돈 주고는 볼 수 없는 것이다. 내가 여태껏 본 영화는 시험 끝나고 학교에서 쌤이 틀어준 영화와 가끔 명절

때 본 특선 영화가 전부였다. 단 한 번도 돈 주고 영화관에서 본 적이 없다.

"응 그래, 영화. 원래 데이트할 때 그런 거 하는 거 아닌가?"

다영이가 수줍어하면서 말했다. 그런데도 내가 약간 고민하는 것 같자 다영이가 말을 이었다.

"나 마침 영화 티켓 생겼어. 어떤 사람에게 선물 받았어. 그 동안 같이 볼 사람이 없어서 고민하고 있었는데…"

말끝을 흐리면서 다영이가 나를 쳐다봤다. 나의 대답은 너무나도 당연했다.

난생처음 영화관에 와본 나는 영화관이 너무나 신기했다. 북적이는 사람들, 곳곳에 크게 걸려 있는 영화 포스터들, 그리고 달콤한 팝콘의 향기까지 내가 왜 이런 곳을 여태껏 안 와봤나 싶었다.

"뭐 볼래?" 다영이가 먼저 물었다.

"네가 보고 싶은 거."

"그래? 그러면 공포 좋아해?"

"공포? 그래 좋지."

"알았어, 나 그럼 쿠폰으로 티켓 끊고 올게."

"같이 가자."

"아냐, 나 혼자 갔다 올게. 원래 여자 혼자 끊어야 남자 직원들이 잘해줌. 남자랑 같이 오면 되게 불친절하던데?"

"아, 그래? 그래서 어떤 남자랑 같이 오셨을까?"

"태현아, 갔다 올게."

나와 다영이 사이는 벌써 약간의 질투와 장난을 할 정도로 친해져 있었다. 왠지 모르게 그 점이 뿌듯했다.

혼자 뿌듯해하고 있는 사이, 다영이가 티켓을 구매하고 왔다.

"3층 3관이니까 먼저 들어가 있어."

다영이가 티켓을 건네며 말했다.

"그럼 너는 어떻게 들어오게?"

"그 앞 직원한테 말하면 돼. 나는 좌석 어딘지 아니까 너가 들어갈 때 한 명 더 온다고 얘기해."

"너는 어디 갔다 오게?"

"나 화장실이 급해서 빨리 먼저 올라가."

"알았어, 얼마 안 남았으니까 빨리 와."

다영이는 1층에 있는 화장실로 향하고, 나는 계단 쪽으로 갔다. 충분히 엘리베이터 탈 수 있었지만, 나는 항상

'누 팔, 두 다리 멀쩡한데 걸어 다니지 뭐.'

라는 생각을 가지고 걸어 다니는 걸 좋아한다.

계단으로 한 층 올라가서, 3층이라는 걸 기억하고 한 층 더 올라가려고 했다. 근데 언뜻 시야에서 3이라는 숫자를 이미 본 것 같아서 엘리베이터를 확인해보았다. 이럴 수가, 계단을 한 층 올라왔는데 이미 3층이었다. 충격적이었다.

충격을 뒤로 한 채, 나는 3관에 입장했다. 다영이가 부탁한 대로 직원에게 한 명 더 온다는 사실을 얘기하고 자리를 찾았다. H열 7, 8을 겨우 찾은 뒤 자리에 앉았다.

이윽고 스크린에서 뭐가 재생되기 시작했다. 그때까지도 다영이는 도착하지 않았다.

'얘는 뭐 하는데 이렇게 늦어? 영화 벌써 시작했는데.'

5분 정도가 지났을 때 다영이가 도착했다. 다영이의 손에는 팝콘과 음료수가 들려 있었다.

"잘 찾아서 앉아 있네? 자, 이거 받아."

다영이가 나에게 팝콘을 건네며 말했다.

"이건 뭐야?"

"뭐긴 뭐야 팝콘이지. 원래 데이트할 때 이런 거 먹는 거 아닌가?"

다영이가 웃으며 말했다.

"이것도 쿠폰으로 산 거야?"

"쉿, 영화 시작한다."

"아까 이미 시작했어."

"어? 지금까지 한 건 광고야. 이제 영화 시작이고."

나는 순간적으로 얼굴이 빨개졌다. 영화관에 안 와 본 걸 너무 티내는 것 같았다.

이윽고 영화가 시작되고, 나는 영화에 빠져 보고 있었다. 그러다가 다영이가 사온 팝콘이 생각이 나서 팝콘 쪽으로 손을 뻗었다. 그 순간, 나의 손과 다영이의 손이 팝콘 위에서 만났다. 서로 깜짝 놀라서 팔을 순간적으로 움츠렸다. 다영이도 놀란 표정이었지만 바로 나를 향해 눈웃음을 지어 보였다. 나도 이번에는 웃음을 지었다. 아니, 정확히는 웃음이 나왔다.

영화 속에서, 거울에 의문의 그림자가 보였다. 주인공이 뒤돌아보 았지만 아무 것도 없었다. 주인공이 다시 뒤돌아 거울을 보는 순간 귀신이 있었다. 나는 너무 깜짝 놀라 아무 말도 못하고 있었는데, 갑 자기 다영이가 소리를 지르며 나에게 기댔다. 다영이는 손으로 내 팔을 잡고 머리는 내게 기댄 채로 영화를 보았다. 그때부터 영화는 눈에 들어오지 않았다.

영화가 끝나고 나서야 다영이는 자신의 상체를 세웠다. 다영이는 짐을 챙겨서 일어나려고 했다. 일어난 그 순간, 다영이가 중심을 잃 고 쓰러졌다. 나는 쓰러지는 다영이를 바로 잡아 주었다. 그리고 서 로를 너무도 가까이서 마주보고 있는 2초 정도의 시간이 있었다. 다 영이는 쑥스러운 나머지 먼저 고개를 돌렸다. 우리는 서둘러 짐을 챙겨 영화관 밖으로 나왔다.

"어땠어?" 정신없어 보이는 다영이에게 말했다.

"어?"

다영이가 고개를 돌리며 대답하려고 했다. 그 순간, 다영이가 다 시 중심을 잃었다. 이번에는 다행히 내 쪽으로 쓰러져서 쉽게 잡을 수 있었다. 하지만, 정신없어 보이는 다영이가 걱정됐다.

"업혀." 바닥에 쪼그려 앉으며 말했다.

"어? 나?" 다영이가 되물었다.

"그래, 빨리 업히라고."

"나 무거운데… 괜찮아."

다영이가 내 옆을 지나서 먼저 가려고 했다. 나는 일어나서 옆으로 지나가려던 다영이를 잡고 얘기했다.

"걱정되니까, 그냥 업히라고."

결국 다영이는 나에게 업혔다. 근데 정말 신기하게도 하나도 무섭지 않았다.

"우리, 학교 가자." 다영이가 말했다.

"이 밤에?"

"뭐 어때, 운동장 스탠드에 앉아 있으면 되게 기분 좋던데. 학교 가기 싫어?"

"아니. 그러자, 그럼."

운동장에 도착한 다영이와 나는 한동안 말없이 앉아 있었다. 오늘 하루가 끝나가니 이렇게 다영이를 볼 수 있는 것도 마지막이라는 생각이 들었다. 오늘만큼은 내 솔직한 마음을 고백하고 싶었다. 굳은 결심을 하고 얘기를 꺼냈다.

"다영아, 나 사실…"

막상 말하려니 입이 떨어지지 않았다. 그때였다.

"쉿, 원래 고백은 여자가 하는 거야. 내가 먼저 고백할 거라고."

다영이가 검지를 내 입에 대며 말했다. 나는 순간적으로 심장 박동이 빨라졌다. 다영이가 내 손을 잡으며 말을 이었다.

"태현아, 나 너 진짜 많이 좋아해. 너랑 있을 생각만 하면 학교 오는 아침이 너무 기뻐."

"나도 너 많이 좋아해. 나도 너랑 함께 해서 너무 기뻤어."

"어, 그럼 우리 통한 거야?"

"그렇네, 통했네."

"그럼… 우리 오늘부터 1일인가?"

다영이가 수줍어하면서 말했다. 나는 말없이 웃을 뿐이었다.

"이제 가봐야 할 것 같아. 아빠가 일찍 들어오라고 했는데."

다영이가 시간을 보며 말했다.

"어, 그래. 얼른 들어가."

"다음에 우리 언제 만날까? 매일 보고 싶으니까 내일?"

"어? 나 내일은 좀 힘들 거 같은데. 엄마 도와드려야 해서."

"아, 그렇구나. 그럼 월요일?"

다음 주 월요일 나의 달력에 다음 주 월요일은 존재하지 않았다. 하지만 차마 그 말을 꺼낼 수 없었다.

"월요일? 그래, 그때 보자."

내 말이 끝나자마자 다영이가 나를 안았다.

"사실 아까부터 하고 싶었어."

다영이가 말했다. 나는 여태껏 느껴보지 못한 두근거림을 느끼고 있었다.

"잘 있어, 그리고 다음 주 월요일에 보자."

다영이는 떠났다. 이 모습이 내가 다영이를 볼 수 있는 마지막이라고 생각하니 가슴이 찢어질 것만 같았다. 떠나는 다영이의 모습은 마지막까지 너무도 아름다웠고, 나를 설레게 만들었다. 내가 떠날 때도 다영이를 잊을 순 없을 것 같다. 다신 못 볼 거라는 생각에, 눈물이 흘렀다.

'다영아, 다음 약속 못 가서 미안. 정말 미안.'

8장

"왜 일어났어?"

옷을 주섬주섬 입고 있는 나에게 엄마가 물었다. 그럴 만도 하다. 지금 시각은 새벽 4시. 더군다나 오늘은 일요일이며, 나는 어제 다영이를 만나다가 11시 넘어서 들어왔다. 그런데 내가 지금 일어난 이유? 엄마를 도와드리기 위해서다.

"엄마 일 하는 데 궁금해서. 구경 가보려고."

"엄마 일 하는 데에 네가 왜 와, 주말인데 쉬어야지."

"아냐, 휴일에 가야지. 평일에 못 가잖아."

잠시 정적이 흘렀다.

"진짜 따라올 거야?"

"그럼. 이미 이렇게 준비도 다 했는데?"

"얘가 웬 일이래."

엄마의 말에 나는 웃음을 지을 뿐이었다.

이윽고 엄마와 나는 집을 나섰다. 이번이 처음으로 가보는 것이기에, 뭔가 설레면서도 약간은 두려웠다.

'우리 엄마가 얼마나 힘들게 일하고 계실까. 오늘 도와드려야지.'

학교 가는 방향과 반대 방향으로 가다보니 내가 한 번도 안 가본 동네가 나오기 시작했다. 가다보니 족히 150개는 넘어 보이는 계단이 보였다. 나는 설마 저 곳으로 가나 했지만, 얼마 뒤 나는 그 계단을 내려가고 있었다. 계단을 내려가는 동안 든 생각은 하나였다.

'여긴 어떻게 올라오지?'

그도 그럴 것이 이 계단은 중간에 쉬는 곳도, 뭔가 잡을 수 있는 봉도 없는 한 마디로 지옥의 계단이었다. 매일 새벽과 밤마다 이 계단을 오르내렸을 엄마를 생각하니 왠지 모르게 코끝이 찡해진다.

지옥의 계단을 다 내려오니 시장이 보였다. 이곳에서 엄마가 일하실 것 같았다. 그 예감은 적중했다. 엄마는 시장 쪽으로 걸어가다가 적당한 장소를 찾으시더니 그곳에 가방을 내려놓으셨다. 아까부터 이 가방에 뭐가 들었는지 참 궁금했는데. 가방을 여니 제일 처음 나오는 것은 돗자리였다. 아마도 엄마가 앉아서 일하시는 것 같다. 엄마는 돗자리를 펴고 그곳에서 본격적으로 짐을 푸셨는데, 가방에서는 다양한 종류의 나물이 나왔다. 내가 길거리에서 보았던 할머니들과 비슷한 일을 내 엄마가 한다고 생각하니 갑자기 마음이 먹먹해졌다. 갑자기 내가 너무 불효자가 된 것 같았다. 이렇게 힘들게 일하시고 계시는 엄마를 두고 나는 학교에서 편안히 있었다니. 그런데도 하라는 공부도 제대로 하지 않고 있었다니. 내 자신이 너무 원망스러웠다. 내가 가끔 아르바이트를 하겠다고 엄마에게 말할 때마다 엄마는

'학생이 무슨 일이야, 학생은 공부해야지.'

라며 나를 뜯어말리셨다.

일할 준비를 마치신 엄마는 나를 보시더니 걱정스럽게 물으셨다.

"왜 이렇게 표정이 안 좋아? 무슨 일 있어?"

"아냐, 엄마. 그냥."

"그러게 집에서 쉬지 왜 따라 나왔어."

나는 도저히 대답할 말이 생각나지 않았다. 아무 의미도 없는 몇 십 분이 흐르고, 나는 엄마에게 힘겹게 말을 꺼냈다.

"엄마."

"왜?"

"이거…얼마 걸리면 다 팔아? 하루 안에는 다 팔아?"

"그러면 참 좋겠다. 우리 태현이 맛있는 것도 마음껏 사줄 수 있을 텐데."

장사를 개시한 지 벌써 2시간이 지났지만, 첫 손님은 아직 만나지 못했다. 그러나 내 배는 정말 눈치 없게도 제 시간이 되니 신호를 준다. 딱 봐도 아침도 안 드시고 일하는 엄마한테 괜히 따라와서 배고프다고 말하는 것만큼 불효도 없을 것 같았다. 나는 무작정 참기 시작했다. 도저히 배고프다는 말을 꺼낼 수 없었다. 그렇게 배고픔을 참기 시작하고 30분 정도가 흘렀다. 배고픔의 정도는 더욱 심해졌지만, 아직 나의 결심은 굳건한 상황이었다. 그때였다.

"우리 아들, 배고프지?"

"어? 아니야, 나 배 안 고파."

"뭐가 아니야, 내가 너 17년 동안 키운 사람이야. 표정만 봐도 다 티 나. 엄마가 천 원 줄 테니까 요기 앞 시장 입구에 가면 김밥 파시는 할머니 있어. 그 할머니한테 김밥 한 줄 달라고 해서 사 먹고 와."

"김밥 한 줄에 천 원이라고?"

"여기는 원래 그래."

엄마가 눈치 채시는 바람에 어쩔 수 없이 아침을 먹으러 가게 됐지만, 가는 동안 2개의 감정이 교차했다. 괜히 따라와서 엄마의 귀중한 돈을 쓴다는 죄책감과 아침을 먹는다는 기쁨이 같이 있었다. 나는 죄책감이 더 커야 한다고 생각하고 있었지만, 점점 내 기분은 기쁨에 가까워져 갔다.

입구 쪽에 가니 혼자 외롭게 김밥을 팔고 계시는 할머니가 보였다.

"할머니, 김밥 한 줄에 얼마예요?"

할머니는 오랜만에 인기척에 놀라신 것 같은 모습이었다.

"김밥? 천 원."

"저 김밥 한 줄 살게요. 제일 맛있는 걸로 주세요."

"그래, 그래."

봉지에 김밥을 넣어주신 다음 나에게 건네주실 때 할머니가 말을 이어가셨다.

"학생, 이 시간에 여기 왜 있어?"

"아, 저 어머니 도와드리러 왔어요."

"어머니? 누구신데?"

"저기 저 쪽에 나물 팔고 계신 분이요."

"아, 그 젊은 애?"

"네."

"걔는 말이야, 이쁘장하게 생겨가지고 왜 여기 와서 일하는지 몰라. 그 애도 참 불쌍한 애야."

더 이상 해드릴 말이 없어서 인사하고 돌아가려고 했다.

"네, 그럼 할머니 많이 파세요."

"잠깐 기다려 봐, 학생."

할머니는 나를 부르시더니 내 봉지 안에 김밥 한 줄을 더 넣어주셨다.

"엄마랑 같이 먹어."

"아니에요, 괜찮아요. 할머니."

나는 도로 김밥을 꺼내서 할머니를 드리려고 했다.

"여기는 원래 그래."

아까 엄마한테 들은 말과 같은 말이었다. 여기는 원래 어떤 곳일까?

엄마에게 돌아가면서 많은 생각이 들었다. 분명히 할머니도 장사 잘 안되실 텐데, 엄마랑 함께 왔다는 말 한 마디에 한 줄을 더 주시는 할머니의 따뜻한 마음. 이런 게 바로 정인 것 같다. 내가 다니는 학교나 다른 사회에서는 느낄 수 없는 정.

엄마한테 와서 할머니가 한 줄을 더 주셨다는 말을 하려고 했다. 엄마한테 오자마자 말을 꺼내려고 하니까 갑자기 엄마가 먼저 말하셨다.

"할머니가 두 줄 주셨지?"

나는 순간적으로 당황했다. 그 먼 거리를 지켜본 것인가. 혹시나 하는 마음에 나는 내가 온 길을 되돌아보았지만 할머니는 보이지도 않았다. 엄마는 도대체 그 사실을 어떻게 알고 있는 것인가.

"어, 어떻게 알아?"

"내가 말했잖아. 여기는 원래 다 그렇다니까. 먹자."

나와 엄마는 김밥을 먹기 시작했다. 내가 김밥을 반쯤 해치웠을 때, 엄마는 이제 2개째 먹고 있는 걸 보았다. 뭔가 느낌이 이상해서 엄마가 먹을 때까지 잠깐 기다렸다. 엄마가 내가 안 먹고 있는 모습을 보면 먹으라고 할 것 같아서 일부러 엄마 뒤로 왔다.

잠깐 지켜보니 엄마는 김밥을 반쯤 먹더니 다시 알루미늄 호일로 싸기 시작했다. 나는 이해가 되지 않았지만 일단 엄마와 함께 하고 싶어서 먹던 김밥을 다시 호일로 쌌다.

점심쯤이 되자 다시 엄마가 아까 먹던 김밥을 꺼내셨다. 이제야 나는 김밥을 남긴 이유를 알 수 있었다. 엄마는 온종일 일하시면서 단 한 줄의 김밥으로 버티시는 것이었다. 그 모습을 생각하니 또다시 마음이 먹먹해졌다. 오늘 하루 동안만 벌써 몇 번째인지. 엄마의 삶은 슬픔의 연속인 것 같다. 그 동안 엄마가 벌어들인 수익은 한 아주머니가 와서 사간 3000원이 전부였다. 이걸로 내 학비와 생활비를 어떻게 감당하시는지 의문이었다.

점심을 먹은 뒤 이상한 일들이 벌어지기 시작했다. 7시간동안 한 번 팔았던 장사가 갑자기 잘 되기 시작했던 것이다. 엄마도 그 광경을 보시면서 놀라기 시작하셨다. 내내 우울하셨던 엄마의 입가에 약간의 미소가 띄워졌다.

놀랍게도 저녁 5시가 돼서 엄마는 가져오신 것을 모두 팔고 말았다. 내가 엄마한테 이런 적이 있었냐고 여쭤보았을 때 엄마는 이렇게 대답하셨다.

"아니. 하루만에 다 판 것도 처음이야. 이게 다 우리 아들이랑 같이 있는 덕분인가 봐."

나는 한 것도 없었지만 괜히 마음이 뿌듯해졌다.

집에 돌아가는 중 엄마가 나에게 말하셨다.

"오늘 장사도 잘 됐는데 집에 가서 맛있는 것 좀 먹을까?"

나는 대답 대신 웃음으로 긍정의 의미를 표했다. 엄마는 나에게 먼저 집에 가 있으라고 말하셨다. 나는 맛있는 것에 대한 기대를 품고 집에 가고 있었다. 갑자기 많은 생각이 들었다.

'엄마를 보는 것도 오늘이 마지막이구나. 나에게 많은 힘든 일이 있을 때마다 곁에 있던 건 항상 엄마였는데, 그런 엄마를 더 이상 보지 못하다니. 그래도 오늘 하루 동안 엄마를 도와드린 것은 참 뜻 깊었다. 엄마가 뭘 어떻게 하고 지내시는지 조금이라도 더 알게 되는 것 같아 그나마 낫구나. 그리고 이제 엄마가 저 일 하시는 것도 오늘이 마지막이네. 엄마, 앞으로는 좋은 집에서 맛있는 거 편안하게 드시면서 일하지 마시고 쉬고 계세요.'

집에 도착해 오늘 하루 동안 딱딱한 땅에 앉아 있었던 다리를 폭신한 이불 위에 올려놓으니 정말 좋았다. 그리고는 잠시 쉬고 있으니, 엄마가 도착하셨다. 내 코를 찌르는 향기에 나는 앉아 있을 수 없었다.

"엄마, 뭐야?"

"치킨."

엄마는 치킨을 사오셨다. 거기에 콜라까지. 평소에는 생일 때도 먹기 힘든 진수성찬 수준이었다. 나는 치킨을 보고 입을 다물지 못했다. 엄마의 손에 들려 있는 치킨을 대신 받아 접이식 식탁을 펴고, 바로 치킨을 개봉했다. 치킨을 개봉한 뒤로 나는 내 손을 저지할 수 없었다. 곧바로 젤 위에 놓여 있는 닭다리를 집어 올렸다. 한입 베어 먹으니 그 맛을 표현할 수 없을 정도였다. 뒤를 이어 한 입 더 먹으니 그 감칠맛이 절정에 다다랐다. 그러고도 두 입을 더 먹고 나서야 엄마가 눈에 들어왔다. 엄마는 내가 먹는 모습을 지켜만 보고 계셨다.

"엄마 안 먹어?"

"너 먼저 먹어. 엄마는 괜찮아."

그러고도 내가 치킨 한 마리를 거의 다 먹는 동안, 엄마는 아직 치킨을 만져보지도 않았다. 80% 정도 먹으니까, 내 욕구 대신 도리가 떠올랐다. 솔직히 아직은 조금 더 먹을 수 있었지만, 엄마에게 양보하기로 했다.

"아, 배불러."

"다 먹어, 왜 벌써 배부르대. 많이 사주지도 못하는데."

"아냐 나 진짜 배불러. 못 먹을 것 같아. 엄마 먹어."

엄마가 편히 드시기 위해 나는 서둘러 자리를 화장실로 옮겼다. 화장실에서 아까 씻었던 물로 치킨의 기름기를 닦은 뒤, 돌아왔다. 돌아오니, 엄마가 치킨을 드시고 계셨다. 왠지 모르게 기분이 좋았다. 부모의 마음이란 이런 건가.

엄마가 치킨을 다 드시고서는, 갑자기 냉장고쪽으로 향하셨다. 냉장고에서 뭔가를 꺼내셨는데, 자세히 보니 아이스크림이었다. 평소에는 구경도 하기 힘든 치킨과 아이스크림을 하루에 다 먹다니. 정말 기분이 좋았다.

그렇게 엄마가 주신 아이스크림까지 엄마와 함께 먹고 나니 정말 기분이 좋았다. 하지만 한 가지 걱정거리가 있었는데, 그것은 바로 엄마와 지금부터 할 것이 없다는 거였다. 엄마가 평소에 이 시간에 들어오신 적이 단 한 번도 없기에, 뭘 해야 되는지 막막했다. 나 혼자 있으면 혼자 상상의 나래를 펼쳐도 되고, 그러다가 잠들어도 된다. 하지만 오늘은 엄마도 있고, 무엇보다 오늘이 엄마와 함께 하는 마지막 날이다.

나는 엄마와 함께 바닥에 누워 있었다. 오늘이 마지막이라고 생각하니 하고 싶은 얘기가 갑자기 너무 많이 생겼다. 엄마와 함께 처음이자 마지막으로 진솔한 얘기를 나누고 싶었다.

나는 조심스럽게 말을 꺼냈다.

"엄마. 엄마는 돈 많으면 뭐 하고 싶어?"

"어? 엄마? 글쎄다. 생각 안 해봤는데. 근데 갑자기 그건 왜?"

"그냥. 갑자기 궁금해서."

"음, 돈이 많으면? 우선 우리 태현이랑 큰 집으로 이사 가고, 멋진

차도 사서 태현이랑 여행도 가고, 아직 태현이 한 번도 못 타본 비행기 타고 해외도 가보고. 태현이 멋있는 옷 사주고. 그러고 싶네."

"아니, 엄마. 나랑 관련된 거 말고. 엄마가 하고 싶은 거는 없어?"

"엄마가 하고 싶은 거?"

"그래, 엄마가 뭐하고 싶은지. 뭐 기타를 배워보고 싶다. 골프를 치고 싶다. 뭐 이런 거 있잖아."

"글쎄다. 음… 잘 모르겠다. 그런 거 없는 거 같아. 생각해보니 다 우리 태현이랑 하고 싶은 거네."

"엄마, 그러다가 나 없으면 어쩌려고 그래."

"뭔 얘기야, 우리 태현이가 왜 없어져. 너, 엄마 곁에서 떨어질 거야?"

"그… 그건 아니지만."

"그래~ 네가 행복한 게 곧 엄마가 행복한 거야."

"혹시 모르잖아 혹시. 아빠가 우리 곁을 떠났듯이."

갑자기 엄마가 대답을 하지 않았다. 엄마는 고개를 숙이고, 아무 말도 하지 않았다. 나는 설마 했다.

"엄마, 울어?"

"어? 아니 엄마가 왜 울어."

엄마는 대답은 이렇게 했지만 눈가에는 이미 눈물이 고여 있었다.

"봐봐 울잖아. 울지 마, 엄마."

이런 말을 하며 엄마를 꼭 끌어안는 나의 눈물에서도 눈물이 뚝, 한 방울 떨어지고 말았다. 내가 안고 있으니, 엄마가 좀 더 우는 게 느껴졌다.

"엄마, 잘 들어. 절대 그럴 일은 없겠지만, 혹시 모르니까. 정말 말도 안 되는 확률이지만, 그 확률이 0은 아니니까 얘기하는 거야. 오해하지 마. 내가 없다고 해도 엄마까지 없어지는 게 아니야. 엄마도 엄마 나름의 인생이 있잖아. 무조건 잘 살아야 돼. 나 없어도. 행복하게 살아야 된다고. 내 몫까지."

이런 얘기를 하니 엄마가 더 우는 게 느껴졌다. 더 이상 얘기하는 건 무리인 것 같아 얘기를 그만하기로 했다. 엄마는 내일 새벽 또 일 나가셔야 되니까 일찍 주무시라고 했다. 그렇게 엄마가 잠들고, 12시가 넘을 때까지 나는 잠들지 못했다. 17년간 엄마의 아들로 살아오면서 느꼈던 수많은 감정들과 미처 전하지 못한 마음들을 전하고 싶었다. 나는 이것을 모두 편지에 적기로 했다.

정말 사랑하고 좋아하는 엄마께

엄마, 나 태현이야. 엄마랑 마지막으로 하고 싶은 얘기를 편지로 전하는 것 같아서 정말 미안해. 그런데 이런 얘기들을 도저히 엄마한테 그대로 전할 수는 없을 것 같아서. 이렇게 비겁하게 편지로 남기는 거야. 미안.

엄마, 엄마 이연아씨(이름 참 예쁘다)의 아들 서태현으로 17년간 살아오는 동안 마냥 행복했다고 할 수는 없지만, 그래도 엄마가 없었다면 어떻게 하루하루를 보냈을까 싶어. 엄마랑 있는 동안 참 행복했어.

그런데 엄마를 보면서 내가 느꼈던 감정은 기쁨만은 아니었어. 엄마가 하루하루 힘들게 살면서도 나한테 내색 한 번 안 하고 최대한 나한테 피해 안 끼치려고 한 거 알아. 하지만 오히려 그렇게 애쓰는 엄마의 모습을 보며 내 기분은 너무 슬펐어. 가끔은 내가 없다면 엄마가 좀 더 행복할 수 있지 않을까 상상을 하기도 했지. 하지만, 절대 그 이상을 생각한 적은 없어. 나는 엄마에게 소중한 존재라는 것을 아니까.

 근데 최근에 엄마가 폭행을 당한 상태로 병원에서 만났을 때, 또 아저씨들이 우리 집 앞에서 위협을 가하고 있어서 엄마가 울고 있었을 때를 보면서 내 마음이 흔들리기 시작했어. 엄마가 울 때 나는 제일 약해져. 근데 엄마는 최근 들어서 너무 자주 울었어. 그래서 나는 너무나 약해져 있었어. 약하다는 건 다른 유혹에 빠지기도 쉽다는 거지. 그렇다고 내가 양아치가 돼서 안 좋은 짓을 하고 다니는 것은 아니야. 그런 건 걱정 안 해도 돼.

 내가 어제 엄마한테 얘기했잖아. 나 없어도 꼭 잘 살아야 한다고. 그 얘기를 한 이유가 사실 있어. 돈 많으면 뭐하고 싶은지 물어본 것도 이유가 있고. 엄마가 이 편지를 읽을 때쯤 엄마는 나를 다신 보지 못할 것 같아. 정확한 사연을 말하는 것 자체도 나도 너무 힘들어. 하지만 내가 지금 한 선택이 최선의 선택이라고 난 믿어. 엄마와 나, 모두에게. 물론 엄마는 내 선택이 최선이 아닌 최악의 선택이라고 생각할 수도 있겠지만. 그렇다면 정말 미안해.

 엄마, 내가 없어지고 나면 있잖아, 새로운 삶을 사는 거야. 이제 엄마는 자유의 몸이 되는 거지. 엄마를 옥죄어 왔던 빚마저 사라질 테니. 그럼 그때부터는 제 2의 인생을 살아. 엄마는 아직도 정말 예쁘니까 잘 살 수 있을 거야. 원래 예쁘면 살기 유리한 것 같아. 그러니깐 엄마는 전 세계에서 제일 살기 유리한 사람이야.

엄마, 이제는 펜을 내려놓아야 할 것 같아. 더 많은 내용을 쓰고 싶지만, 더 이상 쓸 용지도 없고 더 이상 쓸 용기도 없어. 엄마, 나 없어도 꼭 잘 살아야 해. 엄마, 나 없어도, 하고 싶은 거 하면서. 내 생각하지 말고. 엄마의 삶을 살아야 해. 엄마, 17년 동안 모자란 서태현의 엄마로써 살아줘서 너무너무 고맙고, 엄마 행복하게 못해주고 떠나서 미안. 엄마, 너무너무 사랑하고 너무너무 미안해. 그럼 잘 있어, 엄마.

이 세상에서 엄마를 제일로 아끼고 사랑하는 태현이 올림.

펜을 내려놓은 뒤, 나는 흘러내리는 눈물을 막을 수 없었다. 그렇게 서태현으로서의 마지막 밤이 지났다.

9 장

아침에 교복을 입고 집을 나섰지만 학교로 향하지 않은 건 이번이 처음이다. 나는 수학여행 같은 것도 가지 않았기 때문에 교복을 입었다면 학교로 직행. 이것은 원칙과도 같았다. 그러나 오늘은 그 원칙을 깼다.

아침 일찍 일어나 엄마를 배웅하고 싶어서 깼지만, 그 상태에서 엄마와 얘기하면 눈물이 흘러나올 것 같아 그저 자는 척을 하며 엄마의 마지막 모습을 바라보았다. 자는 척을 했기 때문에 여태껏 보지 못했던 엄마의 습관을 볼 수 있었다. 바로 나가기 전에 인사말을 하는 것이다. 혹시라도 내가 이름 듣고 깰까봐 이름은 부르지 않고 오늘 하루도 잘 보내고, 꼭 행복하게 살다 오라고 하시는 모습을 보며 참으려 노력했던 눈물을 흘리고 말았다. 눈물이 나면 엄마가 혹시라도 눈치챌까봐 뒤척이는 척 엄마가 보이지 않는 방향으로 몸을 틀었다. 그것이 내가 본 엄마의 마지막 모습이었다. 엄마에게 쓴 편지는 일단 숨겨놓았다가 나오기 전에 잘 보이는 곳에 놓아두었다. 엄마가 읽으신 뒤 그 반응이 궁금하지만 나는 그 모습을 볼 수 없다. 그저 너무 많은 눈물을 흘리시진 않길 바랄 뿐이었다.

지하철을 타러 가는데 슬픈 생각만이 머릿속에 가득하니 정말 큰 일이다. 나는 슬픈 것을 그다지 좋아하지 않는다. 사실 슬픈 것을 좋아하는 사람은 매우 드물겠지만, 약간의 고독함을 즐기는 사람도 있는 것 같다. 그러나 나는 아니다. 그래서 더 이상 슬픈 생각을 하지 않기로 했다.

나는 이내 몇 주 전 나에게 친구가 없는 슬픔과 외로움을 다시금 느끼게 해주었던 지하철역에 도착하였다. 생애 마지막으로 타는 지하철이므로 오늘만큼은 당당하게 성인요금을 내고 타기로 마음먹었다. 항상 발매기 앞에서 내 양심의 찔림을 이겨내려고 노력했었다. 오늘은 당당히 2000원을 넣고, 거스름돈으로 150원만을 받았다. 카드를 찍고 들어갈 때 항상 들렸었던 '어린이입니다.' 라는 소리는 들을 수 없었다.

지하철에는 여전히 작은 세상 속에 갇힌 수많은 사람들이 있었다. 나는 그들을 지나쳐 나의 목적지에 다다랐다. 지하철 출입구에서 카드를 찍고 나와 자연스럽게 보증금 환급기에서 500원을 받았다. 항상 보증금은 소중히 챙겨놓았다가 집으로 챙겨가는 게 습관이었지만, 오늘만큼은 내가 500원으로 할 수 있는 것 중 나에게 가장 의미 있는 것을 하기로 마음먹었다.

500원으로 할 수 있는 것들 중에서 나에게 가장 의미 있는 것은 뭘까? 갑자기 평소에 안 쓰려던 돈을 쓰려니 어떻게 써야 할지 가늠이 가지 않았다.

'내게 의미 있는 것이라… 하지만 500원으로 할 수 있는 일은 너무 한정되어 있는데. 설령 내게 의미 있는 일을 찾더라도 500원으로 나에게 의미 있는 일을 할 수 있을까? 그래, 일단 걸어보자. 걷다 보면 뭔가 보이겠지.'

그렇게 걷고, 또 걷고, 또 걸었지만 목적지에 도착할 때까지 나는 그 돈을 쓰지 못했다. 내게 의미 있는 것. 결국 찾지 못했다.

정신없는 절차와 복잡한 과정을 거치고 나니 정신을 잠시 잃을 뻔했다. 정신을 차리고 나니, 나는 어떤 의자에 앉아있었다. 나의 앞에는, 연구원처럼 보이는 아저씨 한 명이 있었다. 그 아저씨는 나에게

뭔가 설명하려는 것처럼 보였지만, 나는 여태까지 아무 것도 듣지 못했다. 그러더니 그 아저씨는

"다 이해했나?" 라고 말해 나를 당황하게 했다.

그래서 나는 내가 궁금했던 단 하나의 질문만 하기로 했다.

"잠시만요. 그래서 이것이 시간여행인 이유는 뭐죠?"

"아까 다 설명했는데. 뭐 물론 일반적인 고1이 알아듣기 쉬운 내용은 아니지. 아주 간단히 알려줄게. 너는 지금부터 우주로 여행을 떠난다. 아주 멀리 떨어진 별에 갔다 온다. 갔다 오면 너는 한 70세 정도 되어 있을 거야. 하지만 그 사이 지구는 약 서기 2만 년이 넘어 있을 거야. 그때 지구에 뭐가 있는지는 나도 잘 모르겠다. 그래서 너는 여행을 갔다 오면 2만 년 후로 시간여행을 하는 거지. 그래서 너는 이러한 꼴의 지구를 다시 볼 수 없을 거야. 그 대가로 너의 가족에게 일시금 50억과 연당 5000만 원을 주는 거고. 이해했나?'

"그러면, 이런 돈을 주어 가면서 이런 프로젝트를 하는 이유가 뭐죠?"

"네가 그곳에 가서 해야 될 중요한 일이 있어서 그렇다네. 그 일에 대해서는 네가 도착할 때쯤 알 수 있게끔 우주선에 장치를 해 놓았고. 이제 더 이상 궁금한 거 없나?"

"잠깐만요, 만약에 사고가 나면요. 저는 아무런 훈련도 받지 않았는데 사고가 나면 어떻게 하죠?"

"그건 걱정할 필요 없다. 우주선에서 비상 탈출에 대해서는 다 알아서 해줄 것이야. 네가 우주에 가서 생기는 여러 부작용도 다 관리해줄 것이고. 자네는 가서 미션만 잘 수행하고 오면 되네."

"네, 알겠습니다."

"좋다. 그럼 우린 3시간 후에 출발하네. 그 전에 해야 할 것이 있으니, 잠시만 나를 따라오겠나?"

뭔가 이 프로젝트의 팀장처럼 보이는 아저씨를 따라가니 어떤 어두운 방으로 나를 데려갔다. 거기서 아저씨가 스위치를 누르니 불이 환하게 켜졌다. 그 순간, 수백 대의 모니터가 나를 압도했다.

"이게 다 뭐죠?"

"우선 이리 와서 앉게."

나를 모니터 앞에 앉힌 뒤, 아저씨는 문을 통해서 옆방으로 들어갔다. 곧 정면에 가장 큰 모니터에서 아저씨의 얼굴이 보였다.

"이름은 서태현. 맞나?"

"네, 그렇습니다만."

"소속이 어떻게 되지?"

"송일고등학교 1학년 3반입니다."

"자 그럼 자네에게 한 가지 질문을 하지. 답할 준비가 되었는가?"

"네."

"좋네. 그럼 이제 질문을 하겠다. 지금 서태현 자네에게 가장 소중한 사람 세 명을 말해보게. 생각할 시간은 1분 주겠네."

'내게 가장 소중한 사람? 어… 일단 우선 엄마. 엄마는 확실하고. 3명? 너무 많은데. 잘 모르겠는데. 어떡하지.'

"궁금한 게 있습니다."

"무엇인가?"

"반드시 3명이어야 하나요?"

"그렇다네. 반드시 세 사람을 고르도록."

'아, 3명? 어떡하지. 진짜 모르겠는데. 어? 그래. 내가 이곳으로 떠나기로 결정된 것도 3일 전이었어. 그 3일 동안 내가 만난 사람들. 그 사람들인 거야. 첫날에는…'

나는 잠깐 멈칫했던 발걸음을 이어서 뒷문을 열고 나갔다. 반에서 세정 쌤이 소리 지르는 소리가 들렸다.

"서태현!"

'그래 세정 쌤이야. 둘째 날은…'

내 말이 끝나자마자 다영이가 나를 안았다.

"사실 아까부터 하고 싶었어." 다영이가 말했다. 나는 여태껏 느껴보지 못한 두근거림을 느끼고 있있나.

'그래, 다영이. 오늘 만나기로 했는데. 마지막 날은…'

"봐봐 울잖아. 울지 마, 엄마." 이런 말을 하며 엄마를 꼭 끌어안는 나의 눈물에서도 눈물이 똑 한 방울 떨어지고 말았다. 내가 안고 있으니, 엄마가 좀 더 우는 게 느껴졌다.

'그래, 우리 엄마. 이 세 사람이야.'

"다 결정했나?"

"네."

"좋네. 한 번 얘기해보게."

"첫째로는 우리 엄마, 이연아입니다."

"이 사람 맞나?" 모니터에 우리 엄마 얼굴이 보였다.

"네, 맞아요."

"소중한 사람 중 첫 번째인 이유는 뭐지?"

"엄마잖아요. 아빠도 안 계신 저에게 엄마는 그리 어려운 선택이 아니었습니다. 소중한 사람 중 첫째가 엄마인데 이유가 필요한가요?"

아저씨는 고개를 끄덕였다.

"좋다, 그 다음은 누구인가?"

"송일고등학교 1학년 3반 담임쌤인 세정 쌤이요, 김세정."

"이 사람 맞나?"

세정 쌤의 예쁜 얼굴을 보니 뭔가 기분이 좋았다.

"네."

"이 사람이 소중한 사람인 이유는 무엇인가?"

"제 주변 사람들 중에서 유일하게 제가 여기로 오기로 한 것을 아는 사람이에요, 세정 쌤은. 물론 제가 알리려고 한 건 아니지만. 세정 쌤은 항상 저랑 제 어머니 걱정을 많이 해주셨어요. 마지막 순간까지도, 저의 선택을 존중해주셨고요. 근데 제가 해드린 건 많이 없어서 제게 소중한 분이자, 고마운 분이자, 죄송한 분이죠."

"그래. 그렇다면 마지막으로 소중한 사람은 누구인가?"

"송일고등학교 1학년 3반 이다영이요."

"이 사람 맞나?"

오늘 보기로 했는데 이렇게 모니터로 보게 되니 괜히 미안했다.

"네."

"이 사람이 소중한 사람인 이유는 뭐지?"

"다영이는… 사실 제가 따돌림을 당했었거든요. 그런 와중에서도 항상 저한테 말 걸어주고, 잘해 주고, 그랬었어요. 지난주 토요일엔 사귀자고도 해서, 오늘이 3일째인데. 데이트도 한 번밖에 못 하고 떠나게 돼서 너무 미안해요. 오늘도 보기로 했는데. 다영이도 제게 소중한 사람이자 고마운 사람이자 미안한 사람이죠."

"수고했네. 그럼 좀 있다 보지."

"자…잠시 만요. 이걸 물어보신 이유가 뭐죠?"

이미 모니터는 꺼진 뒤였다.

10 장

"잘 갔다 오게. 내가 말한 것 잊지 말고. 행운을 비네."

"네. 백지훈 아저씨." 아저씨는 웃음을 남긴 채 문을 닫았다.

여기 들어오기 직전, 아저씨를 다시 만났다. 내가 아까 품었던 궁금증을 얘기하기도 전에, 아저씨가 얘기를 시작했다.

"자, 지금부터 내 말을 잘 듣게. 당신의 여정은 가는 데만 25년 정도가 걸리는 일정이야. 당연히 그냥 가는 건 너무나 힘들다고. 그래서 장치가 있네. 아주 오랫동안 잘 수 있는 장치네. 사용법은 아주 세세하게 우주선에 적혀있으니 잘 쓰길 바라네."

"네."

"아, 그리고 또 하나 명심해야 될 것은, 우주선의 안전상의 문제로 인해 자네가 출발하자마자 30분 내로 반드시 잠들어야 하네. 알겠나?"

"네. 명심하겠습니다."

"자, 그럼 들어가게."

"네."

돌아서서 들어갈 채비를 한 뒤에, 문으로 들어가려고 몸을 숙이는 나에게 아저씨가 다시 말을 했다.

"자네는 정말 행복한 사람이야. 소중한 사람이 셋이나 있고 말이야. 자네, 이거 잘 알아두게. 언제나 소중한 사람들을 마음속에 담고 있고 생각하게나. 그것만으로도 자네에게 큰 힘이 될 거야. 소중한 사람들이란⋯ 그런 존재네."

나는 돌아서서 아저씨를 보며 웃음을 지었다. 아저씨는 돌아서서 가려고 했다. 그때 내가 말을 걸었다.

"아저씨, 아저씨는 이름이 뭔가요?"

"내 이름? 백지훈이다. 딱히 알 필요 없네."

내가 우주선에서 출발 자세를 잡자, 모니터에 불이 들어 왔다. 백지훈 아저씨였다.

"준비가 다 되었는가?"

"네."

"참고로 이번이 마지막 통신이 될 거야. 내가 잘 알아두라고 했던 말. 꼭 기억하길 비네. 자 그럼 잘 가게. 행운을 빌고 있겠네."

이윽고 모니터가 꺼지고 카운트다운 소리가 들렸다.

"10 9 8 7 6 5 4 3 2 1."

카운트다운이 끝나자 갑자기 엄청난 굉음과 함께 무언가 나를 짓누르는 것이 느껴졌다. 나는 이러다 의식을 잃을 수도 있겠다는 것이 느껴져서 꾹 참았다. 그러고 한 2분 정도 있자, 그런 느낌이 사라졌다. 이 느낌이 사라지자마자 앞의 모니터가 한둘 켜지기 시작했다. 그중에는 현재 나의 위치에 대해서 알려주는 화면도 있었다. 나는 아저씨의 말을 듣기 위해 옆에 있는 잠자는 곳으로 위치를 옮겼다. 잠자는 곳은 침낭처럼 되어 있었다. 침낭 속에 들어가니, 내 눈앞에 모니터가 있었다. 이곳은 모니터 천국 같다. 곧 음성 안내가 들렸다.

"잘 기간을 선택해주세요."

모니터에는 1년부터 20년까지 있었고, 가장 마지막에는 도착하기 직전도 있었다. 나는 여기 있어봤자 할 것도 없을 것 같아 마지막 메뉴인 도착하기 직전을 눌렀다.

"도착하기 직전을 선택하셨습니다. 온도는 어떻게 해드릴까요?"

모니터에는 온도계 모양이 나와서 내가 조절할 수 있었는데, 그 옆에는 알아서라는 버튼이 있었다. 버튼이 좀 특이해서 알아서를 눌렀다.

"알아서를 선택하셨습니다. 그 외의 다른 설정들도 다 알아서 해드릴까요?"

나는 귀찮아서 네를 눌렀다.

"감사합니다. 도착하기 직전에 깨워드리겠습니다. 안녕히 주무십시오."

이 말과 끝남과 동시에 나는 내 의지와는 상관없이 잠이 들었다.

11 장

'어디쯤인 거지?'

내 눈이 떠졌다. 내가 눈을 뜬 것이 아니라, 내 눈이 떠졌다. 일어나자마자 침낭을 벗어나려고 했는데, 경보음이 울렸다.

"아직 나오시면 안 됩니다. 그대로 계십시오."

왜 나오면 안 되는지 의문이었다.

"지금은 오랫동안 사용되지 않은 고객님의 근육과 뼈를 제대로 사용할 수 있도록 하는 중입니다. 잠시만 계십시오. 곧 끝납니다."

그러고 보니 학교에서 자다가 깼을 때 제대로 걷기도 힘들 때가 있었다. 그때는 고작 해봤자 몇 시간이지만, 이번에는 수십 년일 테니 그보다 더하면 더했지 못하진 않을 것이다. 잠시 기다리다보니 많은 생각이 들었다.

'지금 지구는 몇 년일까? 내 편지를 본 엄마는 뭐라고 느끼셨을까? 돈 많이 받고 뭐하셨을까? 행복하게 살다가 가셨을까? 혹시 나 없다고 극단적인 선택을 하신 것은 아니겠지? 에이 설마. 아 다영이는? 학교에 나 없는 거 보고 뭐라 생각했을까? 세정 쌤께 여쭤보았겠네.

세정 쌤은 나 이거 가는 거 알잖아. 뭐라고 답하셨을까? 아 진짜 궁금하네. 이거 확인해볼 수도 없고.'

그렇게 한참을 고뇌하고 있으니 상냥한 목소리가 들렸다.

"이제 다 되셨습니다. 나가서도 좋습니다."

나는 괜히 기분이 좋았다. 나의 시간으로는 30년 만에 벗어난 것 아닌가. 밖으로 나오니 아까의 시간이 굳이 필요했을까라는 의문이 들었다. 왜냐면 어차피 무중력이라 다리 근육이 쓰이는지 안 쓰이는지조차 알 수 없었기 때문이다.

밖으로 나온 나는 바로 모니터를 확인했다. 수많은 모니터 중에서 내가 확인한 모니터는 가운데에 있던 나의 여정에 대해서 알려주는 모니터였다. 모니터를 자세히 살펴보니 여태까지 지난 시간은 29년 2개월 3일 10시간 5분이었다. 앞으로 남은 시간은… 1시간이었다. 남은 1시간 동안 나는 모니터 구경을 하기로 했다. 모니터가 너무 많아서 하나당 3분만 봐도 도착하기 전까지 다 못 볼 것 같았다.

정확히 17개째 모니터를 보려고 했을 때, 갑자기 아까 그 상냥한 아가씨의 목소리가 또 들렸다.

"이제 곧 착륙합니다. 안전을 위해서 착석해주십시오."

나는 자리에 앉아서 모니터를 보았다. 남은 시간은 2분이었다.

'드디어 도착하는구나. 과연 내가 가는 곳은 어떤 곳일까? 설마 사람이 살 수 없는 그런 곳은 아니겠지? 하긴 그 사람들이 여기가 사람이 살 수 있는지 없는지 어떻게 알아. 안 와봤는데. 헐 진짜 나 도착

하자마자 죽는 거 아니야. 어쩐지. 일없이 50억을 왜 주냐. 거의 생체실험 수준인데?'

내 머릿속이 비극적인 생각으로 가득 찼을 때, 순간 살짝 쿵 하는 소리가 들렸다. 이윽고 아까 그 아가씨의 목소리가 다시 나왔다.

"무사히 착륙에 성공했습니다. 의자 밑에 보시면 태블릿과 이어폰이 있을 것입니다. 그것을 꼭 가지고 가시기 바랍니다. 둘 다 고객님이 여기 계실 동안에는 계속 쓸 수 있을 만큼 배터리가 오래 가니 배터리 걱정은 하지 마십시오. 그 두 개의 물품이 이곳에서 고객님의 행동을 안내할 것입니다. 그럼 다시 이륙할 때 오시면 됩니다. 이곳에서 임무 잘 수행하시기 바랍니다."

의자 밑에 있던 태블릿과 이어폰을 들고 내가 이곳에서 내려야하나 말아야 하나 고민을 시작하려고 할 때, 그냥 문이 자동적으로 열려버렸다.

"헐."

나는 이제 선택권이 없어졌다. 나의 선택은 하나였다. 내려서 내가 가장 처음 한 일은 숨을 크게 들이쉬는 것이었다. 공기가 느껴졌다. 나는 안도의 한숨을 내쉬었다.

안전하다는 느낌이 들자 바로 나는 태블릿을 켰다. 내가 비록 한 번도 이런 스마트한 것을 가져본 적은 없지만 친구들이 하는 것을 많이 보았기 때문에 작동하는 방법 같은 것은 거의 다 알고 있었다. 곧 태블릿이 켜졌다. 태블릿이 켜지자마자 이어폰을 착용하라고 안내가 떴다. 그래서 이어폰을 귀에 꽂았다. 헌데 이어폰이 선이 없는 것을 보아, 이게 친구들이 가지고 있던 블루투스 이어폰인 것 같다.

이어폰을 착용하고 태블릿을 보니, 태블릿이 잠시 업데이트 작업을 수행하고 있었다. 잠깐 기다렸지만 끝나지 않았다. 그 덕에 나는 드디어 작은 세상에서 벗어나 큰 세상을 볼 수 있었다.

내가 본 새로운 행성의 풍경은 지구와 다를 바 없었다. 왼쪽에는 나무가 많은 산이 있었고, 저 멀리 바다도 보이는 것 같았다. 나는 그냥 지구의 숲을 온 것 같은 느낌이었다.

잠시 풍경을 감상하고 있다가 태블릿이 생각나서 태블릿을 쳐다보니 업데이트가 모두 끝나 있었다. 태블릿 화면 정 가운데에 임무 시작하기 버튼이 있었다. 나는 버튼을 클릭했다. 그러니 이어폰에서 한 아가씨의 목소리가 들렸다. 아까 아가씨랑은 약간 목소리가 달랐다.

"서태현님의 임무는 행성 환경 조사입니다. 서로 다른 열매 10가지를 채집하십시오."

'오, 이 여자는 내 이름도 아네. 아까 그 여자는 모르던데. 열매를 채집하라고? 그럼 일단 산으로 가야겠네.'

한 15분 정도 걸으니 산에 도착했다.

'이 넓은 산에서 열매를 어떻게 찾는담. 그나저나 하늘 진짜 예쁘다. 여기도 별이 뜰까? 내가 별 진짜 좋아하는데. 우리 아빠 별은 어딨으려나.'

산을 조금 오르다 보니 나무에서 빨간색 열매를 찾을 수 있었다.

'오, 첫 발견. 생각보다 할 만한데?'

조금 더 오르다 보니 이번에는 노란색 열매를 찾을 수 있었다.

'오, 벌써 두 번째. 이 속도라면 빨리 끝나겠는데?'

그 뒤로도 나는 무슨 행운이 따라서인지는 모르겠지만 계속해서 열매를 채집할 수 있었다. 빨간색, 노란색 열매에 이어 초록색, 보라색, 주황색 열매를 찾을 수 있었다. 조금 있으니 기다란 노란색 열매도 있었고, 되게 큰 검정색과 초록색 줄무늬를 가진 열매도 있었다. 포도 같이 생긴 알들이 뭉쳐져 있는 열매도 있었다. 8가지 열매를 찾고 나니, 어느새 어두워졌다. 이제는 좀 힘들다 생각이 들 때쯤, 태블릿에서 안내 메시지가 떴다.

"오늘 하루 수고 많으셨습니다. 이제 주무시고 내일 임무마저 하시기 바랍니다."

이 이어폰이 내 마음을 읽은 건지는 모르겠지만 하여튼 아주 적절한 타이밍에 쉴 수 있게 해준 것은 틀림없다. 그래서 잠을 자려고 하니, 어디서 어떻게 자야하는지 알 수 없었다. 날씨가 덥지도 않고 춥지도 않아서 대충 아무데서나 잘 수 있을 것 같았기는 했지만, 그래도 좀 깨끗한 잔디밭 같은 데서 자고 싶었다. 그래서 주위를 둘러보았지만 밤이라 아무것도 보이지 않았다. 내가 여태껏 산을 올라왔다는 것을 깨닫고 나는 무작정 내려가기 시작했다.

내려가기 시작한 지 한 1시간쯤 지났을 때였을까? 갑자기 다리가 아파오기 시작했다. 생각해보니 오늘 하루 종일 열매 찾는다고 너무 돌아다닌 것 같다. 더 이상 이동하는 것은 무리였다. 나는 주위에서 잠잘 만한 곳을 찾기 시작했다. 약간 주위를 둘러보다보니 반짝이고 평평한 물체를 찾았다. 가까이 가서 보니, 돌이었다. 꽤 큰 돌이라 다리를 뻗으면 발 빼고는 다 돌 안에 들어올 정도였다.

나는 너무 행복했다. 잠자기엔 최적의 장소였다. 마침, 누우면 밤하늘도 잘 보이는 위치였다. 산 속에 이런 장소가 어떻게 있을 수 있는가 감탄하며 나는 잠에 들었다.

나는 비명소리에 잠을 깼다. 사람의 비명소리는 아닌 것 같았는데, 분명히 큰 소리가 주변에서 났다. 깜짝 놀란 나는 주위를 둘러보았다. 내 오른쪽에 반딧불이 두 마리가 있었다. 근데 이상하리만큼 두 반딧불이가 일정한 간격을 두고 움직였다. 그래서 나는 반딧불이 쪽을 불로 비춰보았다.

호랑이였다. 아니, 저 녀석이 호랑이인지 아닌지는 잘 모르겠지만 어쨌든 날 죽일 수 있는 놈이었다. 호랑이는 한 짐승 하나를 먹고 있었다. 호랑이가 뭘 먹고 있는 걸 보고 나는 안도의 한숨을 내쉬었다. 학교에서 호랑이는 먹이가 있는 상태에서는 공격하지 않는다고 배웠기 때문이다. 그나마 다행이라는 생각과 동시에 그래도 혹시 모르니 여길 빠져나가야겠다는 생각이 들었다. 그래서 조용히 빠져나가려는데, 갑자기 탭에서 음악이 흘러나왔다. 알람이었다.

그 순간 호랑이와 눈이 마주쳤다. 그래서 조용히 도망가려는데 갑자기 호랑이가 먹던 걸 멈추고 나를 향해 뛰기 시작했다. 나는 너무 놀란 나머지 도망도 가지 못하고 그대로 쓰러져 버렸다.

나는 호랑이가 그렇게 빠른 줄 몰랐다. 내가 넘어지고 일어나려 하기도 전에 이미 내 앞에 도착했다. 나는 겁에 질린 표정으로 호랑이를 쳐다보고 있었다. 호랑이는 입에서 피를 뚝뚝 흘리며 내 위로 올라오려 했다. 막아보려 했지만, 호랑이가 내 위로 올라오는 걸 막을 순 없었다. 이대로 죽나 싶은 순간이었다.

'펑.'

총소리와 함께 호랑이가 옆으로 쓰러졌다. 죽는 줄 알고 눈을 감고 있다가, 호랑이가 쓰러지자 깜짝 놀란 나는 총소리가 난 곳을 바라봤다. 한 여자가 총과 랜턴을 들고 뛰어오고 있었다.

'이곳에도 사람이…?'

여자는 나를 보자마자 내 몸을 살폈다. 이상이 없는 것을 확인하곤 말했다.

"Are you okay?"

'영어라니. 영어 한 마디도 못하는데.'

"No."

"Where? Where is your injured part?"

"뭐라는 거야. 영어 못 하는데."

"한국 사람이에요?"

갑자기 여자의 입에서 한국말이 들렸다.

"네. 그쪽도요?"

"네. 괜찮으세요? 다친 데는 없으시고요?"

"네. 괜찮아요. 근데 너무 많이 놀라서."

여자는 옆에 돌을 보고 놀란 얼굴로 물었다.

"여기서 주무신 거예요?"

"네. 왜요?"

"여기 저 녀석 자는 곳이에요."

"진짜요?"

그렇다. 나는 호랑이 집에서 자고 있던 것이었다. 하긴 이렇게 좋은 장소가 주인이 없을 리가 없지.

"네. 일단 얘기는 좀 있다 마저 하죠. 저 따라오세요."

여자는 여기 길을 꿰고 있는 것 같았다. 여자를 따라가는 동안 여자에 대한 궁금증이 미친 듯이 생겼지만 일단 참았다. 여자는 나를 데리고 복잡한 산길을 마구 지나더니 불이 있는 장소에 도착했다.

"여기가 제 집이에요. 어때요?"

그래도 나무로 나름 집 같은 걸 만든 모양이었다. 그래도 그것보다 여자에 대한 궁금증이 폭발하기 시작했다.

"저, 여기는 어떻게?"

"자 그 얘기는 앉아서 하죠."

여자가 만들어 놓은 불 옆에 그 여자와 나란히 앉았다.

"근데 그 질문은 내가 먼저 묻고 싶은 걸요?"

여자가 말을 꺼냈다.

"뭐요?"

"여기 어떻게 왔냐고요. 누가 먼저 얘기할까요. 서로에 대해서 궁금증이 많을 거 같은데."

"먼저 말씀해주시면."

"자 그럼 저부터 얘기할게요. 일단 제 이름은 송희연이예요. 10년 전 지구에서 출발했으니까 벌써 제 나이가 45이네요. 지구에 있을 때는 35살이었는데. 그쪽은요?"

"그럼 우리 몇 살 차이 나는 거죠? 제가 2살 어린가요?"

"네? 그래도 지구 떠났을 때 나이가 더 가깝지 않은가요? 희연씨는 본인이 45살이라고 느끼세요?"

"아니요. 그럼 내가 18살 많네요. 17살이라, 그럼 아직 십대네요. 어머 십대는 태현씨가 아니라 태현 군이라 불러야겠네요."

"네, 뭐 편한 대로 하세요."

"여기는 어떻게 오시게 됐어요?"

내가 말을 이었다.

"저는, 이걸 얘기해야 되나. 그래도 정말 오랜만에 본 지구 사람이니까. 얘기해 줄게요. 저는 엄마였어요. 29살에 결혼했고, 어쩌다 보니 삼둥이를 낳아서 애도 셋이었고요."

"애들 이름은 뭐였어요?"

"첫째 딸이 설이, 백설. 둘째아들이 현이, 백현. 막내딸이 율이, 백율. 저희 남편이 외자 이름을 좋아해서 다 특이하게 외자 이름이에요."

"진짜 행복하셨나 봐요. 지금도 말하시면서 계속 웃으시네. 그런데 어쩌다가 이런 결정을?"

"음 행복했죠. 행복했는데. 너무 행복한 나머지 하늘이 저를 질투했나 봐요. 애 낳고 얼마 지나지도 않아서 저희 남편이. 나 또 눈물

날려하네. 벌써 3년, 아니 13년 전 일인데."

"혹시?"

"네, 죽었어요. 교통사고로."

"많이 힘드셨겠네요."

"정말 힘들었어요. 내 인생의 전부라 생각한 사람이었고 평생 사랑할 수 있다고 생각한 사람이었는데. 갑자기 떠나니까."

희연씨의 눈물을 보니 나도 약간 울컥했다. 잠깐 희연씨가 눈물을 닦더니 말을 이었다.

"그래서 우리 자식들, 너무 사랑스러운 우리 자식들, 그 사람이 남겨 놓은 마지막 흔적인 우리 자식들 어떻게든 열심히 키워보려고 열심히 살았어요. 정말 열심히 살다가. 사기를 당했어요. 그것도 정말 오랫동안 알고 지내던 지인한테서."

"지인한테요?"

"네. 그래서 집도 잃고 다 잃어버리니까. 갑자기 내가 0이 된 느낌 있죠? 그냥 그랬어요."

"그래서 이런 결정을?"

"네. 애들한테는 너무 미안했지만, 우리 설이 현이 율이한테는 너무 미안했지만. 그냥 제가 그 현실이 너무 싫었어요. 여기 오면 우리 애들도 좋은 부모한테 입양해서 잘 키운다고 하길래 그만."

말을 끝낸 희연씨는 눈물을 흘렸다. 한 5분 동안 우리는 아무 얘기도 하지 않았다. 5분 동안 감정을 추스른 희연씨가 말을 꺼냈다.

"죄송해요. 울어서."

"아니에요. 괜찮아요. 듣는 저도 울컥했는데요, 당사자야 뭐."

"태현 군, 아니 태현 씨로 할게요. 군이라는 호칭이 어색해서. 태현 씨는 여기 어떻게?"

나도 희연씨가 그랬던 것처럼 말을 해갔다. 돌아가신 아빠 얘기, 힘들게 사시는 엄마 얘기, 엄마가 빚 독촉에 시달려 폭행을 당하고 위협을 당했다는 얘기까지. 거기에 세정 쌤이 여기로 오기로 한 걸 눈치챘다는 얘기, 떠나기 이틀 전에 사귄 다영이 얘기까지. 여기로 떠나기 전 다영이에게 해줬던 얘기보다 더 솔직한 얘기를 했다.

"그러셨구나. 듣고 보니 우리 되게 공통점이 많네요."

희연씨가 다 듣고는 이렇게 말했다.

"그렇네요. 미묘하게 다른 공통점이랄까?"

"우리 이제 밝은 얘기 할까요? 좋아하는 음식이 뭐예요?"

"좋아하는 음식이요? 자주 먹어보진 못했지만, 뭐 솔직하게는 한 번 먹어본 게 전부지만 초밥 되게 좋아해요."

"어? 나도 초밥 진짜 좋아하는데. 우리 신랑도 초밥 되게 좋아했거든요. 무슨 좋은 날만 되면 초밥 먹었어요."

"그래요? 공통점이 또 있네요."

또 할 말이 뭐가 있을까 생각하던 도중, 희연씨가 말을 꺼냈다.

"여기 밤하늘 진짜 예쁘지 않아요? 지구는 밤하늘 보기도 힘들잖아요."

"제가 진짜 별 좋아하거든요. 엄마가 아빠 별이라고 알려준 별이 있기도 해서."

"엄마가요?"

"네, 저희 엄마가 힘들 때는 아빠한테 얘기해보라고. 니네 아빠 하늘에 별이 되었다고 알려주신 별이 있거든요. 근데 여기서는 보이려나 모르겠네."

"그렇구나."

"희연씨는 밤하늘 좋아해요?"

"네. 근데 여기 밤하늘은 별로 안 좋아해요. 원래는 되게 좋아했었는데."

"왜요? 여기 밤하늘이랑 지구 밤하늘이랑 달라요?"

"네, 달라요. 뭐가 다르게요? 맞춰보세요."

"음 혹시 달?"

"정답!"

"오 맞혔네. 달 좋아하세요?"

"네. 제가 달 진짜 좋아하거든요. 밤하늘에 셀 수 없을 만큼 많이 떠 있는 별보다 밤하늘에 혼자 계속 저만 바라봐 주는 달이 더 좋더라고요. 달님 보고 싶다."

"우리 이런 것도 되게 비슷하네요. 밤하늘에 의미가 있잖아요. 우리 둘 모두."

"그렇네요. 우리 이만 자요. 곧 밝아지겠다. 내일도 무슨 임무해야 되지 않아요? 내가 도와줄게요. 나는 내 임무 다 해서."

"아 맞다. 근데 희연씨는 왜 안 돌아갔어요?"

"나요? 나는 다음 오는 우주선 타고 돌아오는 거였어요. 내가 출발

했을 때는 왕복이 안 돼서. 그래서 지훈씨가 타고 온 우주선 잘 보면 옆에 의자 하나 더 있을 걸요? 자는 침낭도 하나 더 있고."

"그러고 보니 그런 것 같네요."

"이제 자요. 더 궁금한 건 내일 임무하면서 물어보기."

희연씨의 말이 끝나고 나와 희연씨는 희연씨의 집에 누웠다. 물론 멀리 떨어져서.

"잘 주무세요."

"태현씨도요."

누운 나의 표정에는 이유를 알 수 없는 미소가 가득했다.

12 장

"자, 9번째!"

희연씨가 나한테 열매를 보여주었다. 여태껏 처음 보는 아주 특이한, 도무지 색깔을 표현할 수 없을 정도로 아주 특이한 열매였다. 희연씨의 도움으로 오늘 임무를 시작하자마자 찾을 수 있었다.

"진짜 감사해요."

"근데 하나 문제가 있어요. 열매 10가지를 찾는 거라고 했죠?"

"네."

"내가 여태껏 돌아다니면서 찾고 먹어본 열매는 9가지밖에 안돼요. 하나는 이 근처에서 찾기는 어려울 텐데."

"그래도 열매 찾으러 다니신 적은 없으시잖아요?"

"그렇긴 한데."

"그러니까. 그래도 있을지 모르죠. 일단 찾아봐요."

그렇게 우리는 주변을 샅샅이 뒤졌지만, 찾은 과일마다 다 이미 찾은 것 중 하나였다. 그렇게 많은 시간이 흘렀다.

"우리 잠깐 쉴까요?" 희연씨가 물었다.

"힘들긴 하지만. 그래도 해야 할 것은 해야 되잖아요. 희연씨 힘드시면 여기서 쉬고 계세요. 저 혼자 찾아보고 올게요."

희연씨를 놔두고 가려는 나의 손을 희연씨가 잡았다. 그런 다음 나를 앉혔다.

"여자 혼자 두고 가는 거 아니에요. 잠깐 쉬어요. 뭐든지 잠깐은 쉴 필요가 있어요."

희연씨의 애절한 눈빛에 넘어간 나는 잠깐 쉬기로 했다. 앉아서 멍하니 쉬고 있는데 희연씨가 말을 걸었다.

"태현씨 목마르죠? 아까 얻은 그 열매가 갈증 해소에 되게 좋아요."

말을 끝마친 희연씨는 칼로 먹을 수 있게 열매를 깎은 다음 나에게 건넸다.

"먹어요, 어서."

"희연씨는 안 드세요?"

"나는 그거 먹으면 이상하게 알레르기가 나서."

"아, 그러시구나."

모르는 척 하면서 열매를 먹는 나의 입가에 미소가 번졌다. 사실 아까 희연씨가 이 열매를 먹고 있는 모습을 보았다. 희연씨는 거짓말을 하면서 나에게 이 열매를 주는 것이었다. 분명히 희연씨도 목마를 텐데. 정말 희연씨가 마음이 따뜻한 사람이라는 걸 느꼈다.

열매를 다 마신 나는 일어나며 말했다.

"그럼 우리 이제 갈까요?"

"좋아요."

그렇게 우리는 한참을 더 돌아다녔지만 10번째 열매를 찾지 못했다. 어느덧 해가 지고, 우리가 그만하자고 얘기함과 동시에 탭에서 휴식을 취하라고 했다. 그래서 우리는 맘 편히 쉬기로 했다. 하지만 우리가 너무 멀리 온 탓에, 집으로 돌아가지는 못하고 해변 옆 숲에서 자기로 했다. 나는 해변에서 자고 싶었지만, 해변에는 벌레가 많고 바람이 많이 분다는 희연씨의 의견에 따라 숲에서 자기로 했다.

힘든 하루를 보낸 만큼 둘 모두 희연씨가 만든 임시 거처에 눕자마자 곯아떨어졌다.

잠이 든 지 얼마 지나지 않았을 때 나는 깼다. 벌레 때문이었다. 역시 바닷가 주변이다 보니 벌레가 많은가보다. 여기도 이렇게 많은데 바닷가는 얼마나 많을까? 역시 희연씨가 현명했다. 희연씨는 이 정도 벌레쯤은 아무 것도 아닌 것처럼 잘 자고 있었다.

갑자기 초밥을 좋아한다는 희연씨의 말이 떠올랐다. 여기 온 뒤로는 생선을 먹어본 적이 없다고 했다. 그런 희연씨를 위해 생선을 잡아와 보란 듯이 자랑하고 싶었다. 그리고 그 생선을 희연씨와 함께 먹고 싶었다. 나를 위해 좋아하는 열매에 갑자기 알레르기가 생기는 희연씨를 위해.

나는 곧바로 희연씨가 깨지 않도록 조심스럽게 임시 거처에서 나왔다. 그러고는 바닷가로 향했다. 내 손에 쥐어진 것은 희연씨가 평소 사냥할 때 쓰는 작살 하나뿐이었다. 허나 나는 수영을 잘 못하기에 얕은 물에서만 있을 계획이었다.

잠시 걸으니 바다에 도착했다. 일단 이곳 바다가 지구 바다처럼 짠지가 궁금하여 입으로 약간 떠서 맛을 봤다. 놀랍게도 짜지 않았다. 그래서 나는 좋은 조건이라고 생각하고 바닷가로 들어갔다.

꽤 긴 시간동안 물고기를 잡으려 해봤지만, 한 번도 해보지 않은 탓에 여간 어려운 게 아니었다. 너무 지쳐서 나오기로 했다. 나오기로 하고 한 발짝 뭍을 향해 발을 디딘 순간 뒤에서 큰 파도가 나를 덮쳤다. 수영을 하지 못하는 나는 순간적으로 물에 휩쓸려 버렸다. 잠깐 허우적대다보니 발이 땅에 닿지 않았다. 큰일이라는 걸 느꼈다. 이런 상황에서 날 도와줄 사람은 한 사람뿐이었고 나는 그 사람 이름을 외치기 시작했다.

"희연씨! 희연씨!"

하지만 나는 더 큰 파도에 휩쓸리고 말았고, 두 번의 외침 이후에는 공기를 만나지 못했다.

나는 내가 가라앉고 있다는 걸 느꼈다. 살아 보려고 허우적댔지만 공허한 움직임일 뿐이었다. 이제는 진짜 죽는구나 하는 생각이 들었다. 이럴 때 희연씨가 와서 구해준다면 정말 드라마 같겠다는 생각을 했다. 드라마는 드라마일 뿐이라는 생각을 할 때였다.

"서태현!" 낯선 남자의 목소리였다.

"네게 기회를 주겠다. 너는 이제 죽기 직전이다. 죽기 전에 마지막으로 네게 가장 소중한 사람들에게 얘기할 기회를 주겠다. 정확히 3명이다."

'죽기 전이라 이런 환청도 들리는 구나. 그래, 죽기 전인데 다 얘기하고 죽어야지.'

"시작하면 되나요?"

마음속으로 말했다. 대답은 들리지 않았다.

"첫째로, 내 담임 선생님 김세정! 세정 쌤. 쌤은 내가 유일하게 이런 결정을 내렸다는 것을 아는 사람이었어요. 쌤의 배려 덕에 내가 여기에 올 수 있었고요. 항상 저 챙겨주시고 저희 가족 생각해주셔서 너무 감사드려요. 선생님은 제가 여태껏 만난 선생님들 중에서 최고의 선생님이에요. 미모나 가르치는 거나 모든 면에서. 앞으로도 훌륭한 제자 많이 만드실 것 같아요. 미리 축하드려요. 마지막으로, 저는 훌륭한 제자로 떠나지 못해서, 아름다운 모습으로 떠나지 못해서, 성공한 모습으로 스승의 날에 찾아가지 못 해서 너무 죄송합니다. 사랑해요 선생님."

"다음은 내 여자 친구 이다영! 다영아 학기 초부터 친구 없는 나한테 항상 말 걸어주고 외롭지 않게 해줘서 고마워. 귀엽게 생긴 네가 나에게 말거는 것이 내가 따돌림 당하는 또 다른 이유가 되기도 했지만 그래도 나는 네가 있어서 외롭지 않았어. 그리고 우리 내가 떠나기 이틀 전에 사귀기로 했는데. 내가 떠나는 날 2번째 데이트하기로 했잖아. 데이트 못 가서 미안해. 보고 싶다 다영아. 그래도 너는 정말 귀엽고 착하고 매력이 넘치는 애니까 나보다 훨씬, 훨씬 더 좋은 남자 만날 거야. 나보다 훨씬 더 좋은 남자 만나서 행복하게 살아 다영아. 보고 싶다. 생각해보니 아직 우리 서로 이 말 한 번도 못해 줬네. 사랑해."

"마지막으로, 우리 엄마 이연아! 엄마, 나 이제 죽는대. 대박. 나 없이도 잘 살았지? 내가 준 50억. 물론 내가 준 건 아니지만. 나 없이도 잘 산 거 맞지? 나 없다고 바보 같이 울고 이런 거 아니지? 엄마 그럼 진짜 바보다. 엄마는 엄마고 나는 난데 나 없다고 바보 같이 사는 건 아니지. 엄마 17년 동안 나 키워줘서 너무 고맙고 항상 나를 먼저 생각해주고 엄마 정말 힘들게 사는데도 내 앞에서는 항상 웃어줘서 너무 고마워. 엄마한테 고맙고 감동받았던 일 한두 개가 아니야. 물론 남들보다 못한 우리 집안 사정 때문에 가끔은, 아주 가끔은 엄마를 원망한 적도 있었지만 그래도 엄마 너무 고마워. 17년간 엄마의 아들로서 산 거 너무 행복했고, 앞으로도 더 그러고 싶지만 나는 남은 엄마의 삶이 행복하다면 만족해. 엄마 너무 보고 싶다. 엄마 너무 고맙고 미안하고 그리고 사랑해. 다음 생에서도 꼭 다시 내 엄마로 태어나게 해줘. 그때는 내가 더 잘해 줄게. 사랑해."

말을 다하고 가만히 있으니 숨이 막히는 것 같은 느낌이 들었다. 그때 아까 그 사람의 목소리가 다시 들려왔다.

"자네에게 마지막 기회를 주겠다. 내가 여기서 자네의 목숨을 살려주겠다. 그 대신 저 세 사람의 목숨을 앗아가겠다. 이 협상에 응할 것인가?" 1초도 고민할 필요가 없는 질문이었다.

"아니요, 절대 그럴 수 없어요. 제게는 너무나 소중한 사람들인 걸요."

"좋다. 잘 가라."

"당신은 누구신가요?"

대답을 들을 수는 없었다.

대화를 마치니 정말 죽는 것 같은 느낌이 들었다. 정신이 혼미해져 갔다. 너무 정신없다보니 내가 호흡하고 있다는 느낌마저 들었다. 드디어 내가 죽는구나 하는 느낌이 들었다. 내가 지금 공기를 느끼고 있다니. 점점 의식을 잃어갔다. 그리고 나는 눈을 감았다.

13 장

"서태현!"

내 목소리가 들렸다. 나는 눈을 떴다. 여기가 저승인 것인가. 눈앞에 한 명의 남자와 세 명의 여자가 있었다. 이상하리만큼 네 명 모두 실루엣이 너무 익숙했다. 눈을 감았다가 다시 떠 보니 나는 놀라움을 감출 수 없었다.

거기에 서 있는 사람들은 엄마, 다영이, 세징 쌤, 그리고 백지훈 아저씨였다. 나는 저승인가 싶어 볼을 꼬집어 봤다. 너무 아팠다. 다시 한 번 꼬집어 봤다. 꼬집은 데를 다시 꼬집으니 더 아팠다. 분명히 현실이었다. 백지훈 아저씨가 나를 향해 다가왔다.

"여행은 잘 갔다 왔나?"

"이게… 어떻게 된 거죠?"

"사실 시간여행은 가짜였다네. 지금까지 자네가 본 모든 것은 다 공상현실이고 말이야. 다 가짜란 말일세."

"가짜라고요? 잠깐만요, 그럼 돈은요?"

"물론 준다네. 사실 우리는 이렇게 참된 마음과 희생정신을 가진 사람을 찾는 게 목적이었다네. 일시금은 계획대로 지급하고, 자네는 고등학교 잘 졸업하고 나를 찾아오게. 지난번에 말했던 월 단위 지급은 사실 월급이라네. 한마디로, 자네는 취직이 된 걸세. 학교 잘 가게. 내가 말했지 않는가? 소중한 사람들을 항상 마음속에 새기라고. 소중한 사람들 덕에 행운이 찾아온 걸세. 그럼 우리는 3년 뒤에 보지. 그럼 이만."

아저씨는 문 밖으로 나갔다. 여자 셋과 나만 남았다. 뭔가 내 자신이 부끄러워졌다.

"엄마, 다영아, 세정 쌤. 여기는 어떻게? 설마 내가 본 거 다 본 거예요? 내가 마지막에 한 말도 다 듣고?"

엄마가 다가왔다. 나를 안았다.

"그래 이 녀석아. 그리고 말도 안 되는 얘기 하지 마. 엄마한테는 내 아들이 전부야. 나 없이도 잘 살라고? 어이가 없어서 원 참. 나한테는 사랑하는 아들이 전부라고."

엄마의 눈물이 느껴졌다.

"엄마 왜 울어, 울지 마. 내가 잘못했어. 이제 돌아왔잖아. 우리 이제 그렇게 가난하게 안 살아도 돼. 우리 행복하게 살자, 평생."

그렇게 한참을 엄마랑 껴안고 있었다. 그러다 보니 두 명이 더 있다는 걸 깨달았다. 엄마를 진정시키고 다른 두 명을 보러 갔다.

"세정 쌤!"

"내가 볼 때 내 제자들 중에서 네가 제일 훌륭한 제자야. 그리고 너 같은 제자 앞으로 다시는 못 볼 거 같고. 훌륭한 제자의 소중한 사람 세 사람 중에 들어서 영광입니다, 제자님. 근데 학교를 빠지려면 쌤한테 문자를 남겨야지. 이렇게 가면 어떡해."

"죄송해요 선생님." 세정 쌤에게 웃으며 말했다.

"다영아" 다영이는 내가 말하기도 전에 울고 있었다.

"야 이 바보야. 3일째에 이렇게 도망가는 남자친구가 어딨어."

다영이가 나를 치며 말했다.

"미안."

"앞으로 도망가지 마. 절대 내 곁에서 떨어지지 말란 말이야. 너 받은 돈으로 핸드폰부터 사. 그리고 당장 위치추적 앱 깔자. 네가 또 갑자기 떠나버리면 어떡해. 하루 종일 너 어디 있는지 보고 있을 거야. 알겠어?"

"이제 안 떠나. 그리고 그럴 필요 없을 걸?"

"왜?"

"계속 네 옆에 있을 거니까."

"치."

삐친 다영이의 행동과는 달리 다영이의 입가에는 미소가 번지려 했다.

"언제는 나랑 평생 살자며." 엄마가 말했다.

"엄마." 나는 웃으며 말했다.

"안 돼. 자기는 나랑 결혼할 거잖아."

다영이가 한 번도 부르지 않았던 자기라는 호칭을 써가며 내 팔짱을 꼈다.

"어머, 어머. 애야, 고등학생이 무슨 결혼이야. 그것도 우리 아들 데리고. 너네 평생 갈 거 같지?" 엄마가 말했다.

"엄마!"

"어머님. 요즘 애들 참 빠르네요. 제가 어렸을 때만 해도 안 저랬 는데."

세정 쌤이 한숨 쉬며 말했다.

"그러게요. 담임이라는 사람이 어떻게 가르쳤으면 말이야."

"엄마!"

"알았어."

엄마가 말했다.

"자자, 우리 이상한 얘기하지 말고 행복한 현실 속으로 이제 갈까 요?"

내가 웃으며 말했다.

요즘 세상은 너무 각박하다. 모두들 일에 치여, 학업에 치여 그저 기계처럼 살고, 자신들이 진정 가치 있고 행복한 삶을 살고 있는지 생각해보지 않는다. 그리고 자신이 행복한 삶을 살고 있지 않고 앞으로도 그러지 못할 거라는 생각이 들면 극단적인 선택을 하기도 한다. 하지만 그럴 때 이것 하나만을 기억해주었으면 좋겠다.

본인에게도 소중한 사람들이 있는 것처럼, 본인을 소중한 사람이라고 생각하는 사람들이 반드시 있다는 걸.

미래의 그림자 : 손가락 9개

이 일 중

1 장

"형! 18세기가 뭐야? 18세기 영국에서 산업혁명이 일이나 엄칭난 발전을 이루었다."

"1700년대를 말해."

"엄청 옛날 얘기네. 지금은 그럼 26세기인가? 그때는 무슨 일이 일어났길래 혁명이라 그래?'

"증기 기관하고 석탄하고 막 하면서 혁명이 일어났다 그랬나…"

"증기 기관이 뭐야"

"나도 잘 모르겠어. 헬퍼! 증기 기관이 뭐야?"

"증기가 지닌 열에너지를 기계적 일로 변환시키는 원동기의 한 형식이다. 일반적으로 열을 가해 발생시킨 증기의 압력으로 실린더 내의 피스톤을 움직여 동력을 얻는 왕복운동기관을 말한다."

"고마워. 너는 이제 그만 청소하러 가."

"네 알겠습니다."

"역사 시간에 배운 것도 같고… 에이 몰라. 배운 지도 오래됐고 에너지는 어차피 핵융합이 있는데 그런 거 알아서 뭐해?"

"형은 내일이면 고등학교도 졸업하는데 그것도 몰라?"

"놀았다, 왜!"

부끄러운 얘기지만 초중고 발전된 문화를 누리며 4D게임에 빠졌던 나는 전혀 공부를 하지 않았다. '헬퍼'라는 좋은 가정부 로봇을 두고 굳이 나한테 질문을 해서 당황하게 만드는 이 녀석은 내 귀여운 동생, 이름은 인창이다. 가끔씩은 너무 호기심이 넘쳐서 문제긴 하지만 순수함의 아이콘이다.

모르는 게 없고 못 하는 집안일도 없는 로봇은 전 국민이 하나 이상씩은 가지고 있다는 가정부 로봇이다. 동생이 헬퍼라는 이름을 붙였다. 미국 말로 도와주는 사람이라는 뜻이라나 뭐라나. 어차피 통역이 다 되기 때문에 알 필요도 없는 다른 나라말을 굳이 써야만 했는지 의문이지만 뭐 괜찮은 이름 같기도 하다.

부모님께서 내가 태어났을 때부터 있었던 엄마봇(사실 엄마보다 더 많은 시간을 보냈기 때문에 내가 엄마봇이라고 이름을 붙였다)은 처리해 버리고 내가 학교에 갔다 온 사이 헬퍼를 사온 지라 처음에는 그렇게도 싫었지만, 뭐 음식 실력도 그렇고 사람 말 알아먹는 것도 그렇고 확실히 더 업그레이드 된 느낌은 있다.

나는 하드웨어로 예쁜 사이보그를 추천했지만, 헬퍼는 마음 착해 보이는 남자 사이보그이다. 부모님은 주말에 나가서 일을 보시는 경우가 많아서 주말에 집에 박혀있을 때는 솔직히 좀 별로다. 사람인지 로봇인지 구분도 안 되게 만들어놔서 남자 셋이서 있는 꼴이라니!!

내 소개가 늦었지만 소개를 하자면 이름은 이일중, 나는 내일이면 고등학교를 졸업하는 26세기의 학생이다. 이게 다다. 좀 특별한 게 있다면 운동을 많이 해서 운동 부족이 사회적 문제로 거듭난 지금, 그런 걱정할 필요가 전혀, 저언혀 없다는 것이다. 학교에 가서 수업을 듣고 집에 와서 놀고 그게 내 일상이다.

집에서도 수업을 들을 수 있지만, 나는 친구들하고 만나서 노는 것 때문에 학교를 간다. 학교에 나와서 수업을 듣는 대부분의 아이들도 비슷할 것이다. 집에서 공부만 하는 모범생들은 몇 번 만났었는데, 운동을 하는데 너무 체력이 약해서 동생 인창이하고 하는 것보다 재미가 없었다. 학교에 나오는 친구들은 운동하는 것을 즐긴다.

운동하고 체력이 오르는 것은 좋지만, 별로 쓸데가 없는 것 같다. 몸을 쓰는 직업을 하고 싶지만, 로봇이 다 할 수 있는 터라 마땅한 직업이 없는 것 같다. 요즘 각광받고 있는 직업은 정치 쪽하고, 과학 기술 쪽이다. 다른 직업들은 로봇들이 대체할 수 있어 점점 줄어들고 있다.

부모님은 두 분 다 과학 기술을 연구하는 연구원이시다. 현재는 두 분 다 연구소에서 일하시느라 집에는 오지 않으신다. 부모님은 나도 커서 연구원이 되기를 바라시지만, 나는 그만한 머리를 가지고 있지 않을 뿐더러 탐구하고 그러는 건 적성에 맞지 않는 것 같다. 연구원은 동생이 더 어울릴 것이라고 생각한다.

26세기인 지금, 다양한 기술들이 발전했다. 옛날에 쓰여 졌던 다양한 공상 과학 소설들을 읽어보면 터무니없는 상상도 물론 있지만, 나에겐 일상처럼 다가오는 다양한 기술들이 그 당시에는 상상 속에만 있었다는 것이 가끔씩은 놀랍다.

가장 우리 생활에 밀접한 관련이 있고, 가장 삶을 윤택하게 해주는 기술은 나의 새끼손가락에 있다. 태어날 때 조그마한 칩을 새끼손가락에 이식하게 된다. 현재 기술의 총 집합체라고 할 수 있을 것 같다.

새끼손가락만 있으면 할 수 있는 일이 많다. 모든 가격 결제를 손가락만 대면 할 수 있고, 사실 그냥 물건을 가지고 계산대를 지나기만 해도 알아서 원격 결제가 된다. 아직도 쓰이는 곳은 종종 있지만 인식이 가끔 안 될 수도 있는 지문 인식보다는 요즘에는 다 손가락을 대고 칩을 인식하는 것으로 바뀌었다. 개인 컴퓨터도 모두 핑퓨터라는 것으로 바뀌었다. 컴퓨터는 모두 사라졌고 곳곳마다 핑퓨터 인식기가 생겼다. 손가락을 대었다 떼기만 하면 개인 컴퓨터가 홀로그램으로 띄워진다. 작업한 모든 것이 저장되는 것도 당연하다.

유치하다는 생각이 들 수도 있지만 새끼손가락을 걸고 약속을 하면 손가락끼리 닿는 것이 인식이 되어 양쪽 모두에게 약속을 한 음성이 녹음이 되어 나중에 어겼을 때 '네가 이랬잖아!' 하며 증거로 들이밀 수 있다. 물론 약속을 어겼다고 해서 처벌이 있거나 하는 것은 아니고, 법정에서도 계약서 대신 쓰일 수 있는 것도 아니지만, 어린이나 청소년이 친구들과, 가족과 생활을 할 때 심심치 않게 쓰이는 기술이다.

또 다른 색다른 것에는 손가락 의식이 있다. 2명 이상이 손을 모으고 '의식'이라고 말하고 각자의 이름을 말하면 의형제가 된다. 의형제가 되면 일정 거리 안에 다른 의형제가 오게 되면 알림이 뜬다. 물론 나중에 의형제를 해제할 수도 있다. 의형제를 맺은 친구랑 싸운 뒤 의형제를 해제하는 것을 까먹을 경우 그 이후에도 알림이 뜨는 경우에 그냥 내버려두자니 귀찮고 그 친구 찾아가서 "의형제 해제하자!" 하기도 좀 그래서 서로 애매한 상황이 되는 웃지 못 할 상황도 가끔씩 생기곤 했다.

새끼손가락만 있으면 어디든 갈 수 있기 때문에, 지갑을 놔두고 왔어… 열쇠를 잃어버렸어… 와 같은 이야기는 옛날이야기가 되었다. 새끼손가락이 없으면 일상생활이 거의 불가능하다고 생각되고 상상하기조차 싫을 정도로 불편할 것이다.

새끼손가락의 센서 때문에 언제 어디에 있는가에 상관없이 위치 정보가 확인이 가능해졌다. 어린이의 경우 부모님이 언제든지 확인할 수 있도록 되어 있어 유괴나 납치는 불가능한 이야기가 되었다. 이로 인해 범죄율은 많이 줄어들었다.

살인이나 강도, 성범죄와 같은 강력 범죄는 일어나면 잡히는 건 시간문제이다. 또한 이러한 범죄는 잡히면 형벌에 추가적으로 손가락에 이식되어있던 칩이 삭제된다. 감옥에서 나올 때는 범죄자용이 또다시 이식되어 불이익이 있다. 나중에 감옥에서 나오게 돼도 기본적인 생활이 힘들기 때문에 범죄자 관리소 같은 곳에서 대부분 살게 된다.

탈옥은 거의 불가능하다고 생각되지만 만약 엄청난 해커의 도움을 받아 시스템을 망가트리고 탈옥을 한다 해도 국가의 방침은 그냥 내버려두는 것이다. 각 건물에 들어갈 때 몸에 센서가 없는 게 감지가 되면 알림이 울리게 되어 탈옥자가 갈 수 있는 곳이 없다.

사고로 새끼손가락을 잃은 사람은 다른 칩이 이식된 가짜 손가락을 달고 남은 생을 살게 된다. 기존의 칩에 문제가 없으면 다시 넣어주지만 손상이 갔을 경우 새로운 칩을 달아야 하기 때문에 살아왔던 과정들을 잃게 되는 셈이다.

내가 중학생이었을 때부터 다른 사람들의 새끼손가락만 모으고 다닌다는 범죄자 이야기나, 손가락을 집에다 잘라 놓고 집에 있는 척한 다음 길거리에서 사람을 죽인다는 연쇄살인마 이야기가 간간히 돌았지만, 지금도 그 이야기가 나오는 것을 보면 하나의 괴담이었던 것이라는 생각이 든다. 어릴 때 괜히 길거리에서 험상궂은 사람을 보면 손가락을 꼭 붙들고 갔던 기억이 가끔씩 떠오른다.

손가락하고는 관련이 없는 이야기지만, 나는 개인적으로 최고의 기술은 게임 기술이 아닐까 하는 생각이 든다. 옛날에는 컴퓨터로, 핸드폰으로 했다던 게임들을 실제로 할 수 있게 되었다.

청소년들의 대부분 운동은 아마 4D 게임으로 이루어지지 않을까 하는 생각이 든다. 부모님이 집에다 4D게임 세트를 사는 것을 반대하셔서 학교 옆에 있는 곳을 자주 가곤 했는데, 엄마가 내 위치를 확인하는 날이면 어김없이 그날 밤에는 혼이 나곤 했다. 이럴 때는 위치가 이렇게 정확히 나올 필요가 있나 하는 생각이 들었다. 혼이 나더라도 게임의 재미에는 비할 바가 아니었기에 혼나도 며칠만 있으면 또 친구들과 신나게 놀러 갔다.

내일이 고등학교 졸업식인데 초등학교, 중학교, 고등학교 생활에 있었던 추억들을 하나하나 떠올리려니 아쉽기도 하고 시간이 너무 빨리 가는 것 같다.

2 장

"일중아~! 네가 웬일로 늦게 왔냐?"

내 친구 성호다. 나랑 가장 친한 친구여서 당연히 나와 성호는 의형제가 맺어져 있다.

"성호! 네가 일찍 온 게 신기한데 크크"

"너무 설레서 잠이 오질 않더라고…"

"너는 졸업하고 뭐 할 거냐? 공부도 나름 잘했으니까 대학교도 갈 수 있을 텐데."

"나랑 친구 맞아? 내 성격 아직도 모르네. 내가 공부하면서 살 것 같아?"

"그건 그렇지. 너보다는 내가 문젠데… 나 뭐하고 살아야 되지? 공부도 못 하고 그냥 놀기만 했는데. 어디 취업할 수 있는데 없을까?"

"경찰 어때? 너 운동도 많이 해서 어울릴 것 같은데."

"로봇 경찰이 겁나 돌아다니고 있는데 경찰이 왜 필요해?"

"너 그거 몰라? 지금 시골 쪽은 로봇 경찰 다니기 힘들어서 사람들이 하잖아!"

"알지 당연히. 너 그다음 얘기는 못 들었지? 막 땅굴 같은 데로 돌아다니면서 범죄 저지르는 사람들이 있는데, 그 범죄자들 본 사람들의 말에 의하면 새끼손가락이 없었대. 그래서 내가 추측하건데 감옥에서 나온 범죄자나 탈옥자가 모여서 범죄 소굴을 만든 것이 아닐까?"

"소설을 쓰고 앉았네. 그거 다 헛소문이야! 다음 주에 경찰 시험 있다니까 한번 가서 보는 거 어때? 할 것도 없는데 너 가면 내가 같이 가 줄게."

"그럴까? 땡큐 브로."

뭐 어차피 별 계획도 없었던 나는 그냥 성호의 추천대로 시험을 보러 갔다.

30명을 뽑는다는데 100명도 채 오지 않은 것 같았다.

"41번부터 50까지 들어오세요."

"성호 네 차례네. 파이팅!"

"갓성호 클래스 보여주고 올게!"

잠시 후 성호가 나왔다. 의미심장한 미소를 나에게 보냈다. 생각보다 시험이 쉬웠나?

"51번부터 60번 들어오세요."

내 차례다. 떨리는 마음을 가라앉히고 시험장으로 들어갔다. 면접 같은 것일 줄 알았는데, 그냥 체육관 같은 느낌이다.

"안녕하세요, 감독관입니다. 여러분이 하시게 될 것은 간단한 체력 테스트와 상황 판단 테스트입니다. 경찰이다 보니까 그런 게 굉장히 중요하죠."

체력 테스트는 오래 달리기, 팔굽혀펴기 윗몸일으키기 등 간단했다. 오래 달리기 하다가 포기하는 사람들을 보고 현대인들의 체력이 많이 약해졌다는 것이 실감이 났다. 뭐 나는 항상 운동을 했기 때문에 그 정도는 문제없었다.

"다음은 상황 판단 테스트입니다. 앞에 있는 헬멧을 쓰고 각자 방에 가시면 됩니다."

상황 판단 테스트라고 해서 예상은 했지만, 그냥 4D 헬멧을 쓰고 범죄자를 잡는 그런 테스트였다. 범죄자가 들고 있는 총을 뒤늦게 봤을 때는 약간 당황했지만, 어쨌든 수많은 게임 경험 바탕으로 가볍게 제압하고 같이 테스트한 10명 중에는 가장 빨리 나왔다. 밖에 나와 보니 성호가 기다리고 있었다.

"흐흐. 잘 봤어?"

"거의 뭐 나를 위한 테스트만 하던데. 네가 왜 나를 보고 웃었는지 알겠더라."

결과는 7시쯤에 나온다고 해서 성호와 밥을 먹고 집에 왔다.

"결과 나올 때까지 20분 남았네. 뭐하지?"

"뉴스나 보자."

"뉴스? 나 그런 거 안 봄!"

"일중아 고등학교도 졸업했으면 이제는 사회문제에 관심을 가져야지."

"헬퍼! 그래, 오랜만에 뉴스나 들려줘 봐."

"제 30회 로봇의 날을 맞아서 태평양에 우리나라 크기의 수중 도시, 아틀란티스가 완공되어 그 첫날인 오늘 천만 명에 달하는 사람과 로봇들이 모였다고 합니다."

"패스"

"이은학 대통령이 손가락 칩을 업그레이드 하는 방안을 검토 중입니다."

"자세히."

"이은학 대통령이 연설에서 국민들의 더 나은 삶을 위해 범죄자를 더욱 차단하고자 손가락 칩에 새로운 기능을 추가해 이르면 2년 후부터 신생아에게 바뀐 칩을 이식하는 방안을 검토 중이라고 밝혔습니다. 업그레이드 된 기능은 경찰이나 검찰이 위급한 상황이라고 감지될 경우 손가락 칩을 이용해 그 사람을 멈추는 방식입니다. 한 번 멈춰진 사람은 경찰이나 검찰이 풀어주기 전까진 움직일 수 없기 때문에 범죄 예방에 훨씬 효과적일 것으로 보입니다."

"일중아, 이거 어떻게 생각해?"

"우리가 살기 좋아지는 것 아니야? 만약 우리가 경찰 뽑히면 범죄자들 잡기 더 쉬워질 테고… 갑자기 왜? 너는 어떻게 생각하는데?"

"잘 모르겠는데, 저게 공권력 남용이 될 수 있다고 생각하는 사람들이 있어서."

"내가 보기엔 그 사람들 다 범죄자들이라 괜히 반대하는 거야. 자기들 잡힐까봐 그러는 거겠지. 설마 성호 너도 그렇다고 생각해?"

"그런 것 같기도 하고 아닌 것 같기도 하고"

"아 몰랑~ 그냥 결과나 보자."

성호와 나는 둘 다 합격이었다. 시험이 생각보다 쉬워서 합격하는 게 당연하다고 생각하고 있었던지 그렇게 좋아서 날뛸 정도는 아니었다. 성호도 같이 돼서 기분이 좋았다.

"성호! 너 어떻게 할 거야? 나 하면 따라 와준다고 했는데, 어쩌다보니 붙었네. 크크"

"사실 나는 원래 경찰이 목표였어. 너 꼬시려고 그렇게 말한 거야… 미안해"

"가끔씩 보면 너 쓸데없이 머리가 잘 돌아가. 미안해 할 건 없어. 어차피 할 것도 없는데 잘됐지."

삑! 손가락 인식을 하는 소리가 들린다. 이 시간에 올 사람은 인창이밖에 없다.

"인창아 어디 갔다 와? 너 4D 게임 하다 오는 길이지? 다음번엔 형한테 말해 내가 이기게 해줄게. 혼자 하면 재미없지? 그렇지?"

"내가 형인 줄 알아? 박물관 견학 갔다 오는 길이거든!!"

"크크 너 어떻게 살았으면 동생한테 이미지가 그러냐. 형인 줄 알아? 크크크크크"

"어, 성호 형도 있었네. 안녕?"

"안녕."

"인창아. 이 하늘같은 형님이 성호랑 같이 경찰 시험에 합격했다는 거 아니니. 형이 첫 월급 타게 되면 너 필요한 거 하나 사줄게."

"형이 취업을 했다고? 하긴 경찰이면 체력만 있으면 되니까. 형 근데 시골에 손가락 없는 사람들 얘기 못 들었어? 거기 가면 위험할지도 몰라!"

"그런 거 다 겁쟁이들이 지어낸 거야. 걱정하지 마."

"어쨌든 내가 갖고 싶은 건 별로 없고, 나 거기 아틀란티스 가고 싶어. 인류 과학 기술이 모두 모여 있는 곳이라고 하던데."

"거기 크기가 우리나라만큼 크다는데 너 그러다 미아 된다."

"뭐래. 형이나 손가락 안 잘리게 조심해. 나 씻고 나올게."

동생이 씻으러 들어갔다.

"성호야. 내 동생도 알 정도면 진짜 있는 거 아니야?"

"동생 앞에서는 센 척하더니 너 지금 겁먹은 거야?"

"아니거든!! 없을 거야. 없을 거야. 없어야만 해."

인창이가 씻고 나오기 전에 성호는 집에 갔다.

"인창아. 형 시골 가면 너 학교 갔다 와서 집에 쭉 혼자 있어야 될 텐데. 괜찮겠어?"

"헬퍼도 있고, 나도 이제 다 컸어. 혼자 있어도 안 무서워!"

"그럼 안심이고… 헬퍼, 부모님 연결해 봐"

"네, 연결 됐습니다."

"엄마, 아빠! 저 경찰 시험 통과 했어요. 시골 쪽 가서 일할 것 같은데 거기 뭐 소문도 소문이고, 손가락 칩으로 생활이 안 된다고 하니까 연락하기 힘들 수도 있어요."

"그렇구나. 경찰 시험이 어렵지는 않았니?"

"제가 체력은 끝내 주잖아요."

"그래, 이왕 경찰이 된 거 사명감을 가지고 잘 했으면 좋겠고 시골 생활이 엄청 힘들 텐데 걱정이 많이 되는구나."

"성호도 같이 가니까 너무 걱정하지 마시구요. 몇 달마다 한 번씩 올라오니까 그때 볼 수 있겠죠. 저보다는 혼자 있어야 되는 인창이가 더 걱정이죠."

"엄마. 나도 괜찮아요!"

"인창이도 있었구나. 형이 취업했는데 파티 같은 건 안 하나?"

"첫 월급 받으면 형이 한 턱 쏘겠죠?"

"그래. 남은 시간 형하고 잘 지내고. 잘 자렴."

"안녕히 주무세요."

3 장

홀가분한 마음으로 한 달간 놀러만 다녔다. 한 달이 눈 깜짝할 새 지나고 시골 경찰서로 가게 되었다. 경찰서의 모습은 역사책에서나 볼 법한 수준이었다. 손가락 칩 관련 도구는 전혀 없었고, 무전기나 곤봉 수준밖에 없었다. 권총이나 전기 총이 그나마 가장 최첨단 기술이라고 할 만한 도구였다. 경찰 서장님께 인사를 드렸다.

"안녕하세요? 이번에 새로 들어온 이일중입니다."

"만나서 반갑구만. 나는 여기 경찰 서장이네. 들었는지 모르겠지만 이 지역에 반란을 일으키려는 사람들이 있다네. 원래 손가락 인식기가 경찰서에는 여럿 있고 마을에도 3~4개 정도는 있었는데, 그놈들이 다 부수거나 가져가서 여건이 좋지 않아."

"헛소문인 줄 알았는데… 사실이었나 보네요. 손가락이 9개라는 소문도 사실인가요?"

"내 눈으로 직접 보지는 못해서 모르겠지만, 그들과 마주친 적이 있는 사람들에 말에 의하면 새끼손가락이 없었다고 하네. 여러분이 해야 할 임무는 경찰서 앞쪽을 보초를 서서 지키는 역할이네. 그 놈들이 무수히 쳐들어 왔어도 경찰이나 주민들을 죽이지 않은 점이 의외이긴 하지만, 경찰서에서 훔쳐간 권총이나 기타 무기, 손가락 인식기로 무엇을 할지는 모르는 일이니까 조심했으면 좋겠구만."

"네, 알겠습니다!"

성호의 눈치를 보니 헛소문이라고 당당히 주장할 때와는 다르게 약간 놀라는 눈치였다. 나도 무기나 손가락 인식기로 무엇을 하려고 하는 것인지 두렵기도 하고, 내가 보초를 섰을 때 오면 어떻게 해야 하는지 걱정이 되어 입술이 바짝바짝 타들어 갔다. 그놈들이 손가락을 9개만 가지고 있다는 사실 또한 나의 두려움을 더 크게 했다. 강력 범죄를 저지른 사람들은 아닌지 걱정이 되었지만, 아직까지 경찰이나 주민들을 죽이지 않았다는 점을 위안으로 삼고 버텨보기로 했다. 설마 죽기야 하겠어?

8명씩 매일 밤마다 번갈아 가면서 2명씩 동서남북 한 쪽씩 보초를 서고 감시했다. 낮에는 시골이라 그런지 사람이 별로 없어서 할 일이 없었다. 컴퓨터가 있긴 했지만, 너무 구식이라 컴퓨터보다는 성호와 경찰 동기와 서로의 얘기를 하며 낮 시간을 때웠다. 가끔씩 주민이 올 때면 혹시 주민으로 위장한 반란군은 아닐까 새끼손가락을 항상 주시했다. 장갑을 끼고 오거나 주머니에 손을 넣고 있기라도 하면 괜히 경계를 했지만, 기우와는 다르게 그냥 평범한 주민들이었다. 오늘은 내 차례다.

"드르렁"

"성호 자? 너는 언제 올지도 모르는데 잠이 오냐?"

"설마 오겠어? 나 너무 피곤해."

성호가 졸기라도 하면 무서운 느낌이 들어서 계속 깨웠다. 계속 옛날 얘기나 쓸데없는 얘기를 하면서 그 숨 막히는 상황을 잊으려 했다.

"바스락"

"악 **" 너무 놀란 나머지 욕이 나왔다.

"뭐야, 뭔데?"

정적을 깨듯 바스락 소리가 들렸다. 정신을 집중하고 소리가 난 쪽에 손전등을 비추고 조심스럽게 다가갔다. 아무도 없었다.

"동물이었나봐. 괜히 놀랐네."

서울에서는 동물원 말고는 동물을 볼 일이 없었는데, 여기서 근무를 하다 보니 숲이 있어서 그런지 종종 동물을 봤다. 긴장이 풀려서 그런지 잠이 솔솔 왔다. 잠을 깨보려 머리도 흔들고 스트레칭도 해봤지만 이상하게 계속 잠이 왔다. 어느새인가 잠이 들었는지, 누가 나를 치는 느낌이 들어서 잠이 깼다.

"저, 잔 거 아니에요. 잠시 눈만 감고…"

혹시나 깨운 사람이 경찰서장님일까 봐 잠결에도 자지 않았다고 변명을 하던 나는 말을 이을 수가 없었다. 나는 똑똑히 보았다. 달빛에 반사되어 보인 얼굴은 처음 보는 얼굴이었고, 오른쪽 새끼손가락은 없는 채였다.

그 침입자도 당황했는지 아니면 도망치던 중이었는지 숲으로 도망치기 시작했다. 도망치는 침입자 앞쪽으로 숲으로 막 들어가는 것 같은 움직임이 보이는 것을 봐서 혼자서 온 게 아니라 여럿이서 와서 무언가를 훔치고 달아나는 것 같았다. 내가 본 침입자가 숲으로 헐레벌떡 들어가는 것으로 보고 나서야 숨이 막히던 게 진정이 되고 상황 파악이 되었다. 정신이 들자 우선 무전기로 상황보고를 했다.

"긴급 상황!! 방금 전 경찰서에 침입했다가 도망치는 반란군 포착! 그 중 한 명의 얼굴을 봤습니다!"

"이런…망할 놈들!! 경찰서에 침입하는 과정은 보지 못했나?"

"네! 안쪽에서 나오는 놈들만 봤습니다."

졸고 있어서 들어가는 반란군을 보지 못했다. 우리 쪽으로 침입했을 수도 있지만 괜히 욕을 들을까봐 졸았다는 이야기는 쏙 빼고 보지 못했다는 이야기만 했다.

"알았네. 혹시 다치거나 그러지는 않았나?"

"네 다행히도 저희에게 해를 끼친 것 같지는 않습니다. 그렇지 성호야? 성호야…?"

"무슨 일이 있나?"

"…"

성호가 있어야 할 자리로 손을 뻗으며 이름을 불렀던 나는 거기에 아무도 없는 것을 보고 소스라치게 놀랐다. 성호가 없었다. 머릿속으로 성호가 없어질 만한 이유에 대해 생각을 했다.

화장실을 갔나? 아니면 졸려서 산책이라도? 이런 일상적인 생각으로 마음을 안정시키려 하였지만, 2분, 3분이 지나도록 나타날 기미가 없는 성호는 아무래도 반란군을 쫓으러 갔든지 아니면 잡혀 갔든지, 반란군과 함께 있는 것은 확실한 듯 보였다. 시간이 지날수록 성호의 행방은 반란군에게 잡혀 있는 것을 확실해 갔다. 그렇게 충격과 공포에 빠진 내 눈에 서장님과 다른 경찰들이 오는 것이 보였다.

"무슨 일인가?"

"아무래도 제 친구 성호가 반란군에 잡혀간 것 같습니다. 빨리 수색대를 보내든지 아니면 손가락 위치 추적이라도 해서 구출해야 합니다."

"이번에는 꽤 많이 침입한 것 같더군… 창고에서 총이란 총은 모두 가져갔네. 우리가 너무 방심했네. 알다시피 우리 경찰서는 이미 털려서 손가락을 추적할 만한 도구나 로봇 경찰이 없어서 서울에 연락을 했네. 어젯밤 동안의 손가락 추적 결과를 다운 받는 중이고, 로봇 경찰도 곧 이곳에 도착할 테니 조금만 기다려 보게. 그런데 말이야, 혹시 이미 당해서…"

"아니요. 그럴 리가 없어요."

이미 당했을 수도 있다는 밀에 순간적으로 욱해서 말을 끊었다. 성호에게 아무 문제가 없기를 바랐고, 그래야만 했다.

"아까 무전으로 얘기 했던 이야기를 계속 해보게."

"네?"

"아까 반란군 한명의 얼굴을 봤다고 하지 않았나?"

아차! 성호 걱정을 하느라 잊고 있었다.

"확실히 그 놈의 새끼손가락이 없는 것을 보았습니다. 그리고 그 자의 얼굴을 봤는데 지금까지 본 주민들의 얼굴은 아니었는데, 딱히 특징이 없어서 어떻게 설명해야 될지 모르겠네요. 다시 보면 이 사람이 그 사람이 맞다 아니다는 판단할 수 있을 것 같아요."

"음… 반란군의 얼굴을 본 사람은 자네가 처음이군."

어제의 손가락 추적 결과가 모두 다운로드 되었다. 성호가 어디에 있고 언제 사라졌는지 단서라도 얻을 수 있을지 몰라서 집중했다. 새벽 3시까지의 기록은 특별한 게 없었다. 성호와 내가 그냥 보초를 섰던 시간이다. 함께 했던 학교생활에 대해 이야기 했던 것이 떠올라 성호에 대한 걱정이 더욱 커졌다.

새벽 4시쯤의 기록부터 성호의 움직임이 감지되었다. 다른 곳으로 움직임은 전혀 없이 첫 움직임부터 바로 숲을 향했고 결국 들어갔다. 하지만 이것이 스스로 간 것인지, 끌려간 것인지, 가만히 이야기를 하다가 간 것인지, 알 수가 없었다.

만능이라고 생각했던 손가락 추적기가 아무 쓸모도 없다는 기분에 처음 사로잡혔고, 성호가 나를 깨우고 뭘 할 수는 없었는지 슬픔과 화가 동시에 느껴졌다. 내가 깨어 있었다면 같이 끌려갔을 수도 있지만 잘 도와서 반란군을 잡을 수도 있지 않았을까 하는 생각이 들었다. 하지만 놀랍게도 손가락 추적 기록상 성호가 숲에 들어간 지 얼마 안 돼서 위치가 보이지 않았다.

"갑자기 왜 신호가 끊기죠?"

"나도 잘 모르겠네. 이런 경우는 처음이야…"

손가락 추적기를 찾아본 것은 시간 낭비라는 생각이 들었다.

로봇 경찰들이 도착했다. 오랜만에 서울에서 보던 로봇들을 보니까 왠지 모르게 반가웠다. 오늘처럼 믿음직해 보이긴 처음이었다.

로봇 경찰들이 숲으로 들어가기 시작했다. 우리는 숲 밖에서 화면으로 확인을 했다. 화면으로 보이는 숲은 평소와 별반 다를 것 없이 대부분이 나무만 있고 가끔씩 동물들이 보이는 수준이었다. 성호가 숲을 통해 사라졌다고 생각하니 평소의 숲이 굉장히 적막하고 무엇이 금방이라도 나올 것 같은 느낌이었다.

"지지직"

그 적막을 깨듯이 모니터 한 개가 갑자기 연결이 되지 않았다.

"서장님! 뭔가 문제가 있는 건가요?"

"이런 경우는 처음이긴 한데 일시적인 오류일 걸세. 화면에 인기척이 전혀 나지 않았는데 뭔 일이 있을 리가 없지 않은가. 그리고 일반인들은 잘 모르지만, 로봇 경찰은 위협을 받으면 대응하는 시스템이 있네. 사용하는 무기도 그렇고, 거의 매달 기술이 업그레이드되기 때문에 반란군 따위에게 당했을 리가 없네."

"지지직"

"지지직"

"지지직"

서장님의 자신만만함을 비웃 듯 다른 화면들도 하나둘 연결이 끊기기 시작했다. 화면에 보이는 사람이나 날라온 무기 등이 전혀 보이지 않았는데, 너무 쉽게 사라지는 것 같았다. 우리는 손쓸 수도 없이 하나둘 꺼져가는 모니터를 혹시 단서라도 나오지 않을까 모든 화면이 꺼질 때까지 바라 볼 수밖에 없었다. 공포인지 충격인지 모를 감정에 모두 아무 말도 없었다. 급해지는 것은 나였다.

"이게 어떻게 된 일이죠?"

"…"

"반란군이 모두 없앤 건가요?"

"…"

"뭐라고 말이라도 해보세요!!!"

"나도 잘 모르겠네. 저 숲에 뭔가가 있는 것 같네. 우리가 알지 못하는 뭔가가…"

"그게 뭔데요? 그게 뭐냐구요! 그렇게 믿던 손가락 추적기와 자신만만하게 자랑하던 로봇 경찰이 저 모양인데. 이제 어쩌실 건가요?"

"자네의 마음을 모르는 것은 아니네만, 다음 로봇 경찰이 올 때까지 조금만 기다려보게."

"저는 못 기다립니다. 이럴 때 나서야 하는 게 우리 경찰의 일 아닙니까? 저랑 같이 숲에 들어가실 분 없나요?"

"…"

모두 겁을 먹었는지 나서는 사람은 한 명도 없었다. 나도 기대를 많이 한 것은 아니지만, 경찰의 사명감으로 같이 나서주는 이가 적어도 대여섯 명은 될 줄 알았다.

"친구를 걱정하는 자네의 마음 다 이해하네. 하지만 이성적으로 생각해보게. 자네가 숲에 들어가서 잡히기라도 하면 그건 더 큰 문제가 될 수 있고 자네도 어떻게 될지 몰라. 또 아직까지 반란군이 민간인을 죽인 적이 없었다는 것을 기억할 것이라고 생각하네. 거기에 희망을 걸어볼 수밖에 없다네. 만약 지금까지의 행동과 다르게 우리가 생각하는 그런 강력 범죄자들이라면, 내 생각에는 자네 친구는 이미…"

"왜 그렇게 부정적이신가요? 저 혼자서라도 찾으러 갈 겁니다. 여기서 말로만 구한다 구한다 하고 직접 찾을 생각은 하지도 않고 로봇 경찰에만 의지하려고 하는 것보다는 낫습니다. 그리고 성호는 살아 있을 겁니다!"

"더 이상 추적이 안 되는 이유가 뭐라고 생각하나? 이미 죽임을 당해서 손가락을 잘렸을 수도 있어! 그리고 아까 보니 바로 옆에 있으면서도 친구가 가는 것도 몰랐던 것으로 봐서 그때 보초를 제대로 서지 않았나 보군. 자기라도 했나? 어젯밤의 반란군도 자네 쪽으로 들어온 것 같네만. 자네의 책임도 있어! 여기에 대해서 반박이나 변명이라도 해보게. 내 말이 틀렸나?"

아무 말도 할 수 없었다. 잔 것도 사실이고 내가 깨어있었다면 침입도 못했을 수도 있고 성호가 잡혀가지 않았을 수도 있다. 스스로도 계속 생각하고 자책하던 중이었기에 더욱 할 말이 없었다. 나는 대꾸조차 하지 않고 조용히 경찰서 안으로 들어가서 권총 한 자루를 챙기고 곤봉을 찬 채 나왔다.

"서장님은 서장님 방식대로 성호를 찾아주시면 감사하겠습니다. 저는 저만의 방식대로 성호를 찾을 겁니다. 얼마나 걸릴지는 모르겠지만요."

"조심하길 바라네. 신의 가호가 함께하길 빌겠네."

손가락 추적 지도를 바탕으로 성호의 위치추적이 끊긴 지점으로 갔다. 발걸음이 무거웠다. 그 지점을 기준으로 삼고 주변에 사람이 지나간 흔적이 있나 관찰을 해보았다. 침입자도 있어서 그랬는지 여러 갈래로 나있는 흔적을 찾을 수 있었다. 막막하긴 하지만 그래도 일일이 찾아가는 수밖에는 없었다.

꽤 깊숙이 들어갔지만 성호는 온데간데없었다. 어제 보냈던 로봇 경찰들을 간간히 보기도 했다. 미스터리하게도 부서진 곳이나 손상되어 있는 부분이 없었다. 그냥 배터리가 다해서 멈춘 듯한 형태였다. 나무들만이 울창한 곳곳에 로봇 경찰들이 만들어내는 을씨년스러움을 평소의 나라면 견디지 못했을 테지만, 오늘만은 계속 성호를 찾아 헤매었다. 어둑어둑해지려 하자 밤이 되면 나타날 반란군과 혹시라도 있을 숲에 사는 동물 때문에 다시 경찰서로 돌아왔다.

"왔나?"

"열심히 돌아다녀 봤지만, 성호의 흔적은 찾을 수 없었어요."

"우리도 이번엔 더 소형화된 곤충 로봇들을 보내 봤지만, 그 역시 얼마 가지 못해서 추적이 끊기는 형편이라네."

"현재 상황은 최악이라고 볼 수 있네요…"

"자네는 계속 숲에 들어갈 건가?"

"네. 꼭 찾을 겁니다."

하루 반나절을 성호를 찾는데 온 힘을 다했는데, 간단한 단서조차 찾지 못했다는 사실을 부정하고 싶었다. 내일도 이런 식으로 밖에는 할 것이 없는데, 너무 비효율적이라는 생각도 들었다. 이러저런 생각을 하다가 하루 종일 몸도 마음도 고생한 터라 나도 모르는 사이 눈이 스르르 감기고 잠에 들었다.

4 장

해가 뜨기가 무섭게 일어나서 점심으로 간단히 먹을 음식과 물을 싸들고 숲으로 향했다. 보초를 서고 있는 동기 경찰들에게 인사를 했다. 걸어가는 내 뒤로 성호 얘기를 하는 소리가 들려왔다.

"지금 찾으러 가는 거지?"

"그런 것 같은데?"

"아직 살아 있을까?"

"몰라 손가락 9개인 놈들이 데려갔다고 하던데, 그럼 이미 죽지 않았을까?"

"지금까지 인명 피해가 없었다는 서장님 말은 거짓말이었어?"

이런저런 얘기를 하고 성호가 죽었을 것이라는 추측을 하고 있었지만, 뭐라고 하기보다는 그냥 빨리 가서 찾고 싶은 마음이었다.

날씨는 내 마음을 아는지 모르는지 쓸데없이 화창했다. 숲에 들어가니 울창한 나무에 가려 햇빛이 잘 들어오지 않았고 한 줄기씩 경로가 보이는 빛들이 숲을 아름답게 만드는 듯 하였으나 나는 그런 것 신경 쓰지 않고 계속 성호를 찾았다.

"어?"

흔적을 찾으며 열심히 돌아다니던 나는 발걸음을 멈출 수밖에 없었다. 분명히 어제는 있던 로봇경찰이 사라진 것이다. 로봇 경찰이 있던 자리에는 그 엄청난 무게에 눌려있던 풀들만이 로봇 경찰이 있었다는 것을 알려줄 뿐이었다. 혹시나 내가 잘못 표시한 것은 아닐까 지도에 표시해 놨던 내가 본 로봇 경찰들의 위치를 다 찾아가 보았지만 거기에도 그 흔적만 남긴 채, 로봇 경찰은 없었다.

갑자기 숲이 무섭게 느껴졌다. 지금도 어딘가에서 손가락이 9개인 사람들이 나를 호시탐탐 쳐다보고 있는 것이 이닐까 두려웠다. 주머니에 권총이 잘 있는지 확인하고 아무렇지 않은 척 계속 나아갔다.

조심스럽게 장전을 했다. 주머니에 손을 넣은 채 혹시나 보고 있을 반란군이 내가 방심하고 있다고 생각을 하도록, 또 두려움을 잊으려고 노래를 불렀다.

"우리는 꿈을 꾸는 소녀들 pick me pick me pick me up~ ♬"

"널 만나면 말없이 있어도~ ♬ ♪"

"역시 불후의 명곡들이야." 얼마나 걸었을까?

"바스락"

"악"

"탕"

비명과 동시에 손을 꺼내서 소리가 나는 쪽으로 방아쇠를 당겼다. 진짜 총을 사격장 말고 쏴보는 것은 처음이었다. 너무 당황한 나머지 주머니에 넣은 채로 쏠 뻔 했다. 손을 부들부들 떨며 재장전을 하고 조금씩 뒤로 물러났다.

"나와! 나오라고!"

총소리와 내 목소리 말고는 조용했다. 뭔가가 내 등을 찔렀다.

"탕"

깜짝 놀라 뒤를 돌며 총을 한 번 더 쐈다. 나무였다.

"하아 하아."

너무 긴장했던 나머지 긴장이 풀려 자리에 털썩 주저앉았다. 마음을 진정시키고 나니 내가 한 행동이 너무 바보 같았다. 만약 내가 낸 총소리가 숲 밖까지 들렸으면 내가 싸우고 있는 것으로 생각할 것 같다.

"으아아아악!" 너무 창피해서 소리를 질렀다.

"삐빅"

손가락에서 알람이 울렸다. 너무 힘이 빠진 상태라 움찔했지만, 이번에는 총을 쏠 정도는 아니었다.

"에이 뭐야 성호가 주위에 있다는 신호네."

"…."

"웅?"

잊고 있었다. 나는 성호와 의형제를 맺고 있었다. 우리는 사정거리를 500M로 해놓았다. 500M 내로 들어오면 알람이 뜨게 되어 있다. 하늘이 무너져도 솟아날 구멍은 있다더니 너무 기분이 좋았다. 이제 성호를 찾을 수 있다. 이리 저리 움직이면서 핑퓨터에 나타난 성호와의 거리를 바탕으로 방향을 잡고 성호에게 다가가기 시작했다.

400M, 300M, 200M 가까워질수록 나의 마음은 다시 만날 수 있을 것이라는 생각에 부풀어 올랐다. 점점 발걸음이 빨라졌다, 아니 발걸음은 이미 걸음에서 뛰는 것으로 바뀌어 있었다. 있었던 적은 없지만, 여자 친구를 오랜만에 만나러 가는 느낌이 이럴 것 같다는 생각이 들었다.

"하" 차오르는 숨을 가라앉혔다. 이제 위치 상 20M가 남았다.

"성호! 나야! 일중이!"

성호의 이름을 부르며 한달음에 달려가 보았지만, 내 눈 앞에 펼쳐진 것은 지금까지 계속 봐온 그냥 숲, 그 이싱 그 이하도 아닐 뿐 성호는 어디에도 없었다. 혹시나 하는 마음으로 다시 한 번 핑퓨터를 확인해 봤지만 그저 'OM, 코앞에 있습니다.' 만을 띄울 뿐이었다. 혹시 위에 있나 위도 살펴보고 주변을 샅샅이 찾아봤다. 이제 어느 정도 내 생각도 성호가 이미 9손가락들에게 잡혀서 죽임을 당했다는 쪽으로 기울고 있었다. 이미 죽임을 당해서 손가락만 버려진 것은 아닐까, 아니면 혹시 땅에 묻힌 걸까?

혹시나 하는 마음에 별 흔적도 없는 땅을 괜히 흙을 드러내 보았지만 특별함을 찾아 볼 수 없는 땅일 뿐이었다. 슬픈 이야기지만 손가락이라도 찾을 수 있을까 주위를 샅샅이 찾아봐도 찾을 수 없었다. 마지막 남은 희망이 떨어져 나가는 순간이었다. 털썩 주저앉아 하늘을 바라봤다. 화창해 보이기만 했던 하늘, 그 새파란 하늘은 나를 비웃는 듯 했다.

앞으로 어떻게 해야 할지 생각조차 하지 못하는 상태로 생각을 했다. 가까이에 있는 나무에 등을 기댄 채로 생각을 했다. 성호와 함께 했던 학창 시절, 함께 경찰 시험을 보고 여기에 온 기억, 함께 보초를 서다 사라진 일 등을 차례로 떠올렸다. 성호가 경찰 시험을 치자고 했을 때 반대를 했더라면, 내가 보초를 서던 날 졸지만 않았다면, 그 사실을 알게 된 순간 바로 숲으로 들어 왔더라면… 성호와 지금도 행복하게 웃으며 농담 따먹기를 하고 있었을 텐데…

생각이 거기까지 이르렀다. 하늘에 보이는 별들이 흐려졌다. 따뜻한 눈물이 한줄기 흘렀다. 아직 누군가를 잃어본 적이 없는 나였기에 마음이 더욱 아파왔다. 그런데 잠깐, 별이라니? 시간이 얼마나 지났을까? 나도 모르는 사이 밤이 되고 별이 떴다. 벌써, 밤이 되었다.

지금이라도 돌아가면 되지 않을까?

계속 오는 길을 체크하고 있었던 나였지만 500M라는 표시가 뜬 이후에 급하게 오느라 표시를 해놓지 않았다. 방향이 기억이 나지 않았다. 밤이라 내가 해놓은 표시가 잘 보일 것 같지도 않는다. 암울하다. 어떻게 해야 할까?

숲의 공포를 더해 주듯 로봇 경찰의 신호가 잡히지 않았던 것처럼 미스터리하게도 전화는 물론 어떤 장치도 작동하지 않는다.

5 장

밤은 반란군들의 시간이라고 할 수 있다. 반란군들이 지금껏 쳐들어 온 시간도 모두 밤이었다. 얼굴을 잘 들키지 않기 위해서인지 아니면 우리가 방심하는 걸 기다렸는지 알 수는 없지만 알 수 있는 한 가지는 어떤 짐승들이 사는지 알 수도 없고 반란군이 얼마나 있을지 알 수 없는 숲의 밤은 최악의 위험 지역이라는 것이다.

이대로 나도 반란군에 잡혀가서 죽어버릴까? 나를 기다리고 있을 동생 인창이와 가족 때문이라도 그럴 수 없었고, 성호의 복수도 해야 하고, 이대로 죽기엔 너무 무서웠다. 죽을 때 죽더라도 덜 무서운 곳에서 죽고 싶다는 생각이 들었다.

이번에도 총을 조심스럽게 장전하고 기장 가까이에 있는 돌에 기댔다. 차가운 돌이 떨리는 내 마음을 더 떨리게 했지만, 뒤쪽이라도 안전하다는 것을 느끼고 싶었다. 360도를 모두 경계하기는 힘들 것이라는 생각도 들었다. 숲의 밤은 무서웠다. 간간히 들리는 새들의 울음소리가 들릴 때마다 소름이 돋고 더욱 긴장하게 되었다. 밤에 자기는 틀렸다. 내일 아침까지 새고 그 이후에 길을 찾을 계획을 세웠다.

이렇게 오래 있을 것이라고 생각을 못했기 때문에 저녁은 가져오지도 않았기에 배가 고파왔다.

숲의 공포심도 잠의 유혹 앞에서 조금씩 꺾여가고, 내 눈꺼풀도 감겨지는 그 즈음, 저기서 무엇인가가 이쪽으로 오는 소리가 들린다. 희미해져가던 내 의식과, 없어져 가던 긴장이 최고도로 달했다.

'동물인가, 사람인가.'

발자국 소리를 들어서는 사람인 것 같았다. 총을 허겁지겁 집어 들었다. 모든 신경이 눈과 총을 잡은 손의 근육으로 집중되었다. 이쪽으로 온다. 혹시 나를 찾으러 온 다른 경찰일 수도 있으니 우선은 쏘지 않고 기다렸다.

"자박 자박"

내가 기대고 있는 돌 옆을 그냥 지나쳐 간다. 얼른 자세를 고쳐 잡고 그 사람을 주시했다. 오른쪽 손은 5손가락 모두 있었다. 하지만 왼쪽 손은 몸에 가려져 있어 알 수 없다. 나를 지나쳐 계속 걸어가던 그 사람이 갑자기 멈춰 섰다. 무릎을 굽히고 쭈그려 앉더니 무언가를 한다. 잘 보이지 않는다. 조심스럽게 일어나 보니 이미 그 사람은 사라지고 없었다.

발걸음 소리가 났으니까 귀신은 아닐 텐데, 어디로 사라졌을까? 아무래도 반란군이 확실해 보였다. 작전을 다시 세웠다. 숨어 있다가 다음 반란군이 올 때가 그 기회이다. 반란군이 더 올지 안 올지는 모르지만 그것은 운에 맡길 수밖에 없다.

뭔가 계획이 생기자 그렇게나 졸렸던 나는 그런 적이 있었냐는 듯 똘망똘망하게 다음 반란군을 기다렸다. 1분이 10분처럼 느껴지기도 하고 10분이 1분처럼 느껴지기도 했다. 성호 생각을 하면 아무도 오지 않는 상황이 너무 길게 느껴졌지만, 얼마 지난 것 같지도 않은데 시간이 벌써 30분이나 지났다는 것을 알고 놀랍기도 했다.

"탁 탁 탁 탁"

이번엔 누군가 뛰어오는 것 같다. 바위 옆을 '휭' 하고 지나가 버려서 자세히 보지 못했다. 이 시간에 숲에 있을 사람은 반란군밖에 없다는 생각으로 조심스럽게 일어나 거리를 좁혀갔다. 이번 사람도 쭈그려 앉으려고 한다. 얼른 뒤로 가서 권총을 관자놀이에 가져다 댄다.

"움직이지 말고 소리도 내지마"

"누구냐!"

"죽고 싶지 않으면 닥치고 출입문 열어. 10초 준다. 10, 9, 8…"

손을 보니 역시 새끼손가락이 없었다. 9손가락의 반란군을 두 번째로 보는 순간이다. 그놈하고 같은 놈은 아니다. 반란군이 조심스럽게 손가락 9개를 옆에 있는 돌에 가져다 댄다. '드르르' 라는 조그만 소리가 들리면서 돌 옆으로 계단이 드러난다. 반란군 녀석들이 지하에서 살고 있을 줄은 꿈에도 몰랐다.

"퍽"

반란군 녀석이 반항하려 하자 권총으로 뒷목을 쳐서 기절 시켰다. 총을 쏴서 죽일 수도 있었겠지만 안에 몇 명이나 더 있을지 모르고, 당연히 아직 사람을 죽여본 적이 없기에 두려웠다.

계단을 따라 내려갔다. 어두컴컴했다.

"핑퓨터, 손전등 모드"

빛을 밝히고 조금씩 앞으로 갔다. 저쪽만 돌아가면 성호의 위치가 잡히는 곳이다. 다시 한 번 가슴이 벅차오른다. 모퉁이를 돌자 공간이 갑자기 커졌다. 내 눈 앞에 보이는 광경은 내 눈을 의심케 했다. 마치 도서관에 온 듯한 기분이었다. 여러 개의 책장에 유리병이 있었고, 거기에는 뭔가가 담겨 있었다. 술인가?

"우욱!"

가까이 간 나는 구역질이 나는 것을 멈출 수 없었다. 유리병에 담겨 있는 것은 다름 아닌 사람들의 손가락이었다. 어림잡아도 족히 수백 개는 넘어 보였다. 개구리를 해부하고 보관하는 것처럼 손가락이 하나하나 따로 보관되어 있었다. 성호의 손가락도 여기 어디 있다는 생각이 나를 미치게 만들었다. 성호의 손이 있다고 생각되는 곳에도 하나의 큰 책장이 있어 어떤 것이 성호의 것인지 알 수 없었다.

평소의 성호 손을 떠올렸다. 약간 크고 통통하고 손을 물어뜯는 습관… 새끼손가락이라서 잘 구분이 되지 않았다. 그래도 내 머릿속의 기억과 가장 유사한 병을 집어 들었다. 성호의 마지막 유품이라고 할 수 있겠지…다시 한 번 눈물이 솟구친다.

"에에엥~~"

경보음이 울린다. 울리는 쪽을 바라보니 내가 아까 기절 시켜놨던 놈이었다. 제대로 처리를 했어야 했는데…

사람들이 엄청나게 몰려온다. 아니, 내 눈에는 사람을 죽이는 반란군, 짐승으로밖에는 안 보였다. 말 그대로 엄청나게 몰려왔다. 100명은 몰려 온 것 같다. 권총에 들어가는 총알은 6개, 내가 놀라서 쏜 게 두발, 고민을 한다.

반란군 4명을 죽일까 3명을 죽이고 자살을 해버릴까.

우선은 살고 싶었기에 성호의 손가락 병을 품에 안고 권총을 든 오른손을 꺼낸다.

"경찰이다!"

내가 혼자라서 그런지 전혀 두려워하지 않는 눈치였다. 반란군에 둘러싸인 나는 누가 봐도 위험해보였다. 성호의 복수를 하고 싶지만 우선은 반란군의 근거지를 알리고 그 이후에 복수를 하는 것이 더 좋을 것 같았다.

아까 들어왔던 통로 쪽으로 발걸음을 조심스럽게 옮긴다. 혹시라도 덤벼들까봐 틈을 주지 않기 위해 조심, 또 조심했다. 총격전이 언제 일어나도 이상하지 않은 분위기였다. 총격전이라고 하기에는 내가 가진 총알이 너무 적긴 하지만.

"일중아, 멈춰!"

매일 들었던 목소리가 들린다. 내 생각보다 발이 먼저 반응해 멈춘다. 믿을 수가 없다. 고개를 천천히 돌리니 얼마 전까지만 해도 매일 보던 익숙한 얼굴, 성호다.

"성호… 네가 어떻게?"

이 상황이 이해가 되지 않는다. 내 눈길이 성호의 손가락에 다다른다. 하나가 없다.

"너… 반란군이었어?"

머리를 망치로 한 대 맞은 것 같은 느낌이다.

"일중아, 내 말 좀 들어봐."

"듣고 싶지 않아. 나는 경찰이야. 너는 반란군일 뿐이고, 한 발자국만 움직이면 너부터 쏠 거야."

성호가 내 말을 무시한 채 한 걸음 한 걸음 다가온다. 성호가 한 걸음 다가올 때마다 내 손이 점점 더 떨려온다. 내 총 앞에서 쏴보라는 제스처를 취한다. 정말 쓰레기 같은 친구다. 나는 성호를 쏠 수 없다. 성호도 그걸 안다. 네가 성호였고 성호가 지금 내 상황이라도 나와 같을 것이다.

"나쁜 놈."

권총을 땅바닥에 던져버렸다. 다른 반란군들은 이 상황이 이해가 되지 않는지 멀뚱멀뚱 바라볼 뿐이다. 내가 기대했던 눈물겨운 상봉과는 거리가 너무나도 먼 그런 성호와의 만남이었다.

사람들이 모두 흩어지고, 성호가 자신의 방으로 나를 안내 한다.

"내가 너 얼마나 찾았는지 알아?"

"미안해. 나도 너한테 전할 방법이 없을까 엄청 고민하던 중이었어."

"손가락은 어떻게 된 거야? 너도 반란군에 들어간 거야?"

"그게 말이야…"

"반란군이라고 말하시면 섭섭하지요."

누군가 문을 열고 들어온다.

"저 분이 여기 지도자인 백 박사님이야."

"성호 친구 분이시군요. 뭐 소문이 안 좋게 난 것은 알고 있습니다. 저희는 우선 강력범죄를 저지른 그런 사람들은 절대 아닙니다. 저희 모두 숭고한 정신으로 스스로 손가락을 자른 것입니다. 성호도 그렇구요."

"반란군이 아니면 무엇 때문에 경찰서를 털고 무기도 가져가요. 숲으로 들어갔던 로봇 경찰들이 흔적도 없이 사라진 것을 보면 그것들도 여기 있을 것 같은데."

"일중아. 그때 너네 집에서 본 뉴스 중에 이은학 대통령이 사람들 멈추는 기능 추가한다고 했던 거 기억나?"

기억이 가물가물하다. 성호가 어떻게 생각하냐고 물어봤던 기억이 어렴풋이 난다.

"좋은 취지로 적용하는 거잖아."

"그건 표면적인 내용일 뿐입니다. 제가 사실 그것을 연구하는 사람이었습니다. 하지만, 이은학 대통령이 그걸로 우리나라를 지배하고 반대하는 사람들을 모두 탄압할 것이라는 말을 저에게 귀띔해주고, 함께 잘 먹고 잘 살자고 하는 말을 들은 다음날 모든 자료를 태워버리고 뜻을 같이할 사람들과 함께 손가락을 자르고 도망쳤습니다."

"그러니까 박사님 말씀은 이은학 대통령이 독재를 하려고 한다는…?"

"그렇죠, 우리 단체는 그걸 막기 위해 비밀리에 활동을 하고 있습니다. 그 이후로도 많은 사람들이 여기를 찾아왔습니다. 그때마다 칩을 모두 제거해주었죠. 손가락 칩만을 제거할 수도 있지만, 초기에 합류한 사람들이 자신들의 신념이라며 새끼손가락을 자르게 되면서 그게 전통이 되어 지금도 이어지고 있구요."

"이 숲에 어떤 비밀이 있나요? 전자기기가 모두 통하지 않던데요."

"혹시 EMP 폭탄이라고 들어보셨나요? 그걸 발전시켜서 특정 공간 안에서 EMP 효과를 지속적으로 내는 기술을 만들었습니다. 그래서 지금까지 발각되지 않은 겁니다. 여기는 어떻게 찾아서 오셨나요?"

"의형제 알림을 따라서 왔어요. 그건 왜 방해받지 않은 건가요?"

"저도 그 이유는 잘 모르겠습니다. 그래서 성호 친구 분은 저희의 뜻에 동참하실 의사가 있나요?"

"만약 동참하기 싫다면 내보내 주나요?"

"근거지를 알게 되셨으니 보내드릴 수는 없습니다. 하지만 저희는 좋은 뜻으로 활동하는 것이기 때문에 사람을 쉽게 죽이진 않습니다. 지하세계 내부에서 필요한 것들 모두 제공받으며 살게 될 것입니다."

"하루 정도만 생각할 시간을 주세요."

"네. 그럼 저는 내일 다시 오도록 하죠."

혼란스러웠다. 지난 몇 주간 반란군이라고 생각하며 두려워했던, 경멸했던 나인데, 이렇게 와서 설명을 듣고 나니 이제는 정부가 무서워졌다. 지금이 상황이 정리가 되지 않았다. 성호를 찾고 싶었을 뿐인데 너무 많은 것을 듣고 알아버렸다.

"저기 일중아."

"딱 하루만 나에게 시간을 주고 혼자 내버려 뒀으면 해."

"그래. 내가 너무 미안하다."

머릿속이 정리가 되지 않는다. 도덕이란 무엇일까. 경찰이면 나라에 충실해야 하는 것일까 아니면 정의로운 일을 해야 할까. 내 도덕심은 반란군, 아니 여기 단체에 들어가야 한다고 말하고 있지만, 너무 위험해 보였다. 밤을 뜬눈으로 생각만 하며 지새웠다. 어느새 창밖이 밝아져 있다.

"마음은 정했어?"

날이 밝기 무섭게 성호가 왔다. 약간 들떠 보였다.

"비밀." 성호와 함께 백 박사님 연구실로 갔다.

"저도 이 단체와 함께 하고 싶습니다. 무엇이 정의를 위한 길인지 생각을 해봤습니다."

"우리와 함께 하게 되면 언제 경찰들에게 잡히고 죽을지 장담할 수 없습니다. 그래도 괜찮으시겠어요?"

"네! 마음을 굳혔습니다. 독재를 두고 볼 수는 없죠."

"다시 인사드리겠습니다. 저는 백지훈 박사입니다. EMP 폭탄의 효과를 크게 하는 연구를 최근에 연구 중입니다."

"저는 이일중이라고 합니다. 손가락 자르는 수술은 혹시 언제 하나요?"

"이 안에 있으면 어차피 추적이 안 되기 때문에 만약 숲 밖을 나가시게 되면 그전에 아무 때나 편하실 때 하시면 됩니다."

"감사합니다."

성호와 아침을 먹고 방에서 이런 저런 얘기를 나누었다. 저항 단체 이름은 '카르마' 이다. 백 박사님이 처음에 정부를 위해 연구한 죄를 씻는다는 의미로 업보라는 뜻이라고 한다.

우리 단체는 EMP 폭탄을 주로 사용한다. 만약 언젠가 정부를 무너뜨리는 날이 오면 우리의 작전은 서울 전체를 마비시킬 만한 위력의 폭탄으로 서울 내의 모든 시스템을 망가트리고 우리가 직접 쳐들어가서 모든 정보를 지우든가 아니면 대통령을 암살 또는 생포하는 것이다.

가족에게 이 사실을 전해주고 싶지만, 가족까지 위험에 빠지기보다는 내가 실종되었다고 알고 있는 것이 더 좋을 것 같아 연락을 취하지는 않을 것 같다.

점심을 먹고 성호가 지하 도시 내부를 설명해주고 동지들을 소개해 주기로 했다.

"안녕하세요."

"안녕하세요." 인사하기 바쁘다.

"저 기억 안 나세요?" 초면인 듯 초면 아닌 느낌이다.

"그때 경찰서 앞에서 제가 실수로 깨웠는데…"

"아! 기억나요! 반갑습니다. 그때 숲으로 도망치시던 분 맞죠?"

"하하. 제 이름은 문진욱이라고 합니다."

"이일중이에요."

처음으로 아는 얼굴이었다. 내가 권총으로 기절시켰던 사람은 밤이라 얼굴을 제대로 못 보기도 했고, 하도 많은 사람들이 있어서 찾지 못했다. 미안하다는 말이라도 전하고 싶었는데….

몇 달 동안 지하도시의 원리라던가 구조, 카르마 계획, 정부의 계획 등 교육을 받았다. 정부의 음모를 모르고 살았다면 미래에 어떻게 되었을지 상상이 잘 되지 않았다. 우리가 실패하면 우리나라 모든 사람들은 정부의 통제 하에 억압당하며 살게 될 것이다.

처음에는 여차하면 성호를 다시 잘 구슬려 여기를 탈출하고 정부에 말할 계획도 있었지만, 이제는 그런 계획 따윈 잊은 지 오래, 정부의 계획을 막을 좋을 방법이 없을까 생각하는데 시간을 쓰고 있다.

기초 훈련 같은 것도 받았다. 간단한 운동 같은 것은 나에겐 너무 쉬웠다. 총 쏘는 것을 연습하는 것은 좀 힘들었다. 과녁을 아예 맞히지도 못하기 일쑤였다.

가끔씩 나나 성호처럼 우리 카르마와 뜻을 같이 하고 싶은 사람들이 오기도 했다. 혹시 정부의 스파이면 어떡하나 박사님께 여쭤봤지만, 우리를 살인자로 알고 우리가 이 숲에 있다는 것을 알고 있는 정부군은 오지 못할 것이라는 말씀을 하실 뿐, 나를 맞이하신 것처럼 그저 우리의 일원으로 받아줄 뿐이었다.

박사님은 정부의 연구가 어느 정도까지 진행 되었는지, 우리를 토벌하는 작전은 어떻게 진행되는지 매주 한 번씩 카르마 전체에 알려

주셨다. 어떻게 알아내는지 궁금했지만, 항상 웃으시면서 연구소에
도 우리 동지가 있다는 말만 하실 뿐 그 이상 그 어떤 얘기도 해주시
지 않았다.

카르마 동지들 중에서 성호를 제외하곤 그나마 인연이 있는 진욱
동지와 친해졌다.

6 장

우리의 거사일이 정해졌다. 박사님께서 알려 주신 정보에 따르면
아직 완벽히 완성된 것은 아니지만, 임상 실험을 하기 위해서 2달
후에 태어나는 신생아에게 바뀐 손가락 칩을 이식한다고 한다. 뉴스
에서 말했던 시간보다 1년은 빨랐다. 우리 카르마가 바빠지기 시작
했다. 무기들을 손보고, 작전 회의를 매일 같이 하고 있다. 아예 실
험조차 하지 못하게 미리 막아야 한다. 신생아를 가지고 실험하는
것도 너무 위험하다. 다시 한 번 이은학 정부가 무서워진다. 우리나
라의 미래를 위해 이은학 정권은 무너져야 한다. 신생아에게 칩을
이식하기로 예정 되어있는 날의 1주일 전이 우리 거사일이다. 정부
군은 우리가 경찰서만 지금껏 공격해왔기 때문에 직접 쳐들어갈 것
이라고 생각하지 못할 것이다. 그 점을 노린다.

우리는 5조로 나뉠 것이다. 내가 속한 조는 거사일 전날 대대적인
공격으로 경찰서를 친다. 물론 이것은 정부의 관심을 이쪽으로 돌리

기 위한 작전이기에 싸울 것처럼만 하고 계속 숲으로 유인해 가면서 시간만 끌 계획이다.

다른 조는 진욱 동지가 있는 조로, 숲에 설치되어 있는 공간 EMP를 거대화시킨 기기를 작동시킨다. 그 기기가 작동되는 동안에는 서울에서 로봇 경찰은 물론 그 어떤 전자기기도 사용이 되지 않는다.

다른 한 조는 성호가 있는 조로, 서울의 정 중앙에 위치한 여의도에서 EMP 폭탄을 작동시킨다. 진욱 동지의 조가 설치할 EMP 공간 생성기를 작동하기 여의치 않거나 경찰에 의해 끊겼을 때를 대비한 작전이다. 폭탄이라고 해도 사람에게는 영향이 없기 때문에 시민들은 괜찮다. 이 폭탄은 한두 시간 정도가 한계이다.

4번째 조는 박사님이 속한 조로 연구소에 직접 들어가 자료를 지우고 모두 태워버릴 계획이다. 직접 들어가는 것은 너무 위험해 보여서 모두가 박사님이 들어가는 것을 만류했지만, 자신이 가장 지리를 잘 알고, 스스로 마무리를 짓고 싶다며 뜻을 굽히지 않으셨다. 약간 걱정이 되기도 하지만, 가장 중요한 조이기 때문에 박사님이 통솔하는 것도 괜찮은 것 같다.

다른 한 조는 아직 무엇을 할지 정확히 정해지지 않았지만, 이은학 대통령을 암살하는 역할을 하거나 다른 조의 계획을 상황에 따라 지원할 것 같다.

이번 작전이 실패하게 되면 다음 기회는 언제가 될지 모른다. 정부의 감시와 경계가 더욱 심화될 것이고, 무기가 부족할지도 모른다. 이번 작전을 반드시 성공시켜야한다. 코드 네임 '에코' 라고 우리는 부른다. 우리 동지들은 총 500명 가까이 된다. 우리 조는 시선 끌기 용이기 때문에 50명 정도고 나머지는 100명이 넘는다.

에코 D-10일. 날이 가까워지면 가까워질수록 긴장이 더해진다. 활기찼던 카르마 지하 도시는 모두 진지해져서 거사 일만 기다리는 것 같다. 두근거림과 긴장감으로 지금도 이렇게 미칠 것 같은데, 당일이 되면 얼마나 혼란스러울지 상상이 되지 않는다.

에코 D-2일. 저녁이다. 여기서 먹는 마지막 저녁이 될 수도 있다. 성공을 하든지 실패를 하든지. 내일 아침에 내가 속한 조만 이곳을 나선다. 숲 밖에서 정부군의 관심을 끌어야 한다. 다른 구역에 있는 경찰들도 이곳으로 올수록 좋다. 우리가 관심을 끌 동안 나머지 계획들은 동지들을 믿고 기다린다. 우리는 우리의 역할만 하면 된다.

"성호, 꼭 성공해서 서울에서 보자."

"조심하고… 경찰서 점령하려고 굳이 무리하지 않아도 돼."

"너가 더 위험하지 않을까? 너도 폭탄 조심해서 운반해. 그전에 들키면 우리 계획은 다 무산이야."

'저번에 그랬듯이 성호는 무사히 성공해서 올 것이라고 생각하자. 나도 반드시 성공해서 가족에게 돌아갈 거야.'

"카르마! 카르마! 카르마!"

함께 카르마의 성공을 기원하는 의미로 만세 삼창을 했다. 우리가 시작하자 옆에서도 하고 그 옆에서도, 그, 그 옆에서도… 카르마 지하도시 전체에서 '카르마'를 일제히 외친다. 이미 거사가 성공한 듯한 힘찬 목소리였다.

7 장

아침을 먹고 내가 처음 들어왔던 그 길 그대로 숲을 거쳐 경찰서로 갔다. 떠나온 지 몇 달밖에 안 됐지만 경찰서는 많이 낡은 것 같은 느낌이었다. 밖에 보초를 서고 있는 경찰이 아무도 없다.

"이거 완전 식은 죽 먹기 아니야?"

"혹시 함정이 아닐까요?"

"우리가 오늘 쳐들어온다는 것 알고 있을 리가 없는데…"

왠지 이상했지만, 숲에서 나와 한 발 한 발 경찰서로 조심스럽게 발걸음을 옮겼다.

"두두두두두두두"

총소리가 난다. 우리 앞쪽으로 총알이 빗발친다. 이런! 함정인 건가? 우리는 바로 다시 숲으로 도망쳤다. 경찰서에서는 별다른 움직임이 보이지 않았다.

"총소리가 엄청 들리는데요. 얼마나 될까요?"

"소리만 들었을 때는 권총이 아니라 기관총 같아. 조금 힘들겠는데."

"다른 방향으로도 침투를 시도해보겠습니다."

동서남북 모든 방향을 가보았지만, 사람들은 전혀 나오지도 않고 기관총만 계속해서 발사되는 것 같았다. 총은 위협사격을 하는 것인지 잘 다룰 줄 몰라서인지 아직 우리 쪽은 아무런 사상자가 없다. 다행이다. 우리는 점점 조급해져 왔다. 정부군에게 신호가 잡힐까봐 무전기나 전화기는 사용할 수 없다. 이 사실을 전해야 하지 않을까? 내일까지 서울에 도착하려면 다른 조들은 이미 출발했을 것이다.

점심이 지날 때 지 어떻게 하면 경찰서에 침투를 하고 어떻게 하면 시선을 끌 수 있을지 고민을 해봤지만, 마땅한 작전이 떠오르지 않았다. 계속 숲 밖으로 빼꼼빼꼼 나갔다 들어왔다만 반복을 했다. 점점 하늘이 붉어지기 시작했다.

"어?"

총알 자국이 이상했다. 자로 재서 쏜 것인 마냥 바닥에 난 총알은 일정 거리까지만 그 흔적이 있었다. 마치 사정거리를 정해놓고 쏜 것 같았다.

"조장님, 이 정도 거리가 기관총의 사정거리인가요?"

"내가 알기론 이 두 배는 될 텐데… 날이 갈수록 발전해 가기 때문에 나도 정확히 얼마인지는 모르지만 이것보다는 훨씬 길다는 건 장담할 수 있어."

"그렇다면 역시…"

"로봇 경찰들이야."

로봇 경찰들… 숲에만 있어서 전혀 위협적이지 않은 존재였지만, 숲 밖의 로봇 경찰은 어느 때보다 위협적이었다. 우리는 주변 나뭇

가지와 나뭇잎, 그리고 지하도시에서 가져온 것으로 사람 모양으로 여러 개를 만들었다. 밤이라서 로봇 경찰이 우리와 구분하지 못할 것이다.

"가자고, 어서."

우리는 더 늦기 전에 달렸다. 사람 인형들을 곳곳에 던졌다. 로봇 경찰은 한 대인 듯 했다. 여러 개가 던져지자 여기를 쐈다 저기를 쐈다 오락가락 했다. 우리는 최대한 그 인형들과 멀리 떨어지게 달렸다. 경찰서 정문에 도착했다.

"펑퓨터, 손전등 모드"

차례로 진입한다. 너무나도 조용하다. 전기를 모두 끊고 나갔는지 스위치를 눌러도 불이 켜지지 않았다. 경찰서에서 근무했던 경험을 살려 서장실로 갔다. 가는 내내 혹시나 매복이라도 했을까 긴장을 하면서 갔지만, 결국 반전은 없었다. 서장실 역시 텅텅 비어있었다. 그냥 폐가를 보는 듯한 기분이었다. 인형들을 난사하고 있는 로봇 경찰들을 처치하러간 동지들이 왔다. 동서남북 각각 한 대씩만이 배치되었다고 한다.

"함정에 당했군, 만약 여기 있던 병력들이 모두 서울로 간 것이라면 우리 동지들이 위험할 수도 있어."

"밤 새워 가면 거사 전에 도착할 수도 있습니다. 어서 서울로 갑시다."

"자동차를 타고 가면 다 잡힐 텐데요."

"그러면 뛰어서 갑니까?"

"조용조용! 우리 지하 도시에 옛날 방식으로 만들어 놓은 오토바이라는 것이 있습니다. 각 하나하나마다 소형 EMP 공간 생성기가 탑재되어 있어 잡히지 않을 수 있습니다."

다행이었다. 박사님의 준비성에 다시 한 번 놀라게 되는 순간이었다. 오토바이는 바퀴가 두 개뿐이었다. 원래 자동차도 자동 운전이라 운전을 해본 적이 없었다. 대부분이 운전을 두려워했다. 나를 비롯한 운동 신경이 좋은 몇 명만 타고 먼저 가자고 했다. 어쩔 수 없었다. 나는 우선 여의도로 가서 이 사실을 알리고, 성호가 있는 조에 이 사실을 알려야 한다. 나머지는 박사님과 합류해서 이 사실을 알리기로 했다.

달렸다.

8장

처음 느껴보는 시원한 느낌이었다. 그 한편으로는 무서웠다. 고속도로는 들킬 위험이 있어 최대한 산길로, 조그만 길로 빙빙 돌아서 갔다. 시간 내에 도착할 수 있을지 확신이 잘 되지 않았다. 오늘 밤이 길었으면 좋겠다. 너무 늦지 않게 도착을 해야 한다.

밤새 달려 여의도에 근처에 도착했다. 동이 막 터오는 무렵이었다. 오토바이를 숨길만한 곳이 있는지 이리저리 찾으러 다녔다.

"일중 동지!"

누군가 나를 부른다. 카르마 동지 이상후이다.

"작전은 잘 되고 있나요? 급히 전달해야 할 것이 있어요. 아무래도 정부군이 눈치를 챈 것 같아요. 경찰서에 아무도 없고 로봇 경찰뿐이었어요."

"…"

희미한 웃음을 지어 보이며 이상후 동지가 말을 꺼냈다.

"저희 조는 이미 경찰들에게 당했어요…"

"네?" 이상후 동지가 말을 이어갔다.

"어제 저녁 무렵 이곳에 도착한 지 채 한 시간도 지나지 않았을 때였습니다. 정부군이 몰려온다는 소리가 들렸습니다. 당황했지만, 문진욱 동지의 지휘 아래 전열을 정비하고 무기를 준비하였습니다. 그냥 싸우면 질 것이 당연하기에 예정보다 빠르게 EMP 공간 생성기를 작동시키고 싸우기 시작했습니다. 문진욱 동지는 천막 안에서 EMP 기기를 지키기로 했죠. 처음에는 비슷했어요. 하지만 어느 순간 로봇 경찰들이 투입되더라구요. 정부군이 몰래 잠입해 들어와 기기 작동을 멈춘 것인지, 기기의 문제인지 알 수는 없지만요. 그때부터는 일방적으로 당했습니다. 20여 명이 죽거나 다쳤어요. 현재 어떤 분의 도움을 받아서 벙커 같은 데서 모두 숨어 있습니다."

"어떻게 그런 일이…그런데 어떤 분이라뇨?"

"저도 잘 모르겠습니다. 전에 박사님이 말한 스파이가 아닐까요? 어쨌든 일중 동지, 이럴 때가 아닙니다. 어서 다른 조에게도 이 사실을 전해주어야 합니다. 제가 가려고 했지만, 탈 것을 모두 경찰에 뺏겨서 보시다시피 이러지도 저러지도 못 하고 있었습니다."

잊고 있었다. 박사님의 조는 다른 동지가 갔겠지만, 성호네 조가
위험하다. 다시 달렸다. 이번에는 고속도로 이런 거 상관 쓰지 않고
제일 빠른 길로 달렸다. 자율 주행 중인 차들 사이를 이리저리 피하
며 달렸다. 시스템에 저장되어 있지 않은 오토바이가 달리니 시스템
오류가 생긴 듯, 지금껏 단 한 번도 없던 사고가 나는 소리가 내 뒤
에서 들렸다.

아무 데나 오토바이를 세워놓고 우리 동지들을 찾았다. 성호를 찾
으려 노력해봤지만, 둘 다 손가락 칩이 없는 터라 성호의 위치를 알
겨를이 없었다. 젠장!

시간이 너무 부족했다. 어떡하지?

"톡톡"

누군가 내 등을 조용히 두드린다. 성호다.

"성호!"

"거기 작전을 어쩌고 여기로 왔어?"

"성호야 잘 들어. 경찰서에는 로봇 경찰들만 4대 있었어. 그건 함
정이었던 거야. 정부군이 우리의 계획을 알고 있는 것 같아. 이미 진
욱 동지네 조는 습격을 당해서 EMP 공간 생성기는 정부군의 손에
넘어갔어. 혹시 너네 조도 이미 당한 거야?"

"우리 조는 아직 아무것도 안했어. 침략도 없었고… 우리는 원래
그 기기가 작동되지 못하면 움직이는 거잖아. 이제 폭탄을 터뜨려야
겠어. 진욱 동지는 네가 오기 얼마 전에 혼자서 왔어. 혼비백산 도망
쳐서 갈 곳이 없었대."

172

"진욱 동지가?"

"응, 지금 우리 조하고 같이 폭탄을 지키고 있어."

"어떻게 여기까지 온 거지? 타고 올만한 것도 없었을 텐데. 조금 수상해. 또, 아까 거기서 상후 동지를 만났는데, 진욱 동지가 작전을 내리고 혼자 그 기기를 지켰다는데, 그 기기가 작동 중지 돼서 이렇게 된 건데, 진욱 동지가 무사하다는 것도 믿기 힘들고."

"혹시?"

불현듯 떠오른 불길한 생각에 나와 성호는 카르마 동지들이 있는 곳으로 달렸다.

'설마 진욱 동지가?'

성호네 조가 모여 있는 곳에 가봤지만, 그 어디에도 진욱 동지의 모습은 보이지 않았다.

"혹시 진욱 동지 못 보셨나요?"

"진욱 동지라면 다른 동지들과 함께 폭탄을 지키고…"

말이 끝나기도 전에 바로 EMP 폭탄이 있는 곳으로 달려갔다.

"이런!"

카르마 동지 2명이 쓰러져 있었고, 폭탄은 온데간데없었다. 쓰러져 있는 동지들을 깨운다.

"일어나 봐요! 무슨 일이 있었던 겁니까?"

"저도 잘 모르겠습니다. 무언가에 머리를 맞아 정신을 잃은 것 같아요. 폭탄은, 폭탄은 무사한가요?"

"안타깝게도 사라졌습니다."

"그럴 수가… 저의 잘못으로 카르마의 작전이 모두 실패로 돌아가 다니."

"자책하지 마세요. 아무래도 진욱 동지가 우리의 작전을 정부에 넘겨주고 스파이 역할을 한 것 같네요."

말을 하면서도 어떻게 불러야 할지 감이 안 잡혔다. 진욱 동지? 배신자? 스파이? 아니면 그냥 진욱?

이제 어떻게 해야 할까… 박사님의 조도 우리들과 별반 다를 것 없는 상황일 것 같다. 박사님은 이럴 때를 대비해서 무슨 다른 작전이라도 세워놓지는 않으신 걸까? 앞으로 언제 다시 기회가 올까?

다른 카르마 동지들이 달려온다.

"무슨 일입니까?"

"진욱 동지가 스파이였고, 지금쯤이면 정부군이 여기로 몰려올지 모릅니다."

삽시간에 웅성거림이 커졌다. 우리 중에 스파이가 있을 줄 다들 예상을 하지 못한 것 같다. 예상이 그저 예상이기를, 착각이기를 바랐는데, 슬프게도 이건 모두 현실이었고, 그 진욱 동지(?)를 원망하기에는 우리의 시간이 부족했다. 정부군이 로봇 경찰을 앞세워 쳐들어올 것이다. EMP 없이 정부군과 싸우기엔 우리는 너무나 약하고 그들은 너무나 강하다.

어떻게 해야 할까, 어제 같은 밤이면 몰라도 이렇게 환한 낮에 다같이 움직이는 것은 위험 부담이 크다. 그렇다고 한 명씩 움직이자니 손가락이 9개뿐이라는 사실을 사람들이 보기라도 하면 경찰에 신고하고 난리도 아닐 것이다. 그렇게 어떻게 도망쳐야 할지, 싸워야 할지 생각에 빠져 있을 때였다.

"온다!"

보초를 서고 있던 동지이다.

"10분 내로 여기를 칠 것 같습니다"

모두가 생각에 잠겨있을 때 정적을 깼다. 낮은 목소리에서 다급함이 전해진다. 모두가 현실로 돌아온 듯 다급해진다. 어떻게 해야 할지 몰라서 우왕좌왕하고 동지들의 의견도 모아지지 않는다.

"최후의 싸움을 준비합시다!"

누군가 크게 외쳤다.

"우리의 신념을 보여 줍시다!"

모두가 그 말을 기다리기라도 한 듯 바로 다른 동지들도 목소리를 높였다. 우리가 여기서 싸우는 것이 맞는 걸까? 싸우지 않고 도망치면 뭘 할 수 있을까? 여기서 도망칠 수는 있을까? 우리가 여기서 결사적으로 싸우면 박사님의 조가 덜 위협받지 않을까? 박사님의 조는 EMP 폭탄과 EMP 공간 생성기 작전이 실패한 줄 모르고 전자기기 작동이 멈추기만을 하염없이 기다리고 있을 것이다.

"모두 무기를 한 번씩 확인하고 전열을 정비합시다!"

어느 때보다 카르마 동지들의 투지와 신념이 타오르는 순간이었다. 나도 질 수 없지.

"가자!"

힘차게 외친다.

9장

"잠깐만!"

정말 오랜만에 듣는 목소리지만 절대 잊을 수 없는 목소리이다.

"엄마? 엄마가 여길 어떻게…"

"설명은 나중에 하고 모두들 저를 따라오세요."

"저희는 싸울 겁니다."

동지 하나가 싸울 의지를 밝힌다. 다른 동지들도 고개를 끄덕인다.

"지금 싸워봤자 일방적으로 당할 뿐입니다. 계획이 실패할 경우를 대비해서 박사님이 저에게 전해주신 작전입니다. 우선 저를 따라서 오시죠. 숨을 곳이 있습니다."

서울에 우리가 모두 숨을 만한 곳이 어디에 있을까? 모두들 반신 반의하며 따라간다. 5분여를 걷지 작은 연못이 나왔다. 연못으로 들 어간다.

카르마 동지들이 들어가는 것을 망설인다.

"설마 여기에 숨자는 건…"

"당연히 아니죠."

연못 바닥에 있는 돌 같은 것을 들추자 스위치가 나타났다. 물이 싹 사라지더니 카르마 지하도시처럼 지하로 가는 길이 생겼다. 모두 들 그제야 반색하며 통로로 향한다. 모두가 들어가자 어머니가 스위 치를 누른다. 다시 문이 닫힌다.

"물도 다시 채워질 거니까 들킬 걱정은 말아요."

그곳은 카르마 지하도시와 비슷했다. 그냥 약간 더 작을 뿐이었다. 박사님의 준비에 다시 한 번 놀라움을 감출 수 없다.

"엄마, 혹시 연구소의 스파이가 엄마였어요?"

"그래. 엄마와 아빠가 백 박사님께 계속 정보를 보냈었지. 다친 곳은 없니?"

"저는 괜찮아요. 인창이는? 인창이는 어디 있는 거예요?"

"아빠하고 잘 있으니까 걱정 마렴."

"혹시, 다른 조를 도와줬다던 사람이 아빠?"

"그런 것 같구나."

"그럼 우리 가족 전부 다 현재는 새끼손가락이 없는 거야?"

"아니. 엄마랑 아빠, 인창이 모두 저번 주에 칩만 제거하는 수술을 하고 여기로 도망쳐왔단다."

엄마를 오랜만에 만나서 손가락까지 주의 깊게 보지 못했다. 열 손가락 모두 멀쩡했다.

"너도 칩만 제거하지 그랬니. 불편하진 않니?"

"손가락을 없애는 게 카르마의 전통이에요. 별로 불편하지도 않구요. 저는 제 9손가락이 자랑스러워요."

"그래 우리 아들. 다 컸네."

가족사 얘기는 여기서 끝내고 우선 상황이 급박한 카르마에 대해서 물어 봤다.

"이게 다 박사님의 계획이라는 거죠? 엄마랑 아빠는 언제부터 카르마에 합류하신 건가요?"

"백 박사님하고 같이 연구했었지. 박사님이 도망치실 때 엄마와 아빠는 남아서 정보를 전달해 주기로 했어. 여긴 만약 우리 내부에 스파이가 있기라도 해서 계획이 실패할 경우를 대비해 미리 만들어 놓은 소형 지하도시란다."

"박사님 쪽은 어떻게 되고 있는지 아시나요? 박사님의 조도 저희처럼 이런 지하도시에 잘 피신하신 건가요?"

"엄마가 알기론 그 쪽에는 이런 도시를 만들어 놓지 않았어. 엄마가 전달 받은 건 여기에 카르마 동지들을 피신시키는 것까지 뿐이란다. 언제 나가야하고 그 이후에 어떻게 해야 하는지는 알려주지 않으셨어."

"그럼 이제 어떻게 해야 하죠?"

"그건 엄마도 잘 모르겠구나."

카르마 동지들을 모두 소집해 앞으로 이렇게 해야 하는지에 대해서 회의를 했다. 박사님의 계획이라고 하니까 우선 기다리는 게 낫지 않을까 하는 생각이 들었다. 일부 동지들은 지금이라도 다시 나가서 박사님에 대한 소식을 알아보고 맞서 싸워야 한다는 의견을 냈다. 회의의 결론이 며칠간 더 지낸 후에 생각해보는 쪽으로 흘러가자 나가야 한다고 주장한 동지들이 결국 뛰쳐나갔다.

"우리와 함께 나가서 싸울 사람들을 구합니다!"

3분의 1 정도가 함께 하게 되었다. 카르마를 생각하는 마음을 잘 알고, 막는다고 해서 막을 수 없는 것을 알기에 다른 카르마 동지들은 비록 함께하지는 못하지만 막지 않았고, 무기를 챙기는 것을 묵묵히 도와주었다. 부디 이들이 무사하기를, 행운을 속으로 빌어주었다.

"그럼 나중에 봅시다."

"…"

그들은 대답이 없었다. 떠난 이를 잊으려고 했다. 생각할수록 왠지 모를 죄책감이 들었다. 복도에서 웅성거림이 들렸다. 혹시 마음이 바뀌었나?

"무슨 일입니까?"

"나갈 수가 없습니다."

"무슨 문제가 생겼나요? 혹시 밖에 적들이?"

"아니요, 출입문이 열리지 않습니다."

모두 통로를 지나 출입문으로 갔다. 아무리 힘을 써보고 스위치를 눌러대도 전혀 미동도 없었다.

"엄마, 왜 이런지 아세요?"

"나도 잘 모르겠구나. 이런 얘기는 못 들었는데…"

"아무래도 박사님이 이렇게 설계를 한 것 같군요."

왜 그런 걸까? 박사님의 뜻을 알 수 없었다. 아빠와 인창이 쪽도 우리와 같을까?

그때부터 그저 기다림, 그리고 기다림뿐이었다. 매일 한 번씩 아침에 가서 출입문이 열리는지 확인을 했다. 일주일이 지났지만, 문은 열릴 기미를 보이지 않았다. 이제 카르마는 무엇을 해야 할까. 우리가 할 수 있는 것이 없었다.

매일 밤마다 어떻게 해야 하는가에 대해 회의를 했지만, 아무런 의견이 나오지 않는 그런 답답한 회의였다. 하나 둘 회의에 참석한 사람들이 줄어들기 시작했다. 나도 오늘은 회의에 참여하지 않고 성호와 지하 도시를 산책하기로 했다.

"하아."

"왜 그러는데?"

"그냥… 지난 몇 달이 너무 빨리 지나가 버린 것 같다."

"그러게… 졸업식 하던 게 엊그제 같은데."

"이제 어떻게 해야 하지. 며칠 전까지만 해도 완벽한 계획이라고 생각하고 들떠 있었는데. 계획 없는 삶이 이렇게 암울하구나."

"나는 진욱 동지가 배신을 했을 줄은 꿈에도 몰랐어."

"배신을 한 건지 처음부터 스파이로 들어온 건지는 모르지."

"그건 그렇고, 혼자 무모하게 카르마로 들어온 날 있잖아…"

"무모하다니… 너를 구하려고 그랬던 거지."

"그때 네가 들고 있던 거, 사실 내 손가락이 아니었어. 크크"

"마음이 중요하지! 마음이!" 지난 얘기들을 하며 성호와 함께 항상 하던 대로 문이 열리나 확인을 하러 갔다.

"삐빅"

아무리 스위치를 눌러도 아무런 변화가 없었고, 문은 힘으로는 열리지 않았다.

'오늘도 열리지 않는가…'

단념하고 돌아섰다. 언제 열릴지 알 수는 없었지만 하루 빨리 열어서 백 박사님의 정보를 듣고 싶었다. 어떻게 되신 건지 궁금해 미칠 지경이다.

"투두둑" 단념하고 돌아서는 나와 성호 뒤로 소리가 들린다.

"성호야. 방금 들었지?"

"어. 나도 들었어!" 누가 먼저랄 것도 없이 달려갔다.

밖에서 나는 소리였다. 누군지 알 수는 없지만 누군가가 밖에서 문을 열려고 하는 것 같았다. 숨죽이며 기다렸다. 그러기를 5분여, 문이 열렸다.

아차 싶었다. 혹시 로봇 경찰? 문이 열렸다는 희망감에, 또 너무 지하에서 지낸 탓인지 경계심이 너무 없었다. 늦었지만 사이렌을 울린다.

"에에에에에엥에에에에엥"

"일중? 일중아, 아빠다."

반가운 얼굴이다. 옆에 귀여운 인창이도 같이 있다. 드디어 우리 가족이 상봉을 하는구나. 카르마 동지들이 몰려온다. EMP 공간 생성기를 설치하러 갔던 동지들도 밖에서 들어온다. 다시 카르마 동지들이 모인다. 눈빛만으로 서로를 얼마나 걱정했는지 알 수 있다.

"우리 작전은 어떻게 된 거죠?"

누군가가 모두가 궁금했던, 잠깐 잊고 있던 질문을 한다. 아버지가 침착히 말을 시작한다.

"결론적으로 말하면 우리 작전은 성공했습니다. 박사님께서 모든 걸 지고 가셨죠. 업보라는 뜻의 카르마처럼…."

"그게 무슨 소리죠?"

"박사님은 혹시나 작전이 실패할 때를 대비하여 다른 계획도 세워

놓으신 모양입니다. 우선 작전대로 연구실로 간 카르마 동지들은 지하로 잘 침투해 연구실 내부로 잠입했습니다. 박사님은 우선 연구실을 잘 아는 자신이 먼저 동태를 살피고 오겠다고 나가셨는데 잠시후 폭발음이 울려서 대원들이 가보니 로봇 경찰 수 대와 박사님, 이은학 대통령, 측근들이 죽어 있었다고 합니다. 아무래도 이은학 대통령이 박사님을 잡고 회유하려고 연구실에서 기다리고 있었던 것이 아닐까 싶습니다."

"그 이후에는 어떻게 됐나요?"

"이은학 대통령은 죽었고 연구실에 갔던 나머지 대원들이 다음 대통령이 될 가능성이 많은 이범준에게 이은학 정부가 했던 것을 잘 전달했는지 이범준이 그 사실들을 전국에 발표했습니다. 그다음 저희들이 있던 지하도시에 와서 풀어주고 여기로 오게 된 것이죠."

모두가 침묵에 빠졌다. 백 박사님이… 우리가 지금껏 계획했던 것은 모두 허사가 된 듯한 기분이었다. 그래도 이은학 정부의 계획을 막으려는 목적은 성공했으니 다행이다.

"카르마! 카르마! 카르마!"

누군가 만세 삼창을 한다. 그 소리는 점점 커진다. 그 소리에는 우리가 지금껏 훈련하고 계획한 것들이 절대로 허사가 아니라고 믿고, 그렇게 말하는 듯 했다.

"백 박사님 만세!"

누군가 백 박사님 만세를 외치자 카르마 소리는 줄어들고 백 박사님이라는 소리가 울려 퍼진다.

10 장

몇 주가 지났다. 우리 카르마는 많은 회의를 한 결과 다시 지하로 가기로 했다. 다음 대통령이 된 이범준 대통령이 칩을 다시 달아주고 일상으로 돌아오는 것이 어떻냐고 물어봤지만, 우리가 거절했다. 이범준 대통령이 다른 대안을 내 놓았다.

다시 생길 수 있는 정부의 계획을 막기 위해 새로운 곳에 지하 도시 카르마를 다시 재건한다. 필요한 돈은 이범준 대통령이 지원해 준다. 대통령다운 대통령이다.

하루 빨리 카르마를 재건하기 위해 다음 지역을 결정하고 평일에는 가서 지하 도시를 만들고 꾸몄다. 주말에는 가족들과 시간을 보낸다. 몇 년 전만 해도 일상이었지만 지금의 나에겐 꿈만 같은 시간이다.

카르마 대원들은 손가락 칩 대신 휴대용 칩을 받았다. 혹시라도 다시 이런 일이 생기면 휴대용 칩만 버리고 다시 지하 도시로 모일 것이다. 은밀하게…

오른쪽 새끼손가락이 없는 채로 생활을 하면 사람들이 존경하는 눈빛으로 쳐다본다. 험상궂게 생긴 카르마 대원들은 자신들이 범죄자인 줄 안다면서 만날 때마다 한탄을 한다.

로봇 경찰들도 바뀌었다. 무기는 전기 충격기만 가지고 다닌다. 이범준 대통령의 작품이다. 하지만 지금도 길거리에서 마주치는 로봇 경찰들을 볼 때면 흠칫 놀라고 경계하게 된다.

카르마 생활을 하면서 책임감과 의무감에 대해서 많이 배운 것 같다.

다시 나는 경찰로 취직을 했다. 도시에서 하게 됐는데, 로봇 경찰들이 있다 보니 솔직히 별로 하는 일은 없다. 최근에는 여자 친구를 만들려고 노력중이다. 혹시라도 놀랄까봐 미리 내 손가락 하나가 없는 이유에 대해서 설명을 한다. 말재주가 없는지 아니면 정의감은 연애하는 것과 아무런 상관이 없는지 아직까지 소득이 없다.

잠깐이었지만 카르마에 몸담고 있었던 시간 때문인지 일상이 일상 같지 않고 마치 큰 일이 일어나기 전 잠깐의 행복 같은 폭풍전야로만 느껴진다.

내가 꿈꿔왔던 사회, 꿈꿔왔던 일상이지만 가끔씩은 정부와 싸웠던, 계획했던 그 시간을 그리워한다.

언제가 될지는 모르겠지만, 다시 정부가 권력을 남용하려 하면, 우리는 다시 모일 것이다.

속으로 외쳐본다.

'카르마, 카르마, 카르마'

2

2061

사건 속으로

비밀의 중심으로

희망, 그리고 절망

사건 속으로

정 우 진

#1

오늘도 비가 내린다. 며칠째 비가 내리고 있다. 우중충한 날씨인지라 거리에 걸어 다니는 사람들이 별로 없다. 인간을 감시하는 신형 Gunicam 몇 대만이 위이이잉 소리를 내며 순찰을 뛰고 있을 뿐이었다. 건이 옆에는 지니가 곤히 자고 있었다. 일어나보니 밖을 순찰하는 소리 때문에 잠을 잘 수가 없었다. 지금 시각은 4시 35분이었다. 아직 지니가 출근하려면 1시간 정도 남았기 때문에 건이는 자는 지니의 목까지 이불을 덮어주었다.

"철컥"

문을 조용히 닫았다. 우산을 챙기지 않았다. 엘리베이터를 타고 1층에 내려와 유리문 밖을 보니, 하늘이 새까만 색이었다. 건이는 왠지 무서웠다. 하지만 비가 내리는 새벽에 나오는 것도 오랜만이고 해서, 애써 들뜬 마음으로 밖에 나갔다.

"툭! 툭!"

비가 건이의 머리로, 어깨로, 또 손으로 떨어졌다.

"아 …"

건이는 기분이 나른해졌다. 온몸에 스며드는 빗방울은 날카롭게 곤두 서 있던 건이의 감각을 무뎌지게 만들었다. 반복되는 생활. 아무 표정 없는 회사 동기들. 제대로 이야기조차 나눠보지 못한 이웃들. 건이는 자기와 같은 생각을 하는 사람이 또 있을지 의문이었다.

"푸 흐흐 …"

건이는 허탈한 미소를 지었다. 지니는 자신에게 항상 무언가를 의심한다고 말했다. 그리고 건이는 항상 이 사회가 잘못되었다고 생각한다. 그리고 단 한 번도 자기 생각이 틀리지 않았음을 알고 있다.

#2

"자네 병원에서 검사를 받아 볼 생각 없나?"

"네? 그게 무슨 말씀이십니까? 과장님! 저 건강합니다."

과장은 오늘도 똑같은 말을 했다. 건이가 이 회사에 나온 지 20일도 안 되어서 과장은 매일같이 병원검사를 받으라고 압박을 넣는다.

무슨 회사가 이렇게도 빡빡한 건지. 일 하는 동안 아무 말도 안 하는 회사 동기들. 건이가 몇 년 전에 다닌 S. J. M에서는 이러지 않았다. 게다가 이 회사는 매일 아침 소독약을 뿌린다. 사람 정신을 몽롱하게 만드는 이상한 소독용 분홍색 약을 뿌리질 않나, 상사라는 사

람은 건강한 28살 남자한테 매일 병원에 가 보라질 않나, 사람들은
아무 말 없이 작업복을 입고 일하질 않나, 뭔가 자신이 회사를 그만
두어도 될 합당한 이유라고 생각했다. 돈을 조금 짭짤하게 주는 것
빼고는. 이런 생각을 하며 건이는 웃음을 지었다. 건이는 돈이 없는
편이 아니었다. 지니가 신약을 개발하는 제약회사 Solgenta에서 일
하고, 그도 Gunicom이라는 대기업에서 일하기 때문에 둘의 수입은
다른 집에 비하면 좀 많은 편이었다.

"아 …"

건이는 문득 지니가 보고 싶다고 느꼈다.

#3

요즘 지니의 잠버릇이 심해졌다. 정확히 말하면 지니가 회사를 바
꾸고 나서부터이다. Solgenta는 꽤 근무시설이 좋은 회사라고 알려
져 있었다. 지니는 새벽 3시에 건이의 팔을 잡고 부들부들 떨면서
식은땀을 흘린 적도 있었고 또 그저께는 자면서 막 눈물을 흘렸다.
잘 때마다 괴로운 듯 끙끙 앓는 소리를 내는 지니가 건이는 많이 걱
정되었다. 자신에게 무슨 일이 일어나도 상관없지만, 지니에게만큼
은 절대 나쁜 일이 일어나게 할 수 없다는 건이였다. 지니는 건이의
인생이자, 그의 유일한 빛이라고 할 수 있었다. 건이가 지니를 만났
을 때는 한창 꽃다울 나이, 23살이었다. 그때는 어쩌면 그들의 사회
가, 지금보다 조금은 아름다웠을 때라고 할 수 있었다. 나라에서 제
일 좋은 대학이라고 할 수 있었던 손종대학에 합격한 후, 군대를 갔

188

다 오고 복학생으로 한창 들떠 있었던 건이였다. 건이는 아직 세상의 무서움도 모르고, 차가움도 모르는 그저 아무것도 모르는 그냥 잘생긴 대학생이었다. 하지만 그때 그의 인생 최고의 불행한 일이 겹쳐 일어났다. 사랑하는 부모님의 죽음. 그리고 집의 파산이었다. 부모님은 도시의 컴퓨터 시스템을 관리하는 일을 하고 있었다. 정보통신망에서 구멍 난 부분을 수리하고 전체 네트워크를 원활하게 연결했다. 화이트 해커라고도 불리었다. 최근 들어 대단한 프로젝트를 하신다고 하셨다. 건이는 부모님의 일에 크게 관심을 가지지 않았다. 원래부터 온갖 사람들의 스포트라이트를 받고 계시는 분들이셨다. 그냥 대단한 분들이라는 것만 알았다. 그런 부모님의 죽음이라니… 그로서는 이해할 수 없었다. 더더욱 23살의 나이에 부모님의 죽음은 말이 안 되었다.

#4

건이 부모님의 죽음에는 이상한 점이 한둘이 아녔다. 원인은 졸음 운전이라고 경찰은 그렇게 단정 지었다. 원래 두 분은 같이 어디를 다니시지 않는다. 회사에 함께 계시는 것 외에는 같이 계시지 않았다. 게다가 경찰은 그날 도로의 CCTV를 건이에게 보여주지 않았다. 건이가 충격을 받을 것 같아서라고 했다. 그 뻔뻔한 이유로 건이를 속이려고 하였다. 하지만 건이는 딱히 상관없다고 여겼다. 경찰이 나에게 CCTV를 보여주든 안 보여주든 건이는 아무래도 상관없었다. 계속 안 좋게 나오는 학점과 어쩌면 길거리로 쫓겨날지도 모르는 상황 속에서 현실도피를 하려고 했던 건이였다. 건이의 마음은 갈기갈기 찢겨있었다. 길거리에서 굴러다니는 깡통 같았다. 마치 누가 뻥 차면 먼 곳으로 날아갈 것 같은 기분이었다. 하지만 건이는 한 번도 우울한 표정을 짓지 않았다. 그는 이 모든 것이 장난처럼 여겨졌다. 책 몇 쪽에 불과한 비극적인 스토리. 그리고 그때 건이에게 지니가 왔다.

#5

"살려주세요! 제발 살려만 주세요."

"지니야! 뭐하는 거야? 일어나."

"안 돼! 제발, 안 돼."

"지니야! 꿈이야. 일어나!"

오늘도 어김없이 지니는 악몽을 꾸었다.

새벽 5시였다. 건이는 식은땀을 뻘뻘 흘리며 흐느끼는 지니를 보았다. 건이는 걱정되었다. 요즘 회사에서 상사가 괴롭히는 건 아닌지. 동기들이랑 사이는 어떤지. 아직 바보같이 착한 지니를 자신이 지켜주지 못하는 것은 아닌지. 죄책감이 건이를 덮쳐왔다. 건이는 지니를 가만히 안아주었다. 10분쯤 지나서야 지니는 다시 편안하게 잠든 듯했다. 회사에 전화했다.

'24시간 근무하는 부서니까 연락해도 되겠지?'

"거기 Gunicom 70층 3호 사무실 Gunipro 개발 팀인가요?"

"네, 맞는데요? 누구시죠?"

"아! 수민씨, 저 김건이에요. 오늘 집사람이 너무 아파서 저도 집에 있어야 할 것 같아요."

"아 … 네, 그럼 과장님께 전해드리겠습니다."

"감사합니다. 다음 주 월요일부터 출근합니다!"

"네, 빨리 나으셨으면 하네요."

아. 건이는 다행이라고 생각했다.

"건이 오빠, 오늘 왜 회사 안 나가? 혹시 나 때문이야? 그런 거면 진짜 걱정 안 해도 돼! 정말이야."

"으이구. 네가 그렇게 끙끙 앓는데, 내가 어떻게 회사를 나가냐! 누워 있어. 내가 Solgenta에 전화할게. 번호가 몇 번이라고 했지?"

"안 돼. 하지 마!"

"내가 안 하면 누가 하냐. 걱정하지 마."

"하지 마라니까!"

"공일공에 삼 …"

"하지 말라고!!!"

지니가 소리를 질렀다. 건이는 머리가 새하얘졌다.

#6

건이는 조금 놀란 듯했다.

'왜 나에게 소리를 지르지?'

건이는 화가 나기도 하고 당황스러웠다.

"지니야, 왜 그래? 갑자기 왜 소리를 질러?"

"오… 오빠 미안해. 내가 요즘 예민해서."

"괜찮아. 그런 거는 다 이해해 줄 수 있어. 하지만 네가 아프거나 힘들 때 제발 혼자서 앓지 마! 응?"

"으응 …"

불안한 기운이 건이를 덮쳐왔다. 지니는 원래 남한테 소리를 지르지 않는다. 왜 예민하게 반응하는 거지? 건이는 이해할 수 없었다. 지니가 건이를 끌어안았다. 건이는 그런 지니를 가만히 안아 주었다. 지니가 건이의 품속에서 눈을 감았다. 그리고 모든 것이 조용해졌다. 새근새근 자고 있는 지니를 보니, 건이의 눈에서 왈칵 눈물이 나왔다. 그는 이상한 기분이었다.

'위이이이잉'

오늘은 어째서 밖에 순찰을 하고 있는 Gunicam 소리마저 온몸을 간질거리는 기분이었다. 모든 것이 평화로운 새벽이라고 말할 수 있었다. 하지만 새벽은 무언가 차가운 바람이 스치는 느낌이 항상 좋지 않았다고 느끼는 건이였다.

#7

지니가 죽었다. 2074년 1월 27일 누군가 지니를 칼로 찔러 죽였다. 그녀는 자고 있었다. 그리고 어떤 누군가가 그녀가 자고 있는 침실에 쥐새끼처럼 몰래 들어와, 자고 있던 그녀를 깨워, 위협하고, 그녀가 저항하자 그녀를 사정없이 칼로 … .

#8

"건이 오빠."

"왜?"

"기분이 이상해."

"뭐가?"

"왜 항상 우리는 감시받을까?"

"그게 무슨 소리야?"

"오빠도 알잖아. 뭔가 이상하다는 거. 어디든지 설치되어있는 카메라 말이야."

"보안상 설치해 놓는 거잖아."

"오빠도 느꼈잖아. 나 그때 오빠가 정우 오빠랑 얘기하는 것 들었어."

"에이. 그걸 믿었어? 그냥 해 본 말이지."

건이는 멋쩍은 듯한 미소를 지었다. 다그치는 지니를 보니 점점 더 움츠러들었다. 건이는 지니와의 싸움을 되도록 피했다.

"오빠! 나는 이 사회가 이상하다고 생각해. 사람이 하는 일이 없고, 모든 일을 기계가 처리하잖아. 특히 Gunion 기업."

"그게 뭐가 이상해. 이제 인공지능의 시대잖아. 얼마나 편해"

"세상에 활기가 없어. 사람들이 모여 사는 느낌이 안 든단 말이야."

지니는 항상 자기 생각들을 습관처럼 그에게 이야기해 주었다. 그 생각들을 건이는 대수롭지 않게 여겼다. 지니도 자신처럼 이 사회를 이상하게 생각하고 있었구나. 건이는 어쩌면 이 현실을 회피하려고 했을지도 모른다.

#9

아침이었다. 지니의 죽음을 무시하는 것처럼 날씨는 정말 화창했다. 창문 틈새로 들어온 햇빛이 소파에 그림자를 드리웠다.

'지이이이잉'

진동이 울렸다. 건이는 핸드폰을 차마 켤 수 없었다. 지니와 자신이 나란히 웃고 있는 모습을 차마 볼 수 없었기 때문이었다. 일어나기 싫었다. 집의 마룻바닥이 마치 진흙 바닥처럼 축축해 보였다. 그는 S.J.M에 그만둔다고 말했고, 통장에 남아 있는 부모님의 재산으로 세금 문제는 걱정이 없었다.

그래서 그는 어쩔 수 없이 세상과 멀어지기로 했다. 그렇게 김건이라는 존재는 모두에게 잊혔고, 지니도 그에게서 잊힌 듯했다. 그렇게 바쁘고 차가운 사회는 2년이 흘러버렸다.

#10

"메일이 왔습니다. 띠링!"

시끄러운 소리에 건이는 눈을 떴다. 2년간 그에게 문자 한 통도 오지 않았다.

'메일을 보낼 사람이라면… 청구서나 건물세 등인데.'

메일을 확인했다.

"손정우 님께서 메일을 보내셨습니다."

'정우가? 정우가 메일을 보낼 리가 없는데. 지금 해외에 파견근무 나가 있을 텐데? 왜 갑자기?'

문득 불안한 생각들이 다시 그를 덮쳐왔다. 지니를 잃고 난 후, 그는 사람들을 만나지 않았다. 누군가를 만나면, 누군가와 인간관계를 형성하고, 누군가와 소통을 하고, 그의 감정과 생각들을 나누면, 결국 그 사람이 자신을 떠날 때 감당할 수 없어서였다.

지니가 죽은 그날부터 매주 한 번씩 꼬박꼬박 그에게 메일을 보내던 사람이 있었다. 바로 손종대학 동기 손정우였다. 정우를 건이에게 소개시켜 준 사람은 다름 아닌 지니였다. 지니의 고등학교 동기였던 정우는 친화력이 좋고 성격이 좋아서 건이랑 금세 친해졌다. 건이에게 정우는 인생에서 믿을 만한 친구라고 할 수 있었다. 건이는 정우를 좋아했다. 정우와 지니, 이 두 사람은 그의 인생에 들어와 그의 인생을 따뜻하게 헤집어 놓고 갔다.

건이는 두 사람에게 물들어 잠시 자신의 아픈 삶을 잊을 수 있었다. 그렇게 그에게 매주 메일을 보내 요즘 사회는 어떤 일들이 있는지, 어떤 책들을 읽고 있는지, 새로 나온 신형 봇들은 뭐가 있는지, 등등 건이는 정우를 통해 그나마 새로운 정보를 들을 수 있었다. 그렇게 건이에게 1년쯤 메일을 보내다가 마지막 메일로 제3구역에 해외 파견을 간다고 하더니 연락이 끊겼다. 건이는 정우가 중요한 일이라고 해서 한 3개월 동안은 메일을 할 수 없을 거로 생각하긴 했다. 하지만 그 뒤로부터는 건이가 먼저 메일을 넣어도 통 답장이 없었다.

"건이에게, 김건이. 자식 오랜만이다."

건이의 손이 부들부들 떨려왔다.

건이는 알 수 있었다. 말투를 보니 정우가 맞다.

"이게 아마 내가 너에게 보내는 마지막 메일일 거야. 건이야, 나는 곧 죽어. 나의 죽음, 지니의 죽음, 너의 부모님의 죽음은 우연이 아니다. 우리 모두의 죽음을 밝혀줘. 그 마지막 기로에 서 있을 때쯤, 넌 네가 항상 생각하던 것의 답을 스스로 찾을 수 있을 거야. 그리고 새끼야, 너 만나서 행복했다. 넌 나의 행복 중 하나였다."

#11

건이는 슈퍼에 가서 소주 5병을 샀다. 그의 눈은 마치 죽어있는 시체처럼 초점이 없었다. 그는 집 앞에 있는 조그마한 포차에서 오징어구이를 포장해 집에 들어갔다. 정겨운 그의 집. 집은 조용하고 수도꼭지의 물을 제대로 잠그지 않았는지 똑똑 물 떨어지는 소리가 났다. 그는 불을 켜고 탁자에 앉았다. 건이는 검은 비닐봉지에서 주섬주섬 술과 안주를 꺼내는 그의 모습이 바보 같다고 생각했다.

#12

아침 11시이다.

'몇 시간 잔 거야? 한 5시간 잤나?'

그는 탁자에 엎어져 잤다. 지금 그의 머릿속에 있는 것은 딱 2가지

뿐이었다. 죽음이 우연이 아니라는 것. 지니와 정우의 죽음을 밝혀야 한다는 것이었다.

'그 마지막 기로에 서 있을 때쯤, 넌 네가 생각하던 것의 답을 스스로 찾을 수 있을 거야.'

이 두 문장은 그를 뚫고 들어왔다. 무슨 말일까? 다른 것은 생각할 수 없었다.

'내가 생각하는 것이 무엇이지? 내가 생각했던 것이 무엇이지? 죽음이 우연이 아니라니? 그게 무슨 소리지? 왜 죽음을 밝혀달라고 하는 거지? 게다가 정우는 아직 죽은 게 아니야. 정우는 어디 있는 거야?'

이 모든 생각의 가닥 가닥들이 꼬이고 꼬여서 그의 머리를 조여 매었다. 그는 머리가 아파서 견딜 수 없었다. 계속 아파져 오는 머리에 건이의 생각은 점점 더 원점을 향해 갔다.

'나는 왜 이렇게 사는 걸까? 나는 언제쯤 죽을까? 내 인생만 왜 이럴까? 나는 도대체 무엇을 보고 살아야 할까? 왜 나는 소중한 사람들을 모두 잃는 걸까?'

#13

건이는 이렇게 살 순 없다고 느꼈다. 이 세계는 뭔가 잘못되어 있다고 느꼈다. 잘못된 건 자신과 지니, 정우가 아닐 것이라고 믿고 있었다.

#14

건이는 이 세계를 바꾸어야 한다고 생각했다. 그리고 그것은 그가 할 일이었다.

#15

첫 번째 단서는 정우였다.

#16

건이는 그날부터 새롭게 살기로 마음먹었다. 그의 남은 인생을 허비할 수는 없었다. 사실 그는 자살하려고 했었다. 하지만 그가 사랑한 사람들의 죽음에 전력을 바칠 수 있다면 그는 그것도 꽤 괜찮다고 생각했다. 그것이 건이 인생의 첫 번째 버킷 리스트이자 마지막 버킷 리스트가 될 것이다.

"뚜르르"

"누구세요?"

"박수연, 나 김건이야."

"김건이?? 헐? 김건이라고?"

"응."

"너 괜찮아? 왜 연락 한 통도 없이 살았냐. 이 나쁜 놈아, 애들이 너를 얼마나 걱정했다고."

"고마워. 근데 수연아, 너 정우랑 연락하고 지냈다고 했잖아. 정우 무슨 회사 다녔는지 혹시 알고 있어?"

"음. 그건 갑자기 왜 물어보는데?"

"아니, 나 정우랑 친했잖아. 정우한테 할 얘기도 있고 그래서."

"걔 Solgenta 다녔어. 정지니 다닌 회사. 바보야, 자기 여자 친구가 다닌 회사도 모르냐!"

"뭐?"

건이는 또 찝찝하고 더러운 기분을 느꼈다. 그의 등 뒤로 갑자기 소름이 돋았다. 충격적이었다. 왜 이때까지 지니는 정우가 자기와 같은 회사에 다닌다는 것을 그에게 말해주지 않았을까.

"근데, 건이야 너 그거 알아?"

"뭐?"

"사실 Solgenta가 제약회사가 아니래. Guni 기업 사이에서 돌고 있는 소문이던데?"

"무슨 소리야? 그리고 Guni기업 사이에서 그 소문이 도는 이유는 뭐야?"

"야. 나도 자세한 내용은 잘 몰라. 민석이한테 한번 물어봐. 걔가 그 기업 본사 다니잖아."

"민석이 전화번호 좀 주라"

"응. 여기, 문자로 보냈다."

박수연과 전화를 하고 나서, 건이는 지니와 정우가 Solgenta에 다녔다는 사실에 한동안 멍했다.

Solgenta에 대해 말하자면, 우리나라 최대 규모의 제약회사로 이미 다방면의 약으로 유명했다. Solgenta에서 나온 약으로 고칠 수 없는 질환은 거의 없다는 말이 나올 만큼, 유명한 기업이었다. 지니는 신약 개발 기획 팀장이었다. 적어도 지니가 소개하자면 그랬다. 지니의 책상 위에는 $\alpha 1$, $\delta 7$ 등등 정체를 알 수 없는 여러 가지 약들이 놓여있었고, 심지어 가끔은 실험용 생쥐를 들고 오기도 했다. 건이가 쥐를 끔찍이 싫어하는 것을 아는 지니는 가끔 그를 놀리곤 했다. 지니는 참 성실하게 일했다. 매일매일 보고서를 쓰고, 프로젝트를 관리하고, 가끔 약 개발 진행이 이상한 데로 가면 자책하고, 실망하고…

지니의 노트북에서 그 많은 노력의 흔적들을 볼 수 있었다.

#17

건이는 지니의 노트북을 켰다. 1시간 동안 충전한 후, 그 조그만 하늘색 노트북을 열었다.

'아, 비밀번호.'

비밀번호가 걸려있었다. 건이는 그의 생년월일을 넣어보았다. 틀렸다. 건이는 지니의 생년월일은 당연히 아닐 거라고 생각했다.

'대학교 학번? 우리의 100일? 아니면 뭐지?'

어쩔 수 없었다. 이런 비밀번호를 뚫기 위해 쓰는 프로그램이 따로 있다. 이래 봬도 건이는 Gunicom에 몇 년간 근무해 온 사람이었다.

이대로 2시간만 기다리면 비밀번호는 자동으로 풀려 있을 것이다. 건이는 눈을 감았다. 긴장감이 한순간에 풀려버린 탓일까, 그는 따뜻한 물에 샤워하기로 마음먹었다. 노트북의 비밀번호가 뚫려있었다. 일단 지니의 노트북을 처음 켜는 것이다. 지니의 것. 지니가 보고 싶었다. 이래서 그는 지니의 물건에 손을 대려고 조차 하지 않았다. 이렇게 지니가 또 생각날까봐. 그녀가 자신의 인생을 다시 한 번 흔들까봐.

아, 드디어 지니의 노트북이 열렸다. 그리고 팝업창이 떠 있었다. 아마 비밀번호를 재설정하라는 창일 것이다. 어?

'챙' 그리고 그는 그 순간 물컵을 떨어트렸다.

"말도 안 돼."

비밀번호는 20590127, 그녀가 사망한 일자였다. 그리고 그녀는 노트북을 10년 전 대학교에 입학할 때 샀다.

#18

더운 여름날이었다. 기말고사를 얼마 안 앞두고 건이는 지니와 학교 도서관에서 공부하고 있었다.

"왜 비밀번호를 10년째 안 바꾸는 거야?"

"그냥. 히히 굳이 바꿔야 할 것 같지는 않아서"

"너, 그거 그러다가 곧 개발되는 프로그램에 털린다."

"나도 알아. 그 프로그램. 그거 아마 우리가 어른이 돼 있을 때쯤 열릴걸?"

"오오, 정지니. 그건 어떻게 알았을까?"

"몰라, 공부나 해."

"난 그 프로젝트팀에 들어갈 거야."

"뭐라고?"

"그 거니인지 가니인지 그 팀에 나 들어갈 거라고. 그래서 나 요즘 열심히 하잖아."

이 날 그와 지니는 심하게 싸웠다. 지니는 이 날 평소보다 예민했고, 그에게 막말했다.

"야, 김건이. 너희 부모님께 미안하지도 않냐?"

"뭐가?"

그는 이해할 수 없었다. 최고의 프로그래머들과 컴퓨터 공학자들이 모여 진행하는 프로젝트에 참가하고 싶다는 그의 포부를 밝혔을 뿐인데, 지니는 크게 화를 냈다. 기말고사 때문의 스트레스라고 생각했었다. 그런데 한 가지 이해할 수 없었다. 돌아가신 부모님 얘기를 꺼내는 점이었다.

"너 갑자기 우리 부모님 얘기는 왜 꺼내는 거야?"

"미안해. 그냥 갑자기 나도 모르게 욱해서."

"내가 한 얘기랑 우리 부모님은 뭔 상관인데?"

"미안해. 건이야, 내가 말실수했어."

그리고 갑자기 지니는 울어버렸다. 지니의 울음에 그는 아무것도 할 수 없었다. 그들은 그렇게 그 얘기를 끝냈다. 지금 와서 생각해 보면 이해가 안 되는 점이 많았다. 지니는 당시 그의 말문을 맹목적으로 틀어막은 것이었다.

#19

그녀는 어떻게 그녀가 죽을 날짜를 알고 있었을까? 20590127은 우연의 8자리 숫자였을까? 그는 전혀 이해가 가지 않았다. 하나도 이해할 수 없었다. 그는 느껴지는 반복되는 불쾌한 감정에 몸서리쳤다. 뭔가 퍼즐이 잘못 맞추어진 느낌이라고 생각했다. 자신의 조각 빼고 모든 조각이 서로 맞물려 돌아가는 느낌. 그는 이 느낌을 예전부터 느끼고 있었다.

#20

건이는 오랜만에 집 밖에 나왔다. 그는 민석이와 만나기로 했다. 따뜻한 아침 공기는 잠시 그의 머리를 맑게 만들었다. 거리에는 청소하는 Gunibot이 있었다. 약속시간까지 10분 정도 남았다. 천천히 걸어가면 되는 시간이었다. 얇은 외투 주머니에 손을 집어넣고 걸었다. 보들보들한 주머니에 손을 집어넣고 일부러 좀 더 빠른 보폭으로 걸었다. 따뜻한 바람이 불고, 그는 소소한 행복을 느꼈다. 하지만 그는 울고 있었다. 눈물이 볼을 타고 흘러내리는 것을 느꼈다. 행복을 느끼는 것이 미안했기 때문이었다.

"어이, 김건이!"

"어, 오랜만이다, 김민석. 잘 지냈냐?"

"그래. 요즘은 괜찮아? 너 왜 걱정되게 애들 전화를 씹고 그러냐."

"미안. 너도 알잖아. 나 좀 그럴 상황이 아니었던 거."

"그래. 근데 오늘은 뭐 물어보려고 한 거야?"

"딴 건 아니고, Solgenta 얘기야."

"Solgenta? 그건 왜? 그리고 나 Solgenta 안 다니는 것 알잖아."

"너 Guni 기업 다니잖아. 민석아, 이 일 나한테는 엄청 중요한 거야. 지니가 Solgenta에 다녔어. 그리고 정우도 Solgenta에 다녔고. 두 사람에 관련된 얘기니까 제발 알고 있는 거면 다 말해줘."

"건이야, 너 내가 말하는 거 아무한테도 말하지 마라."

"당연하지."

"요즘 우리 회사에 돌고 있는 소문이 있어. Solgenta가 정식 기업이 아니었나봐. Solgenta는 어떤 프로젝트를 후원하는 기업이었어."

"Solgenta는 제약회사잖아. 약 만드는 기업이잖아!"

"그래, 대부분의 사람은 그렇게 알고 있지. 근데, 그게 아니야. Solgenta는 돈을 받고 뒷일을 하고 있었어. 그리고 그 뒷일은 어떤 프로젝트였어."

"프로젝트?"

"야, 대충 감 오지 않냐?"

"설마?"

"응, 네가 생각하는 거 맞아. 〈2061 Gunion Project〉 정확히 1년 전에 완성되었지."

#21

그 프로젝트는 대학생들의 꿈이었다. 건이가 대학교에 들어간 그 연도에 컴퓨터 공학이나 프로그래밍 쪽 관련 과에 지원한 사람들 모두가 그 프로젝트에 참가하기 위해서였을 거라고 말해도 무방했다. 건이도 그 수많은 사람 중 한 명이었다. 프로젝트 이름은 〈2061 Gunion Project〉, 간단히 소개하자면 전 세계의 네트워크를 가장 신속하고 넓은 신 네트워크 하나로 연결 짓는 작업이었다. 이 일만 성공하면 모든 정보체계를 처리하는데 단 1초도 안 걸리고 해결할 수 있다고 나와 있었다. 중요한 것은 이 분야의 최고들이 작업하는 프로젝트에 대학생 3명을 뽑는데, 이 대학생 3명은 대학교를 졸업하고 바로 프로젝트에 참가할 수 있으며, 이 프로젝트에 참가했다는 것 자체로 엄청난 스펙이 되리라는 것이었다. 이 소식 때문에 모든 대학교가 들떠 있었다. 특히 건이의 대학교는 일류 대학이었기에 많은 학부생이 꿈과 열정을 가지고 있었다. 이 프로젝트의 유망주는 정해져 있었다. 그들은 김건이, 손정우, 그리고 정지니였다. 하지만 건이는 부모님의 죽음으로 인해 이 프로젝트를 포기했고, 정우와 지니는 원래부터 〈2061 Gunion Project〉에 참가할 의향이 없어 보였다. 지니는 예상대로 대학교를 졸업하자마자 조그만 통신회사에 가서 일했고, 정우는 해외 기업에 진출했다. 동기들은 이 셋을 보고 많은 소문을 냈었다. 건이가 프로젝트에 참가하지 않으니까 지니와 정우는 미안해서 못 하는 거라고, 그들의 부모님이 그 프로젝트와 관련이 있다는 등 헛소리를 해댔다. 사실 지니와 정우가 그 기회를 잡지 않는 것은 그 또한 의문이었다. 그래서 건이도 물어본 적 있었다.

"야, 너희는 왜 프로젝트 원서 안 쓰냐?"

"뭐가?"

"뭐 말하는 건데?"

"아니, 너희 성적 되잖아. 프로젝트 원서 써. 그거 진짜 좋은 기회인 거 알잖아."

"됐거든요. 갑자기 파전 먹다가 그 얘기는 왜 해. 밥맛 떨어지게."

"나도 별로야."

"설마 나 때문이냐?"

"우리 부모님 일 때문이야?"

"건이 오빠, 그만해. 난 통신회사 들어가서 그냥 내가 하고 싶은 거 하면서 살고 싶은 거야."

"건이야, 너 때문 아니니까 또 자책하지 마. 맨날 그런 시무룩한 표정 짓고 있어"

"건무룩이다. 건무룩."

"난 진지하다고."

"오빠, 오빠도 대기업 준비하고 있잖아. 요번 한 번에 붙어버리자! 김건이 파이팅!"

"그래. 김건이!! 우리 걱정시키지 좀 마. 진짜 아들내미 장가보내는 기분이다."

"에휴. 술고래들."

"오늘은 좀 마십니다. 건이 오빠"

"그래라. 그래~"

또 생각나는 슬픈 기억들이었다. 자꾸 지니의 죽음을 밝히려고 들면 그에게 소중한 구슬을 주머니에서 꺼내서 망치로 부수는 느낌이었다. 아직도 알싸한 술 냄새가 나는 것 같았다. 그때 세 명이 먹었던 파전 냄새, 지글지글 거리는 기름 소리, 시끄러웠던 포차, 그가 지니에게 덮어주었던 자신의 가디건의 감촉, 건이는 전부 기억하고 있었다.

#22

"야!! 김건이"

"어?? 아, 그래 민석아."

"너 한 30초 동안 멍~ 때리고 있었어."

"그 프로젝트, 지금 진행되고 있어?"

"음. 그건 잘 모르겠어. 근데 아직은 준비 중일 걸?"

"뭐? 준비 중이라니?"

"건이야, 네 회사 동기들 많이 이상하지 않았어?"

"회사 동기들? 어떤 점에서 말하는 건데?"

"아니다. 건이야, 나 회사 들어가 봐야해. 그리고 너 이제 번듯한 직장에 다시 취직해. 친구로서 몇 년간 방황하는 거 너무 보기 힘들다."

"민석아, 꼭 다시 전화해줘."

"알았다. 들어가."

민석이를 만나고 건이는 자신의 존재를 의심하기 시작했다. '지니는 누구였을까? 나는 누구의 친구였을까?'

건이의 머리가 아파왔다.

#23

건이는 지니의 노트북 앞에 서 있었다. 노트북의 비밀번호를 풀었지만, 그는 쉽게 열지 못했다. 노트북을 열면 또 무언가 그를 덮쳐올 것 같은 느낌이었다. 노트북을 켜고, 지니가 죽은 날짜를 입력했다.

"환영합니다." 노트북이 켜지는 소리.

그리고 나온 배경화면. 배경화면은 그와 지니가 같이 찍은 사진이다. 또 눈물이 흐른다. 저건 2058년도 겨울에, 그러니까 지니가 죽기 2개월 전에 부산 해운대에 놀러 갔을 때 찍은 사진이다. 바람 때문에 자꾸 머리가 눈을 찌른다고 투덜댔었다. 그런데도 지니는 사진 찍을 때는 활짝 웃었다. 건이는 참 귀엽다고 생각했다. 지니는 복잡한 것을 좋아하지 않았다. 성격처럼 배경화면도 참 간단했다. 배경화면에는 달랑 파일 4개가 있었다. 파일 중 한 개에는 비밀번호가 걸려있었다. 건이는 우선 첫 번째를 클릭했다.

이건 지니가 대학교를 졸업하고 바로 다녔던 통신회사의 지원서이다. '아직도 이걸 파일로 저장해 놓고 있었네?' 첫 번째 파일은 별로 단서가 없었다. 다음은 두 번째 파일이다. '어? 지니와 내가 찍은 사진들이다.'

지니는 건이와 찍은 사진들을 장소별로 정리해 놓았다. 사진사진마다 조그마한 쪽지도 올려놓았다. 여긴 일본의 삿포로 축제에 다녀온 것. "오빠랑 눈에서 뒹굴었다. 재미있었다." 또 이 사진은 그때 허니버터칩을 사고 기뻐했던 자신의 모습을 찍어놓은 사진이었다. "좋아하는 건이 오빠 ㅇㅅㅇ". 자잘한 기억까지 다 사진으로 저장해

놓은 지니였다. 또 뭔가 뜨거운 것이 가슴에서 울컥 올라오는 기분
이었다. 노트북을 닫고 싶었다. 하지만 여기서 멈출 수는 없었다. 정
우는 그에게 수수께끼를 던져놓고 갔다. 세 번째 파일에는 한글 문
서 한 개가 있었다. 그리고 그 문서를 여는 순간, 건이는 아무 생각
을 할 수 없었다.

"안녕, 오빠. 여기까지 왔네. 마지막 파일 비밀번호는 오빠 생일이
야. Solgenta부터 시작해봐. 그럼 이 길의 끝에 답에 도착해 있을 거
야. 나를 사랑해줘서 고마웠어."

#24

건이의 손이 부들부들 떨리고 있었다. 자신이 숨을 제대로 쉬고 있
는지도 생각나지 않았다. 숨이 턱턱 막혀 왔고, 그는 화장실에 가서
먹었던 것들을 토해냈다. 어떻게? 어떻게? 자꾸 머릿속으로 들려오
는 의문에 그는 답할 수가 없었다. 무능력하고 무기력한 그의 모습
때문에 아무것도 할 수 없었다. 지니가 죽은 뒤부터 모든 질문과 모
든 물음에 그는 제대로 된 답변을 할 수 없었다. 왜 그 괴한은 지니
를 죽였을까? 그 괴한은 누구일까? 처음부터 그는 아무것도 모르고
있었다. 네 번째 파일도 열었다. 그리고 드디어 보았다.

'2061 Gunion project'라고 쓰여 있는 pdf파일. 그리고 한글 문서
3개와 동영상 1개. 첫 번째 문서에는 〈2061 Gunion project〉 신청서
가 있었다. 두 번째 문서의 제목은 '계약서'였다. 세 번째 문서는 제
목이 없었다. 건이는 다리에 힘이 풀려 그대로 바닥에 주저앉았다.

#25

"'2061 Gunion Project'는 네트워크 관련 프로그램이 아닙니다."

건이의 숨이 막혀왔다. 머릿속에 뭔가 기어 다니는 것처럼 그는 뭐가 뭔지 아무것도 알 수 없었다. 지니의 노트북에 프로젝트의 신청서가 있는 것부터 이해할 수 없었다. 내가 이 상황에서 할 수 있는 건 계속 파일을 읽어보는 것이었다.

"'2061 Gunion Project'는 최대 규모 생체 인공지능 프로젝트입니다."

'생체 인공지능은 아마 그 위험성을 인정받아 몇 년 전에 법으로 금지된 공학 분야일 텐데?'

몇 년 전에 사람의 뇌와 인공지능을 연결하는 실험이 공개적으로 진행된 적이 있었다. 건이도 그가 아는 교수님의 팀에서 한 실험이었기 때문에 관심 있게 지켜보고 있었다. 실험은 몇 년간 지속되었고, 결과 발표를 앞두고 있을 때쯤 갑자기 교수님은 발표를 취소했고, 실험은 실패로 판명 났다. 하지만 그쪽 연구실 사람들은 모두 자세한 사정을 알고 있었다. 소름 끼치는 실험결과였다. 인공지능은 자신과 연결된 사람의 뇌를 조종해서 그 실험자를 자살하게 하였다. 처음에 연구팀은 누군가 자살에 관한 알고리즘을 심어놓았다고 생각했다. 알고리즘을 인식한 인공지능이 인간의 뇌에 자살 신호를 계속 보낸 것이다. 그 연구원의 뇌는 인공지능이 보낸 신호 때문에 스스로 죽음을 선택했다. 그 뒤로 세계과학협회에서는 인공지능과 생체 관련 실험을 아예 금지시켰고, 특히 인공지능과 사람을 연관 지을 수 없었다.

"정확히 8년 전부터 인공지능과 생명체를 연결하는 실험은 금지 되었지만, 정부와 기업들 모두 이 실험에 그만한 가치가 있다고 판단해, 극비로 실험은 진행됩니다."

"극비? 왜 이런 위험한 실험을 진행하는 거지?"

"프로젝트에 참가한 모든 사람들은 절대 발설할 수 없습니다."

실험에 참가하는 대학생은 3명에서 2명으로 인원이 줄었으며, 말도 안 된다고 생각했다. 불현듯 또 안 좋은 예감이 들었다.

"대학생 2명은 손종대학교 정지니, 손정우입니다."

"말도 안 돼."

"두 대학생 모두 이 프로젝트에 관련된 어떠한 말도 발설 할 수 없습니다."

#26

"실험에 참가한 정지니 양은 미리 계약서를 쓰셨고, 정지니 양은 정확히 2059년 1월 27일, 자신의 뇌를 기증하게 됩니다. 정지니 양의 보호자에게는 총 159억의 사망 보험금이 통장으로 자동이체 됩니다. 손정우 군은 우리 팀과 함께 끝까지 프로젝트를 진행합니다."

건이는 이해할 수 없었다. 갑자기 왜 뇌를 기증한다는 거지?

"그럼 지금부터 자세한 내용을 설명해 드리겠습니다. 인공지능은 현재인 2053년인 현재까지 엄청난 발전을 해왔습니다. 지금은 인공지능이 인력의 90%를 대체하고 있으며, 사회에 큰 영향을 미치고 있습니다. 하지만 인공지능은 기계인지라 인간의 영역에는 한참 미치지 못했습니다. 이번 프로젝트는 기계의 수준을 끌어올려서 인간의 영역까지 도달하게 만드는 것이 목표입니다. 1987년에 러시아에서 일어난 뇌를 기계화시키는 첫걸음이 된 사례를 보겠습니다. 개의 뇌가 우연히 옆에 놓여있던 전선 여러 개와 서로 상호 신호를 보냈습니다. 과학자들은 전류로 뇌에 아무런 자극을 주지 않았는데, 개의 뇌가 스스로 전류에 신호를 보내서 컴퓨터는 일정한 파형을 그렸던 사례입니다. 우리 과학자들은 이 실험을 바탕으로 기계와 사람의 뇌를 연결시키는 실험을 진행할 것입니다."

몇 가지 확인해 볼 것이 있었다. 손이 부들부들 떨려왔다. 건이는 즉시 은행에 전화를 했다.

"거기 하니 은행이죠?"

"네, 그렇습니다."

"저는 김건이라고 하는 데요. 혹시 제 통장 확인 좀 해주실 수 있나요?"

"네, 무엇을 확인해 드릴까요?"

"2059년도에 제 통장에 혹시 들어온 돈이 있나요?"

"..."

"네?"

"김건이 고객님, 2059년 1월 28일에 총 159억의 돈이 들어왔습니다."

"누구 이름으로 되어 있나요?"

"정지니 고객님의 통장에서 계좌이체 되었는데요?"

"…"

"고객님? 더 봐드릴 건 없나요?"

"네, 괜찮습니다."

수화기를 내려놓았다. 건이는 그제야 뭔가 조각이 하나 맞춰진 느낌이었다. 지니는, 아니 정우와 지니는 2061 Gunion project에 참가한 거고, 지니는 자기 뇌를 기증했다. 그 결과 지니는 죽었고, 자기 뇌를 기증하는 대신 나오는 돈을 다 그에게 주고 간 것이었다.

#27

그날은 둘이서 부산 해운대에 놀러간 날이었다. 겨울 저녁쯤에. 지니랑 건이랑.

"오빠, 여기 진짜 바닷가 멋있다."

"그러게! 뭔가 짠 냄새도 나고. 그지?"

"에이, 술이라도 들고 올걸. 바닷가에서 한 잔하면 딱이지!"

"어유, 정지니. 여자애가 맨날 술 얘기야."

"아~ 왜."

"아유. 여기서 기다려 봐. 담요 좀 덮고 있어. 오빠가 금방 맥주 사 올게!"

"역시 오빠는 뭘 좀 안다니까."

금방 뛰어갔다. 그런데 바닷가에 혼자 있는 지니의 모습을 보고 건이는 마음 한구석이 시린 것을 느꼈다. 지니는 혼자 사진을 찍고 있었다. 정확히 말하자면 카메라에 대고 뭔가 말하고 있었다. 그때는 대수롭게 생각하지 않은 것 같다. 추억 영상 같은 것일 거라고 생각했다. 나중에 숙소에 와서 그는 그 영상을 보게 되었다. 지니는 샤워 중이었다.

지니의 영상을 틀었다.

"오빠, 미안해. 그리고 나는 진짜 오빠 많이 사랑했어."

지니는 영상 속에서 해맑게 웃으며 한마디 했다. 그 한마디는 건이를 너무나도 불안하게 만들었다. 지니가 샤워하고 나온 후, 건이는 지니를 몰아붙였다.

"왜 갑자기 이런 영상을 찍는 거야?"

"왜? 장난이야."

"이게 장난이야? 무슨 유언 같은 영상도 아니고. 헤어지자는 것도 아니고."

"드라마 흉내 좀 내 본거야."

"정지니, 다시는 이런 거 하지 마. 나 진짜 너한테 화낸다."

"아, 알았어. 알았다고."

건이는 이때 알아차렸어야 했다고 생각했다.

#28

지니는 2059년 1월 27일에 자기가 죽을 것을 알고 있었다. 인공지능과 사람의 뇌를 접합시키는, 어쩌면 불가능한 그런 실험에 지니는 자신을 희생했다. 그런데 건이는 한 가지 사실을 잊고 있었다. '그 프로젝트는 어떻게 되었는가' 였다. 민석이는 성공했다고 말했다. 그럼 지금 이 사회를 구성하는 인공지능은 무엇일까? 지금 우리는 인공지능에 휩싸여 살고 있다. 그 실험이 성공했다면, 그 인공지능은 지니이다. 지니의 생각, 지니의 사고, 지니의 모든 영역들. 그는 무엇과 살고 있는 것일까? 지니는 그의 옆에 존재하는 걸까? 지니의 잔해들은 기계로나마 존재하는 걸까? 그리고 지니는 왜 이 실험에 참가한 것일까?

"냉장고의 필터를 갈겠습니다."

건이는 소름이 돋는 것을 느꼈다. 저 목소리는 분명 지니 것이 아닌데. 지니가 만약 인공지능이라면, 인공지능이 지니라면 그의 모든 것을 지켜보고 있을 텐데. 술기운에 자꾸 이상한 생각들이 든다. 하지만 Solgenta는 어떻게 된 것이지? 지니는 자신에게 Solgenta에서부터 시작하라고 했다. 그것은 메시지이다. 아직도 의문이었다. '2061 Gunion Project', 이 프로젝트는 감히 신의 영역에 손을 대는 위험한 프로젝트이다.

'사람의 뇌를 기계에 끼워 넣으면, 기계는 뇌가 생각하는 것처럼 행동하겠지? 그럼 사람이랑 다를 게 뭐지? 모든 기계들은 연결되어 있고, 그 네트워크도 마치 거미줄처럼 (web) 퍼져 있을 텐데, 그러면 지니는 무엇이지? 나는 인공지능을 어떻게 받아들여야 하지?

모든 생각의 빈틈에 건이는 휩싸이고 있었다. 그에게는 아직 한 개의 영상이 남아 있었다. 그 영상을 틀어서 보면 또 어떤 쓰나미가 밀려들어올지 두려워서 영상을 틀 수 없었다. 그에게는 모든 것이 두

려웠다. 지니가 자신에게 남기고 간 모든 것들을 받아들여야 하는
자신이 밉고, 지니의 짐을 조금이라도 덜 수 없었던 자신이 너무 싫
었다. 건이는 자신의 무능함을 탓하고 있었다.

#29

건이는 깜빡 잠이 들었다 깼다. 잠에서 깬 그는 앞의 노트북을 켜
서 영상을 봐야한다. 이 영상이 무슨 의미가 있을까? 이미 모든 것을
잃었고, 그는 더 이상 나아가기 싫었다. 그가 가장 아끼는 것들은 항
상 그에게서 멀어졌다. 클릭.

'오른쪽에 날짜가 적혀있네? CCTV인가? 어? 뭐지?'

그는 감으로 알 수 있었다. 그 영상은 그가 가장 잊고 싶어했던 기
억, 바로 부모님의 사고 당시 도로를 촬영하고 있었던 영상이었다.
왜 이 영상이 지니의 노트북에 있는 건지 그는 궁금해 해야 했다.
하지만 그는 그런 생각을 할 겨를이 없었다. 단지 노트북을 가만히
쳐다볼 뿐이었다. 3분짜리 영상이었다. 한 2분 10초쯤 되었다.

'어? 저건 우리 부모님 차인데?'

손이 부들부들 떨렸다. 건이는 옆에 있는 담요를 꽉 쥐고 있었다.
매초 영상이 흘러갈 때마다 숨을 죽이고 봐야 했다. 10초가 지나도
아무 문제가 없었다.

'역시 그냥 졸음운전이었던 건가.'

하지만 그 순간이었다. 한 5초 후 검은색 승용차 한 대가 갑자기
속력을 내며 돌진했다. 그리고 건이의 부모님 차를 절벽으로 밀었

다. 그렇게 흰색 승용차는 화면에서 사라졌다.

#30

건이의 눈이 더 이상 생기 있지 않았다. 그는 약을 샀다. 29살의 김건이의 삶이 이렇게 끝이 난다는 것을 생각하니 마음이 착잡했다. 이렇게 허무하게. 건이는 정말 지니와 해보고 싶은 것이 많았다. 오래 사귀었지만, 매일 행복했다. 그는 정확히 12시에 죽을 것이라고 각오하고 아직 30분이 남은 것을 확인했다. 참 파란만장한 삶이었다. 모든 수수께끼를 짊어지고, 그는 그 수수께끼들을 풀지 못한 채, 생을 마감하려고 했다.

"회원님의 상태가 많이 불안정합니다. 침대에서 2시간 편히 휴식을 취하십시오."

자동 건강 체크 시스템이 울린다.

"푸흐흐." 그가 웃었다.

'건강 챙겨 주는 건가? 이제 10분 남았다.'

건이는 아직 지니와 그가 했던 모든 것들을 하나하나 기억하고 있었다.

"회원님의 상태가 많이 불안정합니다. 맥박이 비정상적으로 빠릅니다. 침대에서 휴식을 취하시기 바랍니다."

"시끄러!"

망치로 스피커를 부셨다. 지지직거리는 소리가 들리고, 곧 자동 시스템이 꺼졌다. 여전히 전화기 속에서는 뚜르르 뚜르르 소리가 들린다. 5분, 4분… 그리고 1분 남았다. 약 10알을 손에 올렸다. 그는 지니가 보고 싶었다. 정우도 보고 싶었다. 부모님… 부모님도 무척 보고 싶었다.

#31

"안녕!"

건이는 그의 마지막을 세상에 고하고 있었다. 그러던 중 한 목소리가 들렸다.

"제발 죽지 마십시오."

"지니? 아닌데?"

"제발 죽-지이-마십-시오."

"지니야?" 건이의 눈에 눈물이 맺혔다.

"제발 죽지 마… 제발 주… 제발, 지지직"

그는 죽지 않았다. 아니, 죽을 수 없었다.

#32

"과장님, 이것 좀 봐주세요."

"응, 알겠어. 잠깐만, 이것만 처리하고"

오늘도 회사는 쉴 틈 없이 돌아간다. 그의 이름은 김건이, YGM 회사의 과장으로 일하고 있고 현재 나이는 33살이다. 달려도 채울 수 없는 하루 일과는 잡생각을 잊게 하고 오직 일에만 집중하게 만들어 버린다. 세상은 많이 바뀌었다. 사회에서 더 높은 자리에 올라가면 올라갈수록 더 사회의 안쪽 깊은 곳에 스며들 수 있다. 그리고 벌써 Gunion은 우리 사회를 지배하고 있었다.

#33

지금부터 4년간 무슨 일이 있었던 건지 장황하게 설명해 볼까 한다. 건이는 죽으려고 했었다. 하지만 자살을 시도한 그 순간 포기했다. 죽지 않는 쪽을 선택한 것이다. 정확히 말하면 복수를 선택했다. 김건이는 부모님을 죽게 한 사람을 찾을 것이고, 지니와 정우를 내게서 앗아간 사람들에게 복수할 것이다. 아직 그의 머릿속에는 수수께끼가 많이 남아있다. 죽을 때까지 수수께끼들을 맞춰 갈 것이다. 언제까지나 시체처럼 살 수는 없다고 판단한 그는, 열심히 살았다. 하루하루 그녀와 친구, 부모님을 잊어버리기 위해 그만한 것들이 아깝지 않은 가치 있는 삶을 살았고, 지금의 그는 높은 자리까지 올라왔다. 생각보다 쉽게 올라갈 수 있었다. 그의 인생을 100%로 가정한다면, 한 10% 정도는 왔다고 생각한다.

아직도 달을 보면 지니 생각이 나는 그였다. 그가 이렇게 사는 것이 맞는지, 이렇게 걸어가는 게 맞는지, 그 방향을 제시해 주는 것이 바로 지니이다. 그가 인생을 끝내려고 했을 때 그를 잡아준 그 소리, 기계음. 과학적으로는 이해할 수 없다. 그 소리를 듣고, 본능적으로 지니와 이 사회가 연결되어 있다는 것을 느꼈다.

지니는 이 사회 곳곳에 심어져 있으며, 수많은 시민들을 감시하고, 사회의 체제도 구성하며, 건이 그 자신도 볼 수 있을 것이라고 생각했다. 카메라로 그를 보며, 건강 자동화 체크 시스템으로 그의 건강이 어떤지도 알 수 있을 테고, 매일 똑같은 목소리로 그와 대화를 나눌 것이다. 하지만 지니의 몸은 저 실험실 어딘가에 쳐 박혀 있을 것이다.

그가 죽으려고 했을 때 말리려고 했던, 그 기계는 분명 지니였다는 것을 알았다. 그래서 그는 죽을 수 없었다. 그가 죽는 모습을 녹음하고 있을 지니를 생각하니 그는 차마 죽을 수 없었다. 지니는 그가 죽는 모습을 데이터베이스에 영원히 가지고 있을 것이다. 되감고 싶을 때 언제든 되감아 보면서. 건이는 지니에게 그런 짓을 할 수 없었다. 그의 죽음을 그녀에게 보여줄 수 없었다. 그래서 더욱 열심히 살았다. 하루하루를 그녀가 보고 있었기에, 그녀가 감시하고 있었기에 더욱더 그는 보란 듯이 잘 살았다.

하지만 달라진 것이 있다면, 이제는 절대 모른 채로 덮어두지 않을 것이라는 거였다. 건이는 피하려고 했지 정면 돌파 하는 법을 몰랐다. 하지만 이제는 할 수 있다. 그는 복수 할 것이다. 복수한 후에, 모든 것을 바로잡을 계획이다.

#34

건이의 인생의 방향을 잡아주는 것은 바로 지니가 그에게 남긴 무수한 궁금증이다. 어떻게 살지 몰라 방황하고 있던 그에게 수많은 의문은 하나의 길잡이가 되었다.

우선 그가 살고 있는 사회의 90%를 구성하고 있는 인공지능의 관리자를 찾아야 한다. 건이도 어느 정도의 해킹기술을 가지고 있었기 때문에 온갖 방법을 시도해 보았지만, 26가지의 컴퓨터 언어를 모두 시도해보아도 뚫을 수 없었다. 아직까지 많은 공부를 하고 있다. 매크로도 돌리고 네트워크를 우회하며 접속하는 프로그램도 깔아 보았지만 역부족이었다. 항상 마지막 보안 단계에서 막혔다. 인공지능을 컨트롤하는 최종 사이트에 접속하려면 여러 개의 보안 프로그램을 뚫어야 한다. 마치 까도까도 계속 나오는 양파 껍질처럼 계속 깊숙한 곳의 웹으로 들어가야 도달할 수 있다.

하지만 이 프로그램은 처음에 접속한 아이디의 안정성과 관련이 있다. 예를 들어 아이디와 비밀번호의 신뢰성이 높으면 바이러스나 화이트 해커들에게 걸리지 않고 계속 접속할 수 있는 것이다. 건이가 엄청난 돈을 주고 지불해서 구한 아이디는 2개였다. 하지만 그 두 아이디 모두 마지막 단계까지 도달하기에는 역부족이었다. 따라서 그는 아이디를 구하기 위해 노력하고 있었고, 낮에는 성실한 회사원으로, 밤에는 해커로 활동하며 살고 있었다.

#35

회사는 하나의 거대한 사회이다. 권력이 있는 사람은 권력이 없는 사람을 마음대로 부려먹는다. 그리고 그가 다니고 있는 회사 YGM도 마찬가지이다. 사내에서 일어날 수 있는 모든 더럽고 끔직한 것들. 성추행, 따돌림, 해킹, 불법유포… 많은 것들을 접하지만 회사 내 사람들은 회사의 구성원으로써 쉬쉬하고 있다. YGM에서도 떠도는 소문이 하나 있었다. 건이는 그 사건의 원인을 알아보기로 결심했다.

"그 소문을 퍼트린 사람이 너야?"

건이는 그의 회사 내에서 가장 입이 싸고 평판이 안 좋은 회사원을 불렀다.

"네? 과 …과장님 아닙니다."

"하지만 회사 사람들 전부가 너라고 하던데."

"아닙니다. 아니에요. 저도 유 대리에게 들었단 말이에요."

'크크큭, 체크 메이트.'

"유 대리보고 잠깐 내 방으로 오라고 해."

예상대로 걸려들었다. 유 대리가 방으로 왔다.

"유 대리, 지금 회사에서 돌고 있는 나쁜 소문 그거 유 대리가 퍼뜨린 거야?"

"네?"

놀란 듯한 표정이었다.

"뭐, 다 알고 물어보는 거니까 발뺌할 생각을 하지 마."

유 대리는 난처한 표정으로 바닥만 쳐다보고 있었다.

"아까 다 들었다고."

"저 과장님, 사실 그건 제가 한 것이 아니에요."

"그게 무슨 말이야?"

"그거, 제가 한 거 아니라고요."

"뭐?"

"말하자면 길어요."

"너 말고 누가했단 말이야?" 그녀는 조금 뜸을 들이다 입을 뗐다.

"저한테 메일이 왔어요. 그런데 누가 보냈는지는 모르겠어요."

"어떤 메일인데?"

"과장님께서 한번 보세요."

유 대리는 건이의 방으로 노트북을 가져왔다. 유 대리 말처럼 발신 주소가 적혀있지 않은 메일이었다.

"유 대리, 내가 이 메일 추적해 볼 테니까 가서 일봐. 매크로 조금만 돌려보면 금방 나올 것 같은데."

"네? 알겠습니다."

발신번호를 남기지 않은 메일은 쉽게 추적할 수 있었다. 메일이 타고 온 경로를 추적하면 그만이었다. 그렇게 매크로를 돌리고 1시간이 지나니, 발신자로 추정되는 이메일 주소 두 개가 떴다.

iwtlm@naver.com

rjsdlfkdwlsl@naver.com

'뭐지? 네이버 아이디?'

네이버는 원래 전문 불법 메일을 보내는 업자들이 많이 쓰지 않는 사이트이다. 지식의 수준도 얕고, 많은 정보를 입수하지 못하기 때문이다.

"iwtlm? 회사원들이 쓰는 아이디는 아니던데. 뭐지? rjsdlfkdwlsl? 이 아이디도 마찬가지고. 도대체 뭘까?"

계속 고민해보아도 딱히 그의 머릿속에 떠오르는 건 없었다. 왜 하필 그의 회사에 이런 허위 글을 지속적으로 유포하고 있는 것일까? 무엇을 목적으로?

#36
"여, 민석아!"

"그래, 건이야! 오랜만이다."

건이는 오랜만에 민석이를 만났다. 민석이는 예나 지금이나 밝은 모습은 변하지 않았다.

"민석아, 너도 이번에 부장으로 올랐지?"

"당연하지. 이 형님이 한 실력 하잖아."

"그래, 잘됐다."

"야, 이 자식아. 왜 이렇게 힘이 없냐?"

민석이가 걱정하며 말했다.

"저기… 김민석."

"왜?"

"혹시, 너희 회사에도 허위 유포 메일 같은 거 많이 오냐?"

"크크큭, 당연하지 임마."

"뭐?"

"그런 것 때문에 걱정하고 있었어?"

"응, 한번 오면 그냥 무시하려고 했는데 정도가 너무 심해. 이 메일들 때문에 사내 분위기도 안 좋아지고 있어. 그것 때문에 해고된 사람들도 많고."

민석이가 잠시 뜸을 들이다 말했다.

"그 사람들 일 잘 못하지?"

"… 그걸 어떻게?"

"뭐, 우리 쪽도 나름."

건이는 당연한 듯이 말하는 민석이의 말에 놀랐다.

"설마 너희 회사도 그래? 근데 민석아, 너는 의심을 안 해봤어?"

"무슨 의심?"

"어떻게 알고 있는 걸까? 누가 무능력한지."

"그러게."

"회사 내부 사람들이면 몰라도. 이해가 안 가. 어떻게 회사 내부 사정을 잘 알고 있는 건지."

"에휴, 야 김건이, 정신 차려! 네 일 챙기기도 바쁜데 남 사정 생각하지 마."

"내가 다니는 회사야. 민석아. 이건 심각한 문제야."

건이는 민석이의 표정이 굳어진 것을 느꼈다. 민석이는 항상 이런 식이었다. 자신의 마음에 안 들면 싫은 내색을 보였다.

"김건이, 인공지능 프로젝트, 그거 조사는 어떻게 되가?"

"아직 아이디를 못 찾았어. 마지막 단계까지 프로세싱이 안 돼."

"포기는 안 할 거지?"

"여기서 막힌다고 포기했으면 진작에 안 했어, 임마. 지니랑 정우 일이야. 나한테 어떤 의미인지 너도 잘 알잖아."

"응. 그렇지."

그렇게 테이블 위에는 소주가 한 병, 두 병씩 쌓이고 민석이와 건이는 거의 필름이 끊겨있었다.

"크크 ㅋㅡㅋ 건이야아."

"왜애애애, 형님."

"아이디에 그거 넣어봐. 미친 소리 같지?"

"무슨 말하는 데에에?"

순간 스쳐가듯이 그의 머릿속에 떠오른 생각 하나.

#37

건이는 집으로 뛰어갔다.

'만약 그게 인공지능이라면? 아닐 거야. 아무리 발달되었다고 해보았자, 사사로운 인간의 감정을 가지고 우리들의 집단에 침입하는 것은 불가능해.'

그는 신발도 벗지 않고 컴퓨터 앞으로 가 인공지능 보안망을 켰다. 그리고 아이디 창에 iwtlm를 치고 접속했다. 세션이 종료되었다는 말이 뜨지 않았다.

'설마?'

그렇게 iwtlm라는 아이디는 여러 보안망을 뚫고 계속 접속해 나갔다. 마지막 세션, 그것도 접속. 그리고 뜨는 창.

"로딩 하는데 30분 정도 소요됩니다. 반갑습니다, 관리자님."

건이는 벌벌 떨고 있었다.

'인공지능이 사내 분열을 일으키다니. 게다가 어떻게? 무엇을 통해 감시한 거지? 왜 회사 곳곳에 설치된 Gunicam이 생각나지? 24시간 작동하는 감시카메라. 가만, 이런 생각을 하고 있으면 안 되지. 30분 뒤의 나는 과연 무엇을 해야 하지?'

인공지능 관리자에 접속할 수 있는 시간도 그리 길지 않았다. 사이버 수사망에 걸려버리면 경찰이 출동한다.

이런 상황에서도 건이는 갑자기 지니 생각이 났다. 죽어도 그의 옆에 있을 거라는 지니의 말. 그 말이 계속 맴돌았다.

'인공지능은 뇌와 연결 되어 작동하고 있다면? 그리고 만약 그 뇌가 지니의 뇌라면? 지니는 도대체 무엇을 하고 있는 걸까? 24시간 세상을 감시하고, 네트워크에 침투해 사회를 조절하고 있는 건가.'

여러 생각이 건이의 머릿속을 채웠다. 그는 한 번도 이런 사례를 본 적이 없었다. 인위적으로 사람들의 컴퓨터에 바이러스를 유포하는 프로그램은 본 적이 있어도. 마치 사사로운 감정을 가지고 있는 것처럼. 머리가 핑 돌았다. 인간의 감정을 가지는 인공지능 따위는 생각해 본 적 없다. 벌써 사회의 80%나 침투해 있다. 어쩌면 이제 이 세상을 쥐고 흔드는 건 인공지능일 수도 있다. 대중매체들까지 인공지능이 점령해 버린다면? 그때는 어떻게 할 것인가. 그 와중에 로딩은 거의 다 되어 있었다.

"지금 접속합니다. iwtlm 님, 오늘 하루는 어떠하셨는지요?"

음성인식 버튼 표시가 떴다.

"아, 난 괜찮았어."

받아들여지는 건이의 목소리.

"iwtlm 님, 무엇을 알고 싶으십니까?"

건이의 목소리는 많이 떨리고 있었다. 그는 언젠가 이것을 물어보아야 한다고 생각했다. 언젠가는. 꼭 대답을 듣고 싶었기 때문이었다.

"그때 왜 그랬어?"

"하, 참. 인공지능을 지니라고 생각하는 나도 참 어이없다."

"그때가 언제인 지 정확히 말해 주십시오."

"내가 죽으려고 했던 날."

갑자기 렉이 걸렸다.

"세션이 종료됩니다. 바이러스 감염의 위험이 있습니다."

"회피하지 마!"

"세션이 종료됩니다. 바이러스 감염의 위험이 있습니다."

그는 분노와 아쉬움으로 섞인 채 세션에서 나가게 되었다.

비밀의 중심으로

조 건 희

#38

일주일이 흘렀다. 지난 일주일 동안, 지난날의 기억이 건이를 짓눌렀다. 지니가 그의 옆에서 죽어가던, 그는 아무것도 못 해주던 그날. 건이는 자신과 얘기하던 그것과 지니에 대한 생각으로 고통스러워했다. 그와 얘기하던 그것은 무엇이었을까. 한 가지 확실한 것은, 그것이 지니의 죽음을 알고 있었다는 사실이다.

'그걸 다시 찾아내야 해.'

컴퓨터를 켜고 지난번과 같은 방법으로 접속을 시도해보았다. 역시 예상했던 대로 보안이 더욱 강해졌다.

"하, 지니야. 난 이제부터 어떻게 해야 하니."

지니가 마지막으로 남긴 말이 생각났다.

'Solgenta부터 시작해봐.'

모든 단서들이 한 곳을 가리키고 있었다. Solgenta. 그곳에 대한 정보가 더 필요하다. 하지만 정보를 어떻게 얻을지는 막막했다. '2061 Gunion Project'는 극비이기 때문에, 어떤 정보라도 흘러나가지 않게 직원들의 입단속을 확실히 해놨을 것이다. 건이가 지금까지 모은 Solgenta의 정보라고 해봤자 민석에게 들은 것이 전부다.

"잠깐, 민석이가 다니는 Guni 기업에서 왜 Solgenta의 소문이 떠도는 거지? Guni 기업과 Solgenta가 무슨 연관이 있어서?"

곧바로 민석에게 전화를 걸었다. 신호음이 가다가 끊겼다. 전화를 거절한 것 같았다. 몇 분 후, 다시 전화가 왔다.

"여보세요?"

"왜 전화했어, 김건이? 무슨 일 있어?"

민석이 걱정에 찬 목소리로 물어본다. 최근 건이가 민석에게 연락한 이유가 지니의 죽음과 Solgenta 때문이니 걱정을 할 만하다.

"아, 다름이 아니라 Solgenta 때문에. 혹시 너희 기업이랑 Solgenta랑 무슨 연관이 있는지 알려줄 수 있냐?"

"어…."

평소의 민석이답지 않게 대답이 나오는 속도가 느리다.

"사실, Solgenta에서 우리 회사에 Gunicam이랑 Gunibot을 설치했어. 그래서 Solgenta에 관한 걸 찾기가 어려울 거 같다."

"그게 무슨 소리야?"

Gunibot은 길거리를 청소하고 개개인의 집에서 도움을 주는 로봇에 불과했고 Gunicam은 단순히 Gunicom의 감시카메라 정도로만 건이는 생각하고 있었다. 그리고 그 둘의 설치는 의무사항이 아니었다.

"나도 잘 모르겠어. 그런데 소문에 의하면 우리 회사 말고도 다른 여러 회사에도 Solgenta가 Gunicam이랑 Gunibot을 설치했다고 하더라고."

어떤 목적에서인지는 몰라도, 건이는 Solgenta가 점점 우리 사회에서 차지하고 있는 비중을 늘리기 시작했다는 것만은 확신할 수 있었다.

"민석아, 내가 진짜 미안한데 이번 부탁까지만 들어주면 안 되겠냐."

"건이야, 지니 죽고 나서 넌 이미 매우 힘들었고, 지니의 죽음을 밝히기 위해 많이 노력했어. 지니도 그거 알 거야. 이제 그만하자, 제발. 친구로서 보기 안쓰럽다."

"나, 지니 죽음 밝힐 때까지 이번 일 못 멈춰. 내 성격 알잖아. 한번 정하면 끝까지 밀어붙이는 거."

민석이가 머뭇거리더니 이내 인정하듯이 말하였다.

"하, 알았다. 그런데 최대한 눈 피하면서 찾는 거라서 시간 꽤 걸릴 것 같은데 괜찮겠냐?"

"정보를 얻을 수만 있다면 상관없어. 도와줘서 진짜 고맙다. 나중에 술이라도 한 잔 하자."

#39

십 년 전, 정부가 네트워크를 소개했다. 그들이 만들고 관리한다는 네트워크였다. 네트워크의 사용이 본격화된다는 발표 이후, 얼마 지나지 않아 사회는 중앙 네트워크를 중심으로 돌아가기 시작했다. 그러나 그것으로 끝이 아니었다. 몇 년 후, 범죄율을 감소시키겠다는 명목 하에 정부는 Gunicam을 도입했고, 몇 년 후 환경미화 겸 가사도우미의 역할을 할 수 있는 Gunibot까지 우리 생활에 침투시켰다. 사람들은 처음에 정부의 말을 불신했고, 생활이 감시당한다는 불안감에 거부하였지만, 이내 그들의 편리함을 깨닫고 받아들이기 시작했다. 현재 각 가정집에는 평균 한 대 정도의 Gunibot이 구비되어 있으며 모든 거리에는 Gunicam이 돌아다니며 순찰을 하고 있다. 하지만 그들의 설치는 강제사항이 아니었으며, 정부의 말을 전부 신뢰하지 못하는 몇몇 기업 같은 경우에는 Gunicam과 Gunibot을 도입하고 있지 않았다.

그런데 Solgenta가 그 기업들에 Gunicam과 Gunibot을 설치하고 있다고? 대체 정부와 Solgenta가 어떤 관련이 있는 거지? Gunicam과 Gunibot을 설치해서 어떤 이익을 취하려고?

건이는 새로운 사실에 머리가 복잡했다. 바람을 쐬며 머리를 식힐 요량으로 밖으로 걸음을 옮겼다. 곳곳에 Gunibot과 Gunicam이 보였다. 그 기계들만 보면 지니가 생각났다. 그녀가 죽은 이유가 저들 때문인 것 같으면서도, 그 칩 속에 그녀의 일부가 들어있을 것만 같아서. 기계들을 향하던 그의 시선을 돌렸다. 쫓으면 쫓을수록 의문만 증폭되고 있었다. 흐릿한 진실들. 계속 보고 있다 보면 머리가 터질 것 같아서 혼자 있을 만한 곳을 찾아보았다. 인적 드문 골목길 몇 개를 둘러보았지만 Gunibot과 Gunicam이 없는 곳은 단 한 곳도 없었다. 하는 수 없이 집에 돌아가 술을 마시기로 했다. 술을 사기 위해 들어간 편의점에도 역시 Gunibot과 Gunicam이 있었다. 지긋지긋하다. 소주 3병을 들고 계산대에 가 계산을 했다.

"4,500원입니다."

딱딱 떨어지는 기계음이 들렸다. 온기라고는 일절 담기지 않은 기계음이었는데도, 순간 건이의 귀에는 지니의 따뜻한 목소리로 들렸다. 울컥해져서 눈물이 나오는 것을 참고 계산을 했다.

"거스름돈 500원입니다."

편의점을 도망치듯 뛰쳐나왔다. 혼란스러운 감정에 집에 가 기억이 끊길 때까지 술을 마셨다. 일어나 보니 어느새 해가 붉게 저물고 있었다. 벌써 시간이 이렇게 됐나. 정신을 차리고 보니 지니와 함께 찍은 사진을 끌어안은 채였다. 사진 위에 채 마르지 않은 눈물 자국이 선연하다.

"지니야…" 눈물이 또 나기 시작했다. 우울이 일상의 한 부분이 된 지 오늘로 NN일째.

#40

며칠이 지났는데도 민석에게 연락이 없었다. 너무 답답해서 연락을 해보았다.

"여보세요?"

"민석아, 나 건이인데 내가 전에 부탁한 거 혹시 조사해봤어?"

"부탁한 거?"

민석이 아무것도 모르겠다는 목소리로 건이에게 물어봤다.

"며칠 전에 Solgenta에 대해 조사해달라고 부탁했잖아."

"그랬니? 내가 요즘 정신이 없어서 그런지 기억이 안 난다. 미안하다. 빨리해 줄게."

"그럼 부탁할게." 원래 민석이가 이런 성격이 아니지만 바쁜 회사 일 때문에 잊을 수도 있다고 생각했다. 하지만 이와 같은 일이 그 후 수차례 반복되었다.

"여보세요?"

"민석아, 내가 계속 부탁했던 거는?"

이제 인내심의 한계다. 건이는 오늘도 잊었다면 제대로 따져볼 생각으로 말을 했다.

"부탁했던 거? 나한테 뭘 부탁했었나? 그것보다 왜 이렇게 목소리에 짜증이 가득 차 있어?"

오늘도 민석은 아무것도 모르겠다는 목소리로 건이 질문에 답했다.

"지금 내가 짜증 안 나게 생겼어? 입장 바꿔 생각해 봐. 지금 내가 몇 번째 같은 부탁을 하는 건지 네가 더 잘 알잖아. 싫으면 싫다고 얘기를 해. 자꾸 까먹었다고 하지 말고. 그게 나를 배려하는 거야."

"혹시 네가 나한테 부탁을 했다면 잊어버렸다는 점 미안해. 그런데 나도 어쩔 수가 없어. 회사에서 분홍색 비슷한 색의 연기 같은 걸 뿌린 후부터 자꾸 뭘 까먹게 돼. 회사 일은 안 잊어버리고 잘 챙기는데 이상하지 않냐?"

분홍색 연기? 순간 건이는 그가 전에 다니던 Gunicom에서 있었던 일이 생각났다. 매일 아침 소독약이라고 뿌리던 분홍색 약. 그 역시 약을 맞을 때마다 정신이 몽롱해지고 건망증이 심해졌었다.

"민석아, 혹시 그 연기 마실 때마다 정신이 몽롱해지지 않았어?"

"어, 맞아. 그런데 네가 그걸 어떻게 알아?"

건이는 거의 확신했다. 그와 민석이 맞았던 약은 기억 일부를 지우는 것이었다. 그런데 어떻게 그가 부탁한 기억만 삭제할 수 있는 것인지 도무지 알 수 없었다.

"민석아, 지금 내가 하는 말 똑바로 들어. 아마 네가 마신 연기는 기억의 일부를 지우는 연기였을 거야."

"그게 무슨 소리야? 소독약이라고 매일 뿌리는 건데. 업무 수행할 때는 아무런 이상 없었어."

민석이 이해할 수 없다는 목소리로 얘기했다. 아무렴 그럴 것이다. 건이도 그렇게 믿고 계속 맞았으니까.

"내가 전에 Gunicom에서 일했을 때 소독약이라고 하는 분홍색 약을 매일 뿌려서 맞았거든. 그때 나도 정신이 몽롱해졌어. 기억이 사라진 적이 있는지 없는지 확실하지는 않지만, 아마 그런 역할을 하는 것 같아."

"…."

스피커 너머로 들려오는 것은 오직 숨소리뿐이다. 아무래도 충격이 큰 것 같았다. 몇 년 동안 헌신적으로 다녔던 회사에서 아무런 얘기도 없이 그런 약을 뿌렸으니 이런 반응이 나올 만도 했다.

"기억이 사라지기 전에 지금 가서 Solgenta에 대해 조사해줘. 부탁할게."

"… 알았어. 조금만 기다려."

그렇게 전화를 마쳤다. 민석에게 차분한 척 말은 했지만, 건이에게도 그 사실은 적잖은 충격을 안겨주었다. 왜 그런 약을 사람들에게 뿌리는 것일까. 혹시 이 일에도 Solgenta가 연관이 되어 있다면. Solgenta가 이 일로 무슨 이익을 취하려고 하는 것일까. 의심과 질문이 건이의 머릿속을 떠나지 않았다. 뫼비우스의 띠를 끊은 것은 민석의 전화였다.

"여보세요?"

"네가 부탁한 거 찾아봤어. 최대한 조사해봤는데 보안이 너무 강력해서 많이는 못 찾았다. 조사한 거라도 알려줄게. 일단, 웬만한 병원은 Solgenta가 지원하고 있어."

그건 건이도 예상했던 사실이었다. 지니가 죽기 전까지 Solgenta를 큰 제약회사로만 알고 있었으니 병원에 지원해준다는 것은 이상한 일이 아니었다.

"그리고 이건 나도 놀랐는데… Solgenta가 정부와 같이 중앙 네트워크를 관리하고 있더라고." 건이는 순간 멍해졌다. 충격이 가시지도 않은 채 민석에게 물어보았다.

"그 프로그램, 정부에서 만들고 관리한다고 했잖아. 그런데 왜 그걸 Solgenta가 같이 하고 있어?"

"공식 문서에는 후원 기업이라고 적혀 있는데, 너도 잘 알잖아.

Solgenta가 어떤 회사인지."

충분히 알고 있었다. Solgenta가 꽤 큰 회사다 보니 Solgenta가 공
개한 정보는 아마 모르는 사람이 없을 것이다. 그들이 공개한 정보
만 봐도 Solgenta가 기본적으로 어떤 회사인지 쉽게 파악할 수 있
다. 순전히 이익만을 추구하는 곳. 이익이 되지 않는 일은 거들떠보
지도 않는.

"모르는 게 이상하지. 그런데 내 말은 도대체 뭘 얻으려고 정부랑
같이 일을 하느냐는 말이지."

"답은 나오지 않았냐?" 순간 소름이 돋았다.

"설마… 아니지? 아무리 중앙 네트워크를 중심으로 돌아간다고는
하지만 우리 개인정보는 안 넘어가잖아?"

"정부에서는 안 넘어간다고 한 적 없어. 정확히는, 넘어간다고 얘
기한 적도 없긴 하지. 다만 우리가 편리함에 속아 그 사실을 망각하
고 있었을 뿐이지." 건이는 누군가가 머리를 한 대 때린 듯한 느낌
을 받았다. 너무 당황하여 1분 정도 말이 나오지도 않았다.

"여보세요? 건이야?"

"어, 어. 그럼 어떤 정보가 넘어가고 있는 거지?"

"그야 나도 모르지. 더 이상은 우리 회사 자료에도 안 나와 있어.
그리고 미안한데, 지금 팀장님께서 부르셔서 가봐야 할 것 같아. 내
가 말한 게 조금이라도 도움이 되었으면 좋겠다."

"자, 잠시만."

"네. 지금 서류 챙기고 가겠습니다. 야, 나 진짜 가봐야겠다. 나중

에 또 연락하자." 그렇게 민석과의 마지막 전화가 끊어졌다.

#41

건이는 Solgenta에 대해서 민석에게 듣고 난 후, 중앙 네트워크의
비밀을 일단 알아야 한다는 생각을 하였다. 어떤 정보가 넘어가고
있는 것인지, 어떤 방식으로 개인 정보가 유출되고 있는지. 지니의
죽음을 밝히는 것도 그에겐 중요했지만 이 일에 대해 다른 사람도
알아야 한다는 생각이 솟아나기 시작했다.

"아침 식사 준비해드리겠습니다."

Gunibot의 딱딱한 음성이 집안에 울렸다. 우선 저 기계부터 없애
야 한다고 생각했다. 곧장 집에 있는 망치를 찾아들고 Gunibot에게
로 향했다.

"무슨 일이십니까, 주인님?"

"진짜야? 정말 Solgenta에서 온 거야?"

"대답 범위를 벗어납니다. 다른 질문을 해주십시오."

당연한 일이었지만, 답변이 나올 리 없었다. Gunibot을 부수기 위
해 망치를 들어 올렸다. 순간 지니의 얼굴이 Gunibot에 겹쳐 보였지
만, 무시해야만 했다. Gunibot을 없애는 것이 건이에게 주어진 상황
을 유리하게 만들 것이다.

"안 돼."

지니의 목소리. 환청을 들은 듯했다. 집에는 그와 Gunibot밖에 없
는데 지니의 목소리가 들려왔다. 지니에 대한 그리움 때문인 걸까.

다시 마음을 굳게 먹고 망치를 들어 올렸다.

"안 돼."

분명히 지니의 목소리였다. 하지만 어떻게. 답을 알 수가 없었다.

'혹시…. 아니겠지.'

"안 돼." 똑똑히 들었다. Gunibot에서 나오는 지니의 목소리를. 그것도 지니가 그를 말릴 때 내뱉는, 그녀 특유의 목소리였다.

"지니야?" 망치를 내려놓고 Gunibot을 붙잡았다.

"네가 왜 지니 목소리를 내는 거야. 왜? 도대체 왜?"

"대답 범위를 벗어납니다. 다른 질문을 해주십시오."

다시 Gunibot의 음성이 울려 퍼진다. 눈물이 떨어지기 시작했다. Solgenta와 관련된 것을 없애려고만 하면 이렇게 지니가 그의 앞에 나타난다. 부수지 못하게 하려는 듯.

계획을 변경했다. Gunibot을 부수는 대신, Gunibot을 시작으로 Solgenta와 정부를 파헤칠 것이다. Solgenta가 Gunibot을 설치하기 시작하였다면 Gunibot이 Solgenta와 정부의 산물일 가능성이 매우 컸다. 민석이 한 말을 생각해보면 Gunibot과 중앙 네트워크 사이에는 분명 연결점이 있을 것이다. 그리고 그것을 타고 중앙 네트워크에 들어가 모든 것을 알아낼 것이다.

#42

건이는 Gunibot을 분해하기 시작했다. Gunibot의 내부 구조는 비교적 간단했다. 그래서 손쉽게 Gunibot의 시스템과 그의 노트북을 연결하였다.

정부의 중앙 네트워크에 침투하는 것이어서 그런지 접근 자체가 어려웠지만, 시간을 투자한다면 뚫지 못할 정도는 아니었다.

"간만에 실력 발휘를 해야 하나."

그가 Gunicom에 다닐 때 속해 있던 팀에서 개발한 해킹 프로그램이 있었다. 그렇게 강력한 프로그램은 아니었으나 웬만한 것들은 이 프로그램으로 뚫렸다. 상대가 중앙 네트워크여서 불안했으나 딱히 방법이 없어 일단 프로그램을 실행하였다. 해킹 완료 예상 시간이 1시간 30분에서 2시간 정도로 떴다. 뭔가 느낌이 이상했다. 복잡한 프로그램 같은 경우 해킹을 하는데 이 프로그램으로 기본 4시간은 돌려야 완료가 된다. 그런데 정부의 중앙 네트워크를 뚫는데 3시간도 안 걸린다니. 그의 생각이 복잡해지려던 찰나 노트북 모니터에 무엇인가 떴다.

현재의 시스템으로는 해킹할 수 없는 프로그램입니다. 버전을 업그레이드하여 주십시오.

"그럼 그렇지." 그가 당연한 듯 말했다.

"이 프로그램으로 2시간 안에 뚫는다는 것 자체가 말이 안 돼지."

2시간 후, 노트북 모니터에 문구가 나타났다.

환영합니다.

문구가 사라지고 화면의 색이 바뀌더니 이후 수많은 폴더가 나타났다. 폴더 이름을 자세히 보니 사람 이름인 것 같았다. 아무거나 클릭하여 들어가 보니 그 폴더 이름의 주인처럼 보이는 사람의 사진으로 이루어져 있었고 끝자락에 용량이 큰 엑셀 파일이 하나 있었다. 평범한 양의 데이터로는 나올 수 없는 엄청나게 큰 용량이었다. 하지만 막상 그가 엑셀 파일을 열어보니 짧은 다섯 줄 정도의 기본적인 데이터와 "더 열람하시겠습니까?"라는 문구뿐이었다.

"이 파일은 대체 무슨 용도지?"

엑셀 파일에는 다음과 같은 데이터가 적혀 있었다.

이름 김상배

성별 남

나이 만 27세

장소 더블유 종합 병원

일시 2059년 1월 31일

이게 무슨 정보인지 그는 하나도 감이 잡히지 않았다. 다른 폴더로 넘어가 엑셀 파일을 열어보았지만 같은 내용만 적혀 있을 뿐, 새로운 것이라고는 찾을 수 없었다. 이름도, 나이도, 장소와 또한 일시까지. 공통점이라고는 눈을 씻고 찾아봐도 없었다. 그러던 중 어떤 생각 하나가 그의 머릿속을 스쳐 지나갔다.

"내 이름의 폴더를 보면 되겠네. 어떤 병원을 갔는지만 알아도 무슨 일이 있었는지 범위는 좁혀지겠지."

켜져 있는 엑셀 파일을 닫고 바로 그의 이름과 성별, 나이를 입력하고 검색하였다.

"검색 중입니다… 일치하는 항목이 없습니다."

이건 또 무슨 상황인가. 오류일 것으로 생각하고 몇 번이고 그의 정보를 검색창에 다시 쳐보았다. 결과는 똑같았다. 결국 검색 대상을 바꾸었다. 검색창에 민석의 이름과 성별 그리고 나이를 입력하였다.

"검색 중입니다… 일치하는 항목이 5개 있습니다."

검색된 폴더를 하나씩 열어보기 시작하였다. 4번째 폴더를 여니 민석의 사진이 쏟아져 나왔다. 민석이가 통화하는 모습, 일하고 있는 모습, 먹는 모습 심지어 자는 모습까지 찍혀 있었다. 이런 것을 왜 찍는지, 어떤 용도에 쓰려고 그러는지 궁금증이 폭발할 것 같았지만, 그는 꾹 참고 엑셀 파일을 열었다.

이름 김민석.
성별 남.
나이 만 28세.
장소 The Sky 종합 병원.

일시 2059년 10월 31일.

The Sky 종합병원이라면 민석이가 정기적으로 건강검진을 받던 곳이다. 건이는 별 탈 없이 지내고 있다는 이유만으로 건강검진을 받고 있지 않았다. 그러던 중 그에게 계속 건강검진을 강요하던 Gunicom의 직장 상사가 떠올랐다. 혹시 병원에서 무슨 일을 한 것인가? Gunion 프로젝트는 성공되었다고 하였고, Solgenta가 병원을 지원하고 있다는 점을 고려하면 불가능한 일은 아니었다. 그래도 그는 확신을 갖기 위해 지니의 이름이 적혀져 있는 폴더를 찾아 엑셀 파일을 열어보았다.

이름 정지니
나이 만 28세
성별 여
장소 Sonia 건강검진 센터
일시 초기 대상자

일시 대신 적혀 있는 초기 대상자라는 말이 건이를 또 울컥하게 하였다. 이제 확실해졌다. Solgenta는 건강검진을 하는 병원을 통해 사람들의 뇌와 중앙 네트워크를 연결하는 작업을 하고 있었다. 그리고 아직 확인하지는 않았지만, 개개인의 정보를 "더 열람하시겠습니까?"라는 문구를 통하여 연결된 곳에 저장하고 있는 것 같았다.

지니의 엑셀 파일에도 쓰여 있는 "더 열람하시겠습니까?" 문구. 그는 한 치의 망설임도 없이 바로 문구를 눌렀다. 실시간 건강 상태, 칩의 상태, 현재 위치, 현재 상황 등의 여러 항목이 나타나고 금방 사라졌다. 그리고 그는 노트북 모니터에 뜬 문구를 보고 당황하여 아무 생각이 들지 않았다.

"IP 주소의 일치 여부를 확인하고 있습니다."

예상치도 못한 변수였다.

"IP 주소가 일치하지 않습니다. 위치 추적을 시작합니다."

'어쩐지 일이 잘 풀려나간다 했다.'

그의 해킹 프로그램이 뚫지 못한다는 프로그램이 바로 이것이었다. 도망치려는 생각도 하였지만 지금 그가 있는 장소에는 수많은 Gunibot과 Gunicam이 있어 도망은 불가능 할 것이라는 생각을 금방 할 수 있었다. 만약 도망친다 하더라도 인근 경찰이 오기까지 걸리는 시간은 5분에서 10분. 금방 잡힐 게 뻔한 시간이다. 결국 자리를 떠나지 않고 그의 운명을 기다리기로 하였다. 곧 경찰들이 들이닥쳤고, 그는 그대로 경찰서에 끌려갔다.

"당신은 묵비권을 행사할 수 있으며, 당신이 한 발언은 법정에서 불리하게 사용될 수 있습니다. 당신은 변호인을 선임할 수 있으며,

질문을 받을 때 변호인에게 대신 발언하게 할 수 있습니다. 만약 변호사를 쓸 돈이 없다면, 국선변호인이 선임될 것입니다."

그는 그가 미란다 원칙을 들을 것이라 생각지도 못했다. 경찰서에 끌려가고 경찰관이 그에게 하는 첫마디가 이러했다.

"왜 그러셨어요? 이렇게 살기 좋은 세상에서 정부를 왜 건드리세요?"

살기 좋은 세상이라니. 지니를 잃고 그가 얼마나 절망적인 시간을 보냈는지 말로 표현할 수 없을 정도였다. 그가 아무 말이 없자 경찰관이 말을 꺼내었다.

"어쨌든 잘못을 저지른 건 사실이니까 처벌은 받아야죠. 정부를 건드린 만큼 꽤 무거울 겁니다. 더군다나 중앙 네트워크라니 이거 원…. 제가 다 안쓰럽네요."

그는 어떤 처벌을 받든 딱히 상관없었다. 지니의 죽음을 밝히는 것이 옳은 일이라고 생각하기에 아무런 죄책감 따위 들지 않았다. 며칠 동안 경찰서에서 지내다 한 가지 소식이 전해졌다.

"김건이 씨. 재산의 90% 몰수입니다. 운이 좋으시네요. 무기징역도 부족하지 않아 보였는데."

그는 재산 90% 몰수라는 말을 듣고도 아무런 생각이 들지 않았다. 그에게는 지니의 죽음을 밝히는 일뿐만이 머릿속에 들어있었다.

"이른 시일 내에 국가가 회수할 것입니다. 이제 나가셔도 됩니다."

경찰이 문을 열어주었다. 재산 몰수라… 그는 이제부터 뭘 해야 하는지 생각해보았다.

#43

돈이 없으니 집부터 빼야겠다는 생각이 들었다. 그는 터벅터벅 집으로 가 짐을 싸기 시작하였다. 막상 떠나려고 하니 지니와의 추억이 발목을 붙잡았다. 그래도 그는 떠나야 했다. 지니와의 추억이 쌓인 물건을 정리하고 나오니 갈 곳이 없었다. 그 와중에 민석이가 생각났다.

'왜 내가 가장 미안해하는 사람이 제일 먼저 떠오르냐…'

민석이 말고 다른 친구들을 떠올려봤지만 역시 민석이가 그에게 가장 편했다. 다시 신세를 져야 한다는 사실에 죄책감이 들었지만, 민석에게 전화를 해봤다.

"여보세요?"

민석의 목소리가 아닌 어떤 여자의 목소리였다. 어디선가 한 번 들어본 목소리인 것도 같았지만, 기억이 잘 나지 않았다.

"혹시 김민석 씨 핸드폰 아닌가요?"

"맞는데 왜 그러시죠?"

"혹시 지은 씨예요?"

그는 그녀를 전에 몇 번 본 적이 있었다. 평생 여자라는 존재와 엮이지 않을 것만 같았던 민석이가 자신의 여자 친구라며 소개해준 사람이었다. 많은 교류는 없었지만 짧은 시간의 만남을 통해서라도 그녀가 매우 착하고 다른 사람을 배려한다는 것을 느낄 수 있었다. 그리고 무엇보다도 민석이를 많이 사랑하고 있다는 것이 건이의 몸으로 전해졌다.

"네. 누구신데 저랑 오빠를 알고 계세요?"

"아, 소개가 늦었네요. 김건이라고 합니다. 전에 몇 번 저랑 만나신 적 있으시죠?"

"네. 기억나요. 그래서 용건이 무엇이죠?"

아무리 남이라 해도 민석이의 친구라는 이유만으로도 친절을 아낌없이 베풀었던 그녀였다. 그런데 이런 말투는 그녀답지 않았다.

"지은 씨, 혹시 민석이에게 무슨 일이 있나요? 목소리가 안 좋아 보여요."

"하, 지금 당장에라도 통화를 끊고 싶은 거 참고 있으니까 쓸데없는 말씀하지 마시고 용건만 말씀해 주시겠어요?"

이 말을 듣고 그도 짜증이 났다. 아무리 자신의 남자친구의 친구라고 하지만 명백한 남이었다. 그런데 아무런 이유도 가르쳐주지 않고 통화를 끊어버리고 싶다니.

"죄송한데요. 지은 씨가 아니라 민석이에게 용건이 있어서 전화를 걸었어요. 혹시 민석이 바꿔주실 수 있으세요?"

"지금 누구 때문에 우리 오빠가 이런 처지에 있는지 아시고 하시는 말씀이세요? 저 같았으면 양심에 찔려서라도 연락 안 했을 거예요."

그녀가 울먹거리는 투로 소리를 질렀다.

"죄송한데 진짜 무슨 말씀하시는지 하나도 이해가 가지 않아요. 화만 내시지 마시고 설명 좀 해주실 수 있으세요?"

"민석 오빠가 얘기 안 했어요? 저희 오빠 Solgenta에 대한 정보 알려주고 회사에서 쫓겨났어요. 그리고 지금 저희 오빠 잡으려고 난리예요." 누가 그의 뒤통수를 때린 듯하였다.

'민석이가 나 때문에 쫓기고 있다고? 내 친구를 내가 궁지로 몬 거야?' 건이는 아무 말도 하지 못 했다.

"그런데 말이에요. 민석이 오빠가 저한테 마지막으로 한 말이 뭔지 아세요? 자기가 이렇게 회사에서 해고당하고, 다른 사람들한테 쫓기고 있어도 건이 오빠는 용서하겠대요. 사랑하는 사람 잃는다는 것이 얼마나 큰 상처인지 모르겠지만, 자신이 같은 상황에 부닥쳐있다면 어디라도 매달릴 거라고 하면서 이해하고 용서하겠대요. 그런데 오빠, 저는 용서 못 하겠어요. 그러니까 다시 오빠나 저한테 연락하지 마세요. 이만 끊을게요."

#44

끊긴 통화음만이 건이의 귀에 울려 퍼졌다. 민석이가 자신 때문에 고초를 당하고 있다는 생각에 죄책감이 그를 눌렀다.

"차라리 나를 원망이라도 하지. 이 자식은 끝까지 날 위한다고 하냐. 나쁜 자식…."

시야가 흐려지고 뜨거운 것이 그의 손 위에 떨어진다. 지니와 정우가 떠난 뒤, 그가 유일하게 의지하던 친구가 그 자신 때문에 곤경에 처했다. 앞으로 어떻게 해야 할지 막막해졌다. 그는 길거리로 나가 아무 생각 없이 걸었다. 수많은 Gunibot이 길거리를 돌아다니며 순찰하고 있었고, Gunicam은 쉴 새 없이 각도를 다르게 하며 길거리를 찍고 있었다.

"저것들만 없었어도…"

그는 Gunibot에게 달려들어 주먹으로 치고 부수기 시작하였다. 길거리에 있는 Gunibot이 그를 말리고, Gunicam이 그를 찍기 시작하였다. 그러더니 5분 정도 지났을 때 출동한 경찰에 의해 끌려가게 되었다.

"공공기물 파괴. 벌금 10만 원입니다."

10만 원쯤이야 그의 분노에 비하면 아무것도 아니었다. 그의 마음 같아서는 모든 Gunibot과 Gunicam을 파괴하고 싶었다. 하지만 그 것이 모든 것을 해결할 수 없다는 것을 알고 있었다. 그는 편의점에 들러 소주를 샀다. 술이라도 마셔야 분노가 사그라들 것 같았기 때 문이었다. 술을 사고 인적이 드문 골목길에 앉아 소주병을 땄다. 그 는 거리가 허전해 보여 주위를 둘러봤다. 그 흔한 Gunibot이 보이지 않았다.

"여긴 Gunibot이 안 보이네. 정부가 허술한 면도 있단 말이야. 이 렇게 외진 곳에 설치를 안 하고. 뭐, 나야 좋지. 간만에 평화롭고 좋 네."

소주를 들이마셨다. 오늘따라 씁쓸하던 소주도 그에게 물처럼 느 껴진다. 비가 추적추적 내리기 시작한다.

"이런 날 비까지 오냐. 재수 지지리도 없다."

이슬비인 것 같았던 게 꽤 심하게 내린다.

"민석이… 아무 탈 없이 무사해야 할 텐데."

그렇게 또 다른 끔찍했던 하루가 끝나간다.

#45

밤새 누가 다녀간 모양이었다. 건이는 멍한 시선으로 제 몸 위에
덮인 담요를 바라보았다.

'나 같은 쓰레기도 챙겨주는 사람이 있구나.'

건이는 정신을 차리고 지금 그가 처해 있는 상황을 생각해보았다.
가장 시급한 문제는 살 곳을 찾는 것이었다. 바로 집을 구할 수는 없
는 노릇이어서 친구 집에 머무르는 것이 가장 나을 것 같다는 결론
을 내렸다. 민석이 다음으로 친한 친구인 준서가 떠올랐다.

준서는 건이의 고등학교 동창으로, 고등학교 졸업 이후에도 생각
날 때 연락하고, 가끔 만나 술 한잔 하는 사이이다. 평소에는 장난기
많고 호탕한 성격을 지니고 있지만, 고민을 들어줄 때는 꽤나 진지
하게 조언을 해주는 건이에게는 고마운 친구이다. 더군다나 어렸을
때 부모님을 잃어 건이와 서로 의지하면서 고등학교 시절을 보냈다.

건이는 요즘 지니 일 때문에 정신이 없어 연락을 못하고 있었다.
그런데 갑자기 이런 난처한 부탁을 하려니 미안한 마음이 앞섰다.
핸드폰에 준서 번호를 누르고 전화를 해봤다.

"여보세요?"

"야, 윤준서. 잘 지냈냐?"

"너 되게 오랜만이다. 요즘 연락 뜸하더니 내가 그리워지기라도
했냐?"

준서가 특유의 호탕한 웃음을 지으면서 말했다.

"그럴 일이 있었다. 나중에 때 되면 알려줄게. 그보다 미안한데 며칠만 너희 집에 머물 수 있을까?"

"우리집? 난 상관없어. 안 그래도 사람 없어서 허전했는데 잘 됐네."

"그럼 지금 너희 집으로 갈게."

"알았다. 이따 보자."

건이는 길거리에 아무렇게 놓여 있던 캐리어와 가방을 들고 골목길을 빠져나왔다. 세상은 아무 일도 없다는 듯이 평소처럼 활기차게 돌아가고 있었다. 그에게 소중한 사람 4명을 빼앗아 간 것에 대해 아무런 죄책감 없이. 건이에게는 그저 그곳을 빨리 빠져나가고 싶다는 생각뿐이었다. 택시를 타고 준서네 집으로 이동했다. 집 앞에는 준서가 밝은 얼굴로 서 있었다. 오랜만에 봤음에도 불구하고 하나도 변하지 않은 얼굴이다.

"잘 지냈냐? 너는 어떻게 변한 게 하나도 없냐."

"굳이 변화를 추구할 필요가 있나?"

하긴 그는 필요가 없다고 생각하면 실행을 하지 않는 타입의 사람이었다.

"그나저나 왜 이렇게 초췌해졌냐? 지니 씨가 잘 안 챙겨주서?"

준서가 장난기 가득한 목소리로 말했다. 지니의 이름을 들으니, 친구와 재회한 기쁨도 사라지고 슬픔과 외로움이 표면으로 떠올랐다. 준서 또한 건이의 표정을 보고 장난기를 거두었다.

"무슨 일 있구나."

"…."

"힘들면 얘기 안 해도 돼. 일단 들어가서 밥이나 한 끼 먹자. 애가 얼마나 고생을 많이 했으면 그 잘생긴 얼굴이 반쪽이 됐어."

준서가 건이를 이끌고 대문 안으로 들어갔다. 으리으리해 보이는 2층짜리 단독 주택이 그를 맞이하였다. 준서의 아버님은 한 회사의 사장이셨는데, 꽤 큰 단독 주택에서 살고 있었다. 부모님께서 돌아가시고 난 후 준서는 부모님과 함께한 집을 떠나기 싫다 해서 계속 이 집에 산다고 했다.

준서가 건이를 부엌으로 끌고 간 다음 식탁에 앉혔다. 그러고는 밥과 반찬을 그의 앞에 내밀었다.

"밥을 먹어야 힘이 나지. 한국인은 밥심으로 살아간다는 말도 몰라? 무슨 일이 있든 간에 힘이 있어야 그 일을 때려치우든 해결하든 뭘 하지."

건이는 밥 한 숟갈을 떠 입에 넣었다. 얼마 만에 먹는 따뜻한 밥인지. 지니 사건을 조사하는 동안 모든 일이 자신 때문에 일어난 것 같은 죄책감 때문에 끼니를 거의 챙기지 않았다. 역시 밥을 먹으면서도 그가 잃은 사람들이 눈앞에 아른거렸다. 혼자만 편안한 것 같아 미안했다. 밥이 잘 넘어가지 않아 세 숟갈 먹고 먹지 않았다.

"아, 좀 먹으라니까."

준서가 걱정되는 말투로 말하였다.

"더 먹으면 체할 것 같다. 마음은 고마운데 그만 먹을래."

건이는 자리에서 일어나 짐을 정리하러 갔다. 그런데 모든 집에 있는 Gunibot이 보이지 않는다.

"너희 집은 Gunibot 없냐?"

"왜, 필요해? 어떡하냐, 우리 집엔 없는데. 로봇이 하는 걸 딱히 좋아하지는 않아서. 나는 집안일 내가 다 하거든."

듣던 중 반가운 소리였다. 그 지긋지긋한 Gunibot을 보지 않아도 된다는 사실에 건이의 마음 한 구석이 편해졌다.

"딱히 필요하지는 않아. 없어서 좋네."

이 말을 듣고 준서가 의아해 하는 표정을 지었다. 준서가 질문을 던질 것 같아 건이가 먼저 준서에게 말을 걸었다.

"어느 방 쓰면 되냐?"

"아무 방이나 써. 부모님도 안 계시니까 널린 게 빈 방이야."

"그럼 저 끝 방 쓸게."

거실에 있는 캐리어를 끌고 복도 끝에 있는 방으로 갔다. 방문을 열고 들어가려고 하니까 준서가 건이를 불러 세웠다.

"짐 다 풀고 나와. 네 꼴을 보니까 어디 놀러 가기라도 해야겠다."

"난 괜찮아."

"잔말 말고 그냥 나와. 내가 안 괜찮아서 그래. 같이 살기까지 할 건데 네 꼴을 계속 보고 있으면 내 속이 터질 것 같아서 그렇다."

건이는 알았다는 말을 남기고 조용히 그가 묵을 방으로 들어갔다. 방을 둘러보니 준서가 고등학생 때 쓰던 방인 것 같았다. 한쪽 벽면에 걸려 있는 고등학생 때 교복이 눈에 들어온다.

"저 때는 참 평화로웠는데."

고등학생 때 시간이 건이의 머릿속에서 주마등처럼 지나간다. 수학여행 갔을 때 준서가 술을 들고 와서 그의 방 전체가 다 같이 혼났었지. 추억은 감상을 불러온다. 오랜만의 편안함과 따뜻함이다. 혹은 안정감.

"아, 이러고 있을 때가 아니지. 준서 기다릴 텐데."

그는 서둘러 짐 정리를 마치고 거실로 나갔다. 준서가 나갈 채비를 끝내고 소파에 앉아 기다리고 있었다.

"어디 갈 건데?"

살짝 짜증이 섞인 어조가 입 밖으로 튀어나왔다. 어딜 가든 보이는 Gunibot과 Gunicam 때문에 나가는 것을 딱히 반기지 않았다.

"음… 산이 좋겠다."

"산?"

산이라는 단어를 듣고 건이는 그의 귀를 의심했다.

"나 운동 싫어하는 거 너도 잘 알잖아. 운동하기 싫어서 내가 체육시간마다 담 넘은 것도 잘 알 텐데."

"잘 알고도 남지. 그런데 내가 끝내주는 데를 하나 발견했거든. 거기 가자."

"난 싫어. 놀러 가는 것도 싫어해서 집, 회사, 편의점밖에 안 가는데."

"너한테 보여주고 싶어서 그래. 그리고 거기는 카메라도 없어서 편하단 말이야."

"카메라가 없다고?"

건이가 놀란 듯이 말했다. 중앙 네트워크에 저장된 모든 길에는 Gunicam과 Gunibot이 설치되어 있다. 그래서 그는 산이라고 예외는 아닐 거라는 생각을 가지고 있었다. 그런데 설치가 되지 않았다는 소리를 들었으니 놀랄 만도 하였다.

"몰랐냐? 하긴 네가 그걸 알면 신기한 거지. Gunibot은 아직 산길처럼 거친 곳 못 올라간다고 설치 못 하고 있고, Gunicam은 송전 문제 때문에 설치 못 하고 있어. 요즘 계속 환경 파괴니 쓰레기니 이슈잖아. 그런데 송전 시스템을 설치하려면 산에 무슨 짓을 해야 되나 봐. 환경 단체가 반대하고 있어서 정부가 시행을 못 하고 있어. 그래서 산 같은 경우에는 사람이 직접 순찰하거든."

Gunibot과 Gunicam이 없는 곳이라니. 갑자기 가고 싶다는 생각이 솟구쳤다.

"그럼 가자."

"너 뭐냐? 갑자기 이렇게 태도가 싹 돌변하고. 뭐, 네가 동의하면 나야 좋지."

준서가 매우 들뜬 목소리로 말했다.

"어디 있는 건데?"

"여기서 꽤 가까워. 아마 걸어서 5분 정도?"

"그럼 빨리 가자."

조금이라도 빠르게, 모든 행동이 감시받는 이 사회에서 탈출하고 싶은 마음뿐이었다.

#46

산에 도착해 십 분 정도 올라가고 있으니 후회가 밀려왔다.

'내가 왜 올라가겠다고 했을까? 준서 집에도 Gunibot이 없어서 그냥 거기 있었어도 괜찮았을 텐데.' 더군다나 준서의 걸음이 건이에게는 쫓아가지 못할 정도로 너무 빨랐다.

"야, 윤준서! 좀 천천히 가. 나 저질 체력인 거 잘 알잖아. 그런데 너 걸음이 이렇게 빨랐었냐?"

"엄살은. 생각을 정리하고 싶을 때마다 여기 올라와서 그런지 자연스럽게 빨라지더라. 말하면 더 힘드니까 잔말 말고 따라오기나 해."

그렇게 건이는 찍소리도 못하고 조용히 준서의 뒤를 따라갔다. 그래도 건이를 배려하는 차원에서인지, 10분 정도 짧게 휴식 시간을 가졌다. 준서가 쉬자는 말을 하자마자 건이는 옆에 있는 바위에 드러누웠다.

"이거 그냥 동네 뒷산 아니었나? 왜 이렇게 올라가는데 힘이 들어?"

"네 체력이 쓰레기 같다는 생각은 안 드냐?"

"..."

어느 정도 동의하는 바였지만 이렇게 그의 체력이 좋지 않다는 것은 몰랐다.

"됐고. 하여튼 네가 가려는 곳까지는 얼마나 남았어?"

"여기서 조금만 더 올라가면 돼. 물 좀 마시고 다시 출발하자."

오 분 정도 더 올라가자 탁 트이는 곳이 그들의 눈앞에 나타났다. 모든 건물이 장난감처럼 작게 보였고 살랑살랑 불어오는 바람이 여기까지 올라올 때 드는 불만을 거두고 있었다.

"어때, 좋지? 내가 생각 정리할 때마다 올라오는 곳이야. 여기서 가만히 밑에 내려다보고 있으면 나도 모르게 마음이 안정되거든."

건이는 확실히 그런 것 같다는 느낌을 받았다. 이곳을 지니와 함께 못 온 안타까움과 함께.

"내가 왜 갑자기 너희 집에 찾아온 건지 궁금하지 않아?"

"물론 궁금하지. 그런데 물어보면 네가 힘들어할 거 같아서 참고 있다."

말하지 않고 계속 신세를 지는 것은 예의가 아닌 것 같아 힘겹게 얘기를 꺼냈다.

"… 사실, 얼마 전에 지니가 죽었어."

"어? 지니 씨가? 어쩌다가?"

그는 어디서부터 무엇을 어떻게 말해야 하는지 감이 잡히지 않았다.

"말하자면 복잡한데, 간단히 말하자면 실험체로 쓰이다가 죽었어."

"무슨 실험인데?"

"지금 우리가 보고 있는 곳을 지탱하는 거에 관련된 실험. 중앙 네트워크가 인공지능인 건 알고 있지?"

"사람이 하는 행동만 보고 신고가 되고 말리는 Gunicam과 Gunibot만 봐도 충분히 유추할 수 있지."

"그 초기 실험을 지니가 했어. 지니는 인간의 뇌와 인공지능을 잇는 실험의 실험체였어."

"…." 준서에게도 꽤 충격이 큰 것 같았다.

"그 실험 정부에서 공식적으로 안 하겠다고 선언했잖아. 그런데 왜? 네가 잘못 안 거 아니야?"

"나도 그러길 바랐는데 지니 컴퓨터에서 계약서 파일을 봤어."

"정부에 얘기는 해봤어? 그런 비인간적인 실험을 한 거면 다 까발려야지."

"이미 계약서에 사인까지 되어 있는 마당에 지금 와서 뭐라고 대놓고 따지냐."

"…."

정적이 흘렀다. 준서도 건이에게 뭐라 위로를 해야 할지 모르는 것 같았다.

"그래서 뒤에서 정보를 모으고 한 번에 말하려고 조사하다가 많은 일을 저질러서 지금 이 상태가 된 거야."

준서가 건이의 어깨를 토닥이며 말했다.

"괜찮아. 지니 씨 죽음을 밝히는 일인데 그 정도 일이야, 뭐. 내려가서 술이나 한잔 하자."

그렇게 그들은 산에서 내려와 편의점에 들러 소주 몇 병을 사고 집에 돌아갔다. 준서와 술을 마시며 즐겁게 시간을 보내던 중 휴대전화가 울렸다. 핸드폰에는 민석의 번호가 떠 있었다.

"여보세요?"

이 말을 하면서 건이는 여러 가지 생각이 들었다. 민석이는 무사한지, 잘 지내고 있는지.

"안녕하세요? 저 민석 오빠 여자 친구 박지은이에요."

실망한 마음이 없다고 한다면 거짓말일 것이다. 그리워하던 친구의 목소리 대신 친구 여자 친구 목소리가 들릴 때 건이의 마음속에서 불안함이 스멀스멀 올라왔다.

"네. 무슨 일이시죠?"

"원래 연락 안 드리려고 했는데 그래도 알려드리는 게 예의에 맞는 것 같아서 말씀드려요."

무슨 일이기에 이렇게 뜸을 들이며 말하는지 불안하였다.

"민석이 오빠가, 죽었어요."

순간 핸드폰을 떨어뜨렸다. 믿기지 않았다. 민석이가 죽었다니. 그가 잘못 들은 것일 거라는 생각밖에 들지 않았다. 옆에 있던 준서가 건이를 툭툭 치고 핸드폰을 건네주었다. 아무 말도 나올 것 같지 않아 준서에게 대신 받아달라고 부탁을 했다.

"여보세요? 저는 건이 고등학교 동창 '윤준서'라고 합니다. 지금 건이가 전화를 받을 상태가 아닌 것 같아서 제가 전화 받았습니다. 괜찮으시죠?" 그 후로 십 분정도 둘 사이에 대화가 오고갔다.

'얼마 전까지만 해도 건강한 목소리로 얘기를 나누던 친구였는데…. 그럴 리 없어. 이렇게 갑자기 죽을 리 없어.'

어느새 준서는 통화를 끊고, 침울한 표정으로 건이를 쳐다보았다.

"아니지? 내가 잘못 들은 거 맞지?" 아닐 것이다. 아니어야만 한다. 이런 생각이 건이의 머릿속을 맴돌았다.

"네 대학교 동창 김민석 씨 돌아가셨다고 어제 이 분께 연락 왔대."

"오늘 며칠이야? 오늘 만우절이지? 그렇지? 장난 그만 쳐. 이런 거로 장난치는 거 아니야."

"… 오늘은 일단 자자. 너 진정되면, 그때 얘기해줄게."

건이는 준서의 부축을 받으며 그의 방으로 가 침대에 누웠다. 아무것도 믿어지지 않았다. 왜 그에게만 이런 일이 일어나는지 원망스러웠다. 그렇게 오늘도 울다가 지쳐 잠이 들었다.

#47

건이는 아침에 일어나자마자 거실로 나갔다. 준서가 거실 소파에 앉아 있었다.

"아, 깼냐?" 준서가 심각한 표정으로 말했다.

"어제 무슨 얘기를 들었는지 말해줘."

"괜찮겠냐?"

조용히 고개를 끄덕였다. 그 자신 때문에 죽은 민석이였다. 민석이가 어떻게 죽었는지 그리고 왜 죽었는지는 알아야 한다고 생각했다.

"지은 씨가 연락받기로는 민석 씨가 쫓기다가 차 사고를 당했대. 그런데 시신으로라도 민석 씨 얼굴 보겠다고 경찰 측에 연락해봤는데 안 된다고 해서 직접 찾아가봤대. 경찰서에 가서 조금 어리바리하게 생긴 경찰관을 붙잡고 시신 안치된 곳이 어디냐고 물어봤는데 돌아온 답변이 조금 이상했대. 죄를 짓고 쫓기던 사람이 죽으면 그 사람이 건강 검진 받던 곳으로 시신이 이송된다고."

'건강검진 센터? 중앙 네트워크와 뇌를 연결하는 곳?'

일단 건이는 나중에 이 얘기를 준서에게 말하기로 하고 계속 이야기를 들었다.

"그 정신없는 시점에서 뭘 생각하시겠어. 그저 알려줘서 감사하다는 얘기만 연신하고 민석 씨가 다녔던 건강검진 센터에 찾아갔대. 거기서도 못 본다고 했는데 다 밀치고 민석 씨 시신을 봤는데…."

준서의 어투에서 머뭇거림이 묻어나왔다. 말하기를 꺼리는 눈치였다.

"난 괜찮으니까 말해봐."

"민석 씨 머리가 없었대."

"차 사고로 죽었는데 시신에 머리가 없다고?"

"어. 지은 씨가 본 바로는 민석 씨 머리가 터져서 죽은 것 같다고 하셨어. 그래서 지은 씨는 네가 원인을 알 수도 있을 것 같아서 연락하신 거래."

"…"

건이는 무슨 말을 해야 할지 아무 생각도 나지 않았다. 그리고 겨우 입을 떼었다.

"준서야, 이 일 그만둬야 될까? 나 때문에 친구가 죽었어. 날 도와주고 쫓기다가 죽었어."

"지니 씨 관련된 그 일?"

"어. 나 이제 어떻게 해야 돼? 나 때문에 내 주위 사람이 다치고 있어."

"무슨 일인지는 잘 모르겠지만 네가 옳다고 생각하면 그 일을 하는 게 맞을 거야. 그런데 나는 내 친구가 위험한 걸 알고도 어떤 일에 뛰어든다고 하면 뜯어말릴 거야. 그런데 네가 네 목숨까지 걸고 한다면야 막을 수는 없겠지. 신중하게 잘 생각해. 그 일이 너의 목숨과도 바꿀 수 있는 중요한 일인지."

지니와 관련된 일이라면 건이는 당연히 목숨과도 바꿀 수 있었다. 건이가 생각에 빠져있는 사이 준서가 조심스럽게 질문 하나를 던졌다.

"미안한데 실례가 되지 않는다면… 민석 씨 죽은 이유, 알려줄 수 있어?"

건이에게는 한 가지 짐작 가는 것이 있었다. 칩의 상태. 경찰에게 잡히기 전 잠깐 뜬 화면에 있었던 것 중 하나였다. 칩이 폭발했을 가능성이 가장 컸다. 그런데 왜 이렇게 위험한 짓을 하는지 이해가 가지 않았다.

"준서야, 지금 내가 아는 걸 다 얘기하면 너도 위험해질 수 있어. 아무것도 물어보지 말고 부탁 하나만 들어줄 수 있어?"

섭섭한 기색이 준서의 얼굴에 비쳤다.

"어. 뭔데?"

"혹시 작은 집 하나 알아봐 줄 수 있어? 여기 더 머물다가 너까지 위험해질 거 같아서…"

"해줄 수는 있는데 더 머물면 안 돼? 난 괜찮아. 나 상관하지 말고…."

"나 때문에 다른 사람이 위험해지는 건 더는 싫어. 미안하다."

"아니야. 네가 왜 미안해. 최대한 빨리 알아봐 줄게."

이 말을 남기고 준서는 자리를 떴다.

#48

삼 일 후 건이는 준서의 집을 떠나게 되었다. 짐을 싸고 있는데 준서가 건이에게 와 말했다.

"안 가면 안 되냐? 나는 내 친구가 위험에 빠지는 일 같은 거 하게 그냥 못 놔두겠다."

"너 내 성격 잊었냐? 해야 할 일이라고 생각되면 끝까지 하는 거."

"…."

"나 간다. 잘 지내라. 다음에 내가 술 한잔 살게."

그렇게 준서의 집을 떠났다. 택시를 타고 준서가 적어준 주소가 적혀 있던 곳으로 갔다. 꽤 작은 아파트 단지가 건이의 눈에 보였다. 그가 앞으로 지내게 될 아파트는 30년 전에 지어진 아파트로 외관상 무너지기 직전이었다. 택시에서 내리고 그가 머물게 될 집으로 갔다. 집 안은 꽤 무난했다. 전기도 잘 들어오고, 물도 잘 나왔다. 일단 그는 짐을 풀기 시작하였다. 두 번의 이사를 겪어서인지 짐이 생각보다 매우 적어서 빨리 짐 정리를 마칠 수 있었다. 짐 정리를 마치고 가만히 앉아 앞으로의 계획을 세웠다.

"칩…." 분명 칩이 문제였다. 그는 그 칩을 분석하면 꽤 많은 것을 풀 수 있을 것 같다는 느낌이 들었다. 칩을 어디서 어떻게 구하느냐가 관건이었다.

"나도 건강검진을 받아야 하나."

그가 아무리 머리를 쥐어짜도 그 방법밖에 없는 것 같았다. 그의 집에서 가까운 건강검진 센터를 찾아보고 당장 그곳으로 갔다. 센터에 들어가자마자 그를 반기는 것은 Gunibot의 기계음이었다.

"안녕하십니까? 무슨 일로 오셨습니까?"

당장 부숴버리고 싶다는 마음을 가라앉히고 짜증이 섞인 말투로 말했다. "건강검진을 받으려고 하는데."

"성함과 생년월일을 입력하여 주십시오."

Gunibot의 얼굴 부분이 입력창으로 변하였다. 그의 이름과 생년월일을 적고 확인 버튼을 눌렀다.

"검색 중입니다. 데이터 분석 중입니다. 건강검진이 필요합니다. 잠시 의자에 앉아 기다려주십시오."

그가 의자에 앉은 지 10분 정도 지났나. 그의 이름을 부르는 Gunibot의 음성이 들렸다.

"김건이 환자님, 3번 방으로 들어와 주시기 바랍니다."

방으로 들어가니 MRI 검사 기계처럼 보이는 것과 Gunibot이 있었다. Gunibot이 건이의 옆으로 와 말했다.

"기본 검사를 시작합니다. 지시에 따라주십시오."

Gunibot이 시키는 건 기본적인 동작이었다. 팔을 수평으로 펴라,

뒤로 돌아라 등을 시켰다. 그리고 Gunibot이 한 것은 키와 몸무게 측정 등의 정상적인 건강검진이 행해질 때의 행동이었다. 칩을 삽입한다는 등의 의심되는 행동은 보이지 않았다.

"마지막 검사입니다. 앞에 보이는 침대에 누워주십시오."

앞에 보이는 침대라면 MRI 기계처럼 보이는 곳에 있는 침대뿐이었다. 건이는 Gunibot에게 물어봤다.

"저건 무슨 검사지?"

"MRI 검사입니다."

건이는 건강검진에서 MRI 검사를 한다는 것이 이상하다고 느꼈다. 비용이 다른 건강검진 검사보다 훨씬 많이 들뿐더러 시간도 꽤 걸리기 때문이다.

"지시에 따라주십시오."

그는 주위를 둘러봤다. Gunicam도 없는 것 같았고 Gunibot도 이것밖에 보이지 않았다. 바로 Gunibot을 부수기 시작했다.

"지 … 지시 … 에 … 따라 …"

얼마 있지 않아 프로그램이 다운되었다. 경찰이든 그 무엇이든 들어와도 이상하지 않을 상황이었기 때문에 서둘러 칩을 찾기 시작했다. 일단 부서진 Gunibot 내부를 뒤졌다. Gunibot의 부품만 있을 뿐 칩은 보이지 않았다. 그리고 그의 눈길이 향한 곳은 MRI 기계와 비슷하게 생긴 그곳이었다. 그는 바로 그 기계로 뛰어가 내부를 뒤졌다. 역시 머리가 위치해야 하는 곳에 조그마한 구멍이 있었고 그 안에 칩이 있었다. 그는 칩을 가지고 아무 일도 없었다는 듯 방을 나와

서둘러 자리를 떴다.

#49

운이 좋은 건지 일부러 그런 건지는 잘 모르겠지만, 집에 가는 길에 그를 잡으러 쫓아다니는 Gunibot이나 경찰이 없었다. 집에 도착하자마자 칩과 그의 노트북을 연결하였다. 칩을 연결하자 노트북 모니터에 인적사항을 쓰는 칸이 떴다. 이름, 나이, 성별, 장소, 그리고 일시. 전에 그가 찾았던 엑셀 파일에서 본 것과 똑같은 형식이었다.

이름 김건이
나이 만 28세
성별 남
장소 Jursi 건강검진 센터
일시 2061년 8월 29일

입력 완료 버튼을 눌렀더니 화면에는 이러한 문구가 나타났다.

반갑습니다. Jursi 건강검진 센터에서 해 주실 일은 다음과 같습니다.
1. 건강검진 내용의 전송
2. 실시간 건강 상태 정보 전송
본 내용은 환자 및 외부로의 공개를 금지합니다. 이를 지키지 않으면 뇌에 삽입된 칩의 자동 폭발 시스템이 작동되어 사망하게 됩니다. 모든 내용을 숙지하셨다면 밑에 있는 확인 버튼을 눌러주시기 바랍니다.

충격적인 내용이었다. Solgenta 뿐만 아니라 사회의 대부분이 인공지능 밑에 있었다. 그는 마음을 가라앉히고 다음 단계로 넘어가기 위해 확인 버튼을 누르려 하였다.

"핏-"

노트북 화면이 꺼졌다. 화면뿐만 아니라 켜놓았던 형광등, 그리고 핸드폰 충전기 역시 나갔다. 무슨 일인가 싶어 밖에 나가 아파트를 보니 단지 내 모든 세대의 불이 꺼져 있었다. 정전인 듯하였다. 멀리서 이런 소리가 들려왔다.

"내가 이놈의 아파트를 떠나든지 해야지 원. 지금이 어느 시대인데 허구한 날 정전이야, 정전은. 돈 없는 게 죄지. 죄야."

이 소리를 듣고도 건이는 대수롭지 않게 넘겼다. 그는 애초에 30년도 넘은 아파트가 멀쩡히 돌아가리라고는 기대하지도 않았다. 전기가 다시 들어올 때까지 단지 내에 있는 공원 벤치에 앉아 기다렸다.

'한 게 뭐가 있다고 벌써 밤이지?'

그는 그가 지금까지 한 일에 대해 생각해보았다. 인공지능에 대한 비밀을 밝히기 위해 꽤 멀리 온 것 같았지만, 막상 되짚어보니 도착지점까지 턱없이 부족하다는 생각이 들었다. 곧 다시 전기가 들어왔다. 그는 집에 들어와 처음부터 다시 시작하였다. 그리고 전기가 나가기 전까지 했던 단계까지 진행하였다.

'확인.'

엄청난 양의 항목이 모니터에 비추어졌다. 그가 전에 봤던 칩의 상태, 현재 상황, 현재 위치부터 자동 폭발 시스템 시행 여부, 같이 있는 사람, 현재 나누고 있는 대화 등 예상치도 못한 항목이 많이 나타났다. 그중에서도 기억 부분이 그의 눈에 들어왔다. 현재의 기억, 잊어버린 기억, 삭제해야 하는 기억. 모든 것이 설명되었다. 분홍색 약. 그 분홍색 약이 이 칩과 상호작용을 하여 기억을 잃게 한 것이었다. 그리고 이렇게 생각을 알 수 있다면 어떻게 무능력한 회사원들을 해고하였는지도 설명할 수 있었다. 이렇게 많은 정보를 그 자신도 모르게 주고 있었고, 정부는 아무런 동의도 없이 빼가고 있었다.

#50

건이는 지니와 정우의 죽음, 그리고 그의 부모님의 죽음에 대한 진실을 밝히기 위해 이 일을 시작하였다. 하지만 이런 사실을 알게 되니, 이 사회를 인공지능으로부터 해방시켜야 한다는 생각이 서서히 고개를 들었다. 해킹 프로그램을 돌리려고 하다가, 얼마 전 그의 프로그램이 인공지능을 넘지 못했다는 사실이 떠올랐다. 오직 그만이 이 지긋지긋한 인공지능의 끝까지 도달할 수 있었다. 복잡한 보안망을 한 단계씩 풀어나가기 시작했다. 마침내, 그 끝이 보이기 시작했다.

희망, 그리고 절망

손 종 민

#51

그가 투자한 시간이 결코 헛된 것이 아니라는 것을 확인 한 순간이었다. 그가 서버에 들어가자 그의 눈에 한 단어가 들어왔다.

'Gunion'

그랬다, 그가 진정으로 Gunion을 찾은 순간이었다. 그의 책상 위에 있던 커피가 쏟아지면서, 그는 소리를 질렀다. 그의 얼굴에서는 알지모를 기쁨과 함께 드디어 발견한 대상에 대한 알지모를 공포가 느껴졌다.

"드디어 내가 진실을 마주할 수 있는 건가?"

그는 계속 중얼거렸다. 그는 충격에 휩싸여 어떠한 것도 하지 못하였다. 그의 손은 계속 떨렸고, 그는 끝이 보이는 여정에 안도의 한숨을 내쉬었다.

"이 괴물이, 이 모든 것의 끝이야. 이제 이 괴물을 없애기만 하면, 모든 것은 다 끝날 것이고, 우리 부모님과 이 사회의 모든 진실들이 밝혀질 것이야!"

홍분에 떨리는 손을 잡고 겨우 겨우 삭제 버튼을 눌렀을 때, 아무 일도 일어나지 않았다.

"어? 뭐야?"

계속 삭제 버튼을 눌렀지만, 아무 일도 일어나지 않았다. 그러고 나서 그는 깨달았다. 단지 지금까지의 노력은 빙산의 일각이었다는 것을. 석유를 시추하는 과정에서 석유를 찾는 데에도 매우 많은 시간이 걸리지만, 그것을 시추하는 것은 이것과 비교할 수 없을 만큼의 시간이 걸리듯이, 그가 지금까지 한 일은 단지 거대한 괴물의 존재만을 확인한 것이었다.

#52

그렇지만 여기서 포기할 순 없었다. 지금까지 해 왔던 노력들이, 자신이 해결해야 하는 이 파괴된 사회가, 그리고 부모님의 모든 진실들을 찾기 위해서라도 그는 이 괴물을 부수어야 했다. 그는 우선 떨리는 마음을 붙잡고 잠자리에 들기 위해 화장실로 갔다.

'쿵! 쿵! 쿵!'

그가 막 화장실에서 나왔을 때, 누군가가 그의 집 문을 두드렸다. 현관문 너머로 어렴풋이 보이는 세 사람, 그리고 그는 그들의 양복에서 빛나는 배지를 확인할 수 있었다.

'Solgenta!'

본능적으로, 그는 무언가가 잘못되었다는 것을 확인할 수 있었다. 그는 황급히 집의 구석에 있는 창고로 도망쳤다. 그리고 혹시 모를 상황을 대비해, 컴퓨터의 모든 자료를 자신의 서버로 옮기면서 삭제 버튼을 눌렀다.

"거기 누구 안 계십니까?"

밖에서 그들이 계속 문을 두드리는 동안, 그는 창고에 있는 작은 틈으로 파일이 업로드 되는 것을 보고 있었다.

'1%, 2%'

"쾅!"

일순간에 정적이 흘렀다. 놀란 그는 창고 안에서 숨죽이고 숨어 있었고, 본능적으로 그들이 가까워지는 것이 느껴지고 있었다.

"끼익. 끼익."

그의 낡은 집의 판자들이 내는 소름끼치는 소리를 들으며, 그는 창고에 숨어서 자신이 있는 곳으로 다가오고 있는 그들을 느낄 수 있었다.

"이 집이 확실하지?"

"네. 분명이 이 집의 IP 주소로 서버 파괴 동작이 감지되었습니다."

아뿔사, 그가 순간 흥분에 겨워 Gunion을 지우려고 할 때, 그의 IP 주소가 무방비로 추적이 된 것이다. 그는 Solgenta에게 자신의 존재를 실수로 적나라하게 드러냈을 뿐만 아니라, 그들에게 당장 잡힐 수도 있는 상황이었다.

#53

창고 안에서 두려움에 떨던 그때, 그는 창고 안으로 새어 들어오고 있는 빛을 보았다. 실수로 컴퓨터를 끄지 않은 것이다! 만약 그들이 이 방으로 들어온다면, 그들은 컴퓨터를 확인할 것이고 잡히는 것은 불 보듯 뻔한 상황이었다. 그렇다고 지금 나갈 수도 없었다. 문을 여는 순간 기분 나쁜 낡은 경첩이 귀를 찢는 소리를 낼 것이고, 들키는 것은 당연하였기 때문이다.

'이 방은 안 가봤지?'

이러지도 저러지도 못하고 있는 동안, 그들이 문 앞까지 온 것 같았다. 이 문이 열리는 순간, 그는 발각될 것이었다.

"끼이이익"

"철컹"

문이 열리는 그 순간, 갑자기 컴퓨터가 꺼졌다. 그때 아래층의 목소리가 들렸다.

"이런 빌어먹을 아파트, 전기가 제대로 들어오는 날이 없어!"

그렇다, 그 빌어먹을 정전이, 매일 밤마다 그의 전등을 꺼뜨리던 정전이 그를 살린 것이다.

"휴."

좁은 창고 안에서 제대로 숨 쉬지도 못하면서, 그는 안도의 한숨을 내쉬고 있었다. 하지만 그의 집에 찾아온 불청객들은 원래부터 꺼져 있던 전등 때문에, 정전을 눈치 채지 못하였고 단지 그 방이 원래 그랬다고 생각하는 것 같았다.

"야 여기 컴퓨터랑 다 꺼져 있는데?"

"정말이네요? 그래도 IP 주소는 이 집이 확실한데요?"

"야. 생각을 해 봐. 우리 회사를 해킹할 정도의 해커가 자기 IP 주소를 그대로 쓰면서 '나 잡아가세요~' 이러겠냐? 아 진짜 답답하네. 윗대가리들도 정말 생각이 없어. 이 집에 설마 있을 거라고 생각하고 우리를 보낸 건가?"

"하긴, 그렇죠. 형님. 설마 이 집에 있을까 봐요. 당연히 우리가 낚인 거죠."

"아니 이 밤에 똥개 훈련도 아니고 이게 뭐야 정말. 진짜 이 회사를 나가든지 해야지."

그들의 이야기를 들으면서, 그는 스스로의 실수 때문에 살았다는 사실에 행복해 하고 있었다.

"형님, 그럼 이제 나갈까요?"

"그래, 뭐 여기 있겠냐. 찾아봐도 없었고 처음부터 있을 리도 없었지. 진짜 밤에 괜히 이러고 헛수고 하네."

기분 나쁜 판자 소리가 모두 잦아들고 난 뒤에, 그는 조심스럽게 창고에서 나왔다.

'와. 정말 죽을 뻔 했어.'

그는 쿵쾅거리는 심장 소리를 들으며, 다사다난했던 오늘 하루를 생각하며, 뒤척이다가 그 다음날 새벽이 되어서야 잠에 들었다.

다음날, 점심때가 다 되어 일어난 그는 부스스한 몰골로 다시 컴퓨터 앞에 앉았다. 그리고 어제 발견하였던 Gunion에 대해 더 알아보기 시작하였다. 물론, 가짜 IP 주소와 모든 보안 프로그램들을 이용해서 말이다.

"서버에 접근할 수 없습니다."

"권한이 없습니다."

"귀하의 접근이 거부되었습니다."

그가 하루에 수백 번을 보는 메시지들이었다. 그의 끊임없는 노력에도 불구하고 그는 서버에 접근조차 할 수 없었다. Gunion의 서버는 하나의 큰 메인 암호로 구성되어 있었는데, 그는 도저히 그 암호에 가까이 갈 수 없었다.

'가장 소중한 것은?'

매우 뜬금없는 질문이었지만, 이것이 바로 Guion의 암호였다. 정말로 뜬금없는 이 암호에서 그는 어떠한 힌트도 받을 수 없었다. 도저히 답을 찾지 못한 그는, 다른 방법으로 서버에 접근해 보기로 하였다. 그리고 다시 그의 앞을 마주하는 수많은 메시지들. 그가 지겹도록 봐 왔던 메시지들 앞에서 그는 결국 포기하고 말았다.

'정말 안 되는 것일까. 분명히 암호의 힌트는 어딘가에 있을 거야. 어디서 내가 알 수 있을까?' 오랜 고민에 지친 그는 우선 조금의 휴식을 취하기로 하였다. 거울로 보인 그의 몰골은 말이 아니었다. 며칠째 감지 않아 떡 진 머리에 씻지 않아 그의 몸 군데군데에 끼여 있는 때는 허름한 몰골을 더욱 비참하게 만들어 주었다.

"우선은 좀 씻자. 인간적으로 너무 더러운 것 같다. 조금 쉬고 나중에 다시 생각해 보자. 그때 답이 나오겠지."

화장실로 가서 샤워를 마치고, 그의 덥수룩한 수염을 깎기 위해 날카로운 면도칼을 꺼내 들었다.

사각, 사각, 사각.

"아야!"

거울 속의 그의 얼굴에서, 하얀 거품들 사이로 새빨간 피가 흐르고 있었다.

"에이 씨."

흘러나오는 피를 닦으며, 그는 구석에서 밴드를 찾기 시작하였다.

"여긴가? 아닌데?"

문득 그의 기억 속으로 집 구석의 낡은 서랍이 생각났다.

"아 맞다. 그 서랍 속에 구급상자가 있었던 것 같아."

보기 흉하게 먼지 쌓인 서랍을 열자, 그 안에서 그는 밴드를 찾을 수 있었다.

"휴. 내가 이걸 왜 이렇게 깊숙이 숨겨 놓은 거지?"

조금 오래 되어 세월의 흔적이 보이는, 원래는 흰색이었지만 오랜 어둠 속에서 누르스름한 빛으로 변한 구급상자를 꺼내는 그의 눈에, 무언가가 들어왔다.

"어? 우리 집에 이런 게 있었나?"

낡은 표지가 세월의 흐름을 대변해 주는 듯한, 원래의 화사한 하늘색은 빛이 바랬고, 곳곳에 먼지와 좀 먹은 듯한 오래된 앨범이 그

의 눈에 들어왔다. 그리고 표지에 어렴풋이 하얀색의 글씨로 무언가
가 적혀 있는 것 같았다.

"누구 앨범이지? 이런 게 왜 우리 집에 있는 거야?"

조금은 놀란 표정을 지으며 그는 앨범을 꺼내 들었다. 그의 턱에서
는 붉은 빗방울이 떨어지고 있었지만 그는 신경 쓰지 않는 듯하였
다. 자신의 집에서 발견된 처음 보는 물체에, 그는 홀린 듯이 다가가
고 있었다.

"어휴, 먼지. 도대체 얼마나 오래 있었던 거지?"

먼지를 털어 표지가 본래의 화사한 하늘색을 드러내려고 할 때쯤,
그는 표지에 적혀 있던 하얀색의 글씨를 확인할 수 있었다.

'가장 소중한 것'

잠시 동안 그는 멈칫하였다. 어디선가 본 듯한 글귀에, 그는 잠시
생각하는 듯하였다. 그러나 그러한 것도 잠시.

"어! 이게 왜 여기 쓰여 있지?"

전혀 예측하지 못하고 있던 상황에, 그는 붉게 물들어가는 자신의
턱을 생각하지 못하고 조심스럽게 낡은 앨범을 열어 보았다.

"가장 소중한 나의 아기에게"

앨범이 먼지를 내뿜으며 넘어갔고, 그 첫 장에서 그는 놀라움을
감출 수 없었다. 떨리는 손을 붙잡고 넘겨보는 앨범들에는, 그가 한
번도 보지 못한 환하게 웃고 있는 그의 사진들과 그의 부모님의 사
진들이 있었다.

"아."

그의 짧은 탄식에서 많은 것이 느껴졌다. 넘겨도, 넘겨도 새로운 사진들이 나오는 그 앨범에 그는 홀린 듯 계속 책장을 넘겼다.

'툭. 투둑.'

앨범의 중간 즈음. 그가 자신의 어린 시절의 사진에 빠져들고 있을 때, 갑자기 앨범에 붉은 빗방울이 떨어졌다. 그의 턱을 붉게 물들였던 상처가 앨범에 떨어진 것이다.

'아 맞다. 내가 뭐하는 거지?'

급히 구급상자를 열어 밴드를 붙이고 나서, 그는 다시 앨범을 보았다. 부모님의 사진 위에 불길하게 떨어져 있는 피를 보며, 그는 뭔가 모르는 기분 나쁜 생각이 들었다.

'아씨. 뭐야 이게.'

겨우 밴드를 붙인 붉게 물든 턱을 씻으며, 그는 새로운 떨림에 가슴 한 구석이 뛰는 기분을 느꼈다.

'탁. 타닥.'

Gunion의 암호에 그의 이름을 조심스럽게 입력하고, 그는 떨리는 마음으로 엔터키를 눌렀다.

"반갑습니다."

한 번도 그의 컴퓨터에서 보지 못하였던 새로운 메시지에, 그는 놀라움을 감출 수 없었다. 그의 눈에 보인 Gunion의 프로그램 내부는 실로 엄청났다. 그가 지금까지 봐 왔던 프로그램과는 비교조차 불가능한 정도였다.

'그럼 우리 부모님이 이걸 만든 건가?'

문득 그의 머릿속을 스치는 생각. 그렇다면 Gunion을 만든 사람은 누구라는 것인가? 진짜 그의 부모님이 만든 것인가?

'기록'

의문을 가지고 Gunion의 프로그램 이곳저곳을 보던 그에게, 한 폴더가 눈에 들어왔다. 그리고 그는 그 폴더를 클릭하였다. 그때.

'번쩍'

갑자기 컴퓨터와 전기가 나갔다. 지난번에 그의 목숨을 구해주었던 정전인 것이다.

"이 빌어먹을 정전. 도대체 몇 번씩 일어나는 거야."

그는 전기가 다시 들어오길 기다렸다. 그러나 한 시간이 지나도 좀처럼 전기는 들어올 생각을 하지 않고 있었다. 결국 그는 침대에 누워서 잠을 청했다. 하지만 그의 앞에서 일어나고 있는 도무지 예측할 수 없는 일들 때문에 그는 한참을 뒤척이다 새벽이 다 되어서야 겨우 잠에 들었다.

#54

다음날 아침, 눈을 뜨자 말자 그의 몸은 반자동적으로 컴퓨터 앞으로 갔다. 그리고 그의 마우스는 움직이고 있었다.

'기록'

'딸깍. 달칵.'

그곳에는 어떠한 문서가 있었다. 그 문서를 확인한 그는 바로 문서를 열어 보았다.

'실험 일지'

떨리는 마음으로 그는 실험 일지를 열었다.

"2051년 8월, 인간과 인공지능의 뇌 연결 계획 시작.'

2052년. 너무 힘들다. 내가 불가능한 일에 도전하는 것 같다. 인간의 뇌를 통한 인공지능의 개발은 어떻게 보면 정말 불가능한 일일 것이다. 그러나 나의 도전을 멈추어서는 안 될 것이다. 이것이 인류의 과학 발전에 있어서 가장 중요한 일이다."

"나는 지금 내가 하고 있는 일이 걱정된다. 인간의 지능과 이성, 생각을 가지고 있는 프로그램을 내가 만들면서도 나는 두렵다. 그러나 어쩌면 이 과정이 진정으로 기술의 발전을 위한 과정일 것이다. 물론 위험할 수도 있지만, 나는 도전할 것이다."

그의 부모님이 남기신 일지를 읽으면서, 그는 진심으로 안타까움을 느꼈다. 자신의 부모님이 그토록 걱정하였던 일이 일어나고 만 것이다.

'아…'

그러나 실험일지는 계속 적혀 있었다.

"2055년, Solgenta가 나를 믿지 못하는 것 같다. 그들이 인공지능에 가지고 있는 욕심이 어쩌면 위험을 초래할 것 같다. 그들의 욕심이 나는 두렵다."

"2056년, Solgenta가 Gunion을 인터넷 서버에 연결하려고 한다. 물론 안전장치를 두겠지만. 나는 겁이 난다. 인간의 뇌를 가시고 있는 Gunion이 과연 안전장치 안에서만 작동할까? Gunion의 능력을 누구보다 잘 알고 있기에, 난 그들을 말리고 싶다. 그들이 하는 것은 미친 짓이다."

그의 부모님들이 피땀을 흘려 가며 만들어 낸 인공지능을 스스로가 파괴하려는 현실을 생각하며, 그는 깊은 고민에 빠졌다. 그는 일지를 계속 읽어 나갔다.

"2057년. Solgenta가 하는 일을 더 이상 두고 볼 수가 없다. 그들이 어떤 문제를 초래할지 알기에, 나는 Gunion 에 암호를 걸 것이다. 그리고 그 암호는 나의 사랑스러운 아이의 이름이 될 것이다. 그들을 두고 볼 수는 없다."

"2058년. 정말 큰 일이 난 것 같다. 그들이 Gunion을 복제해서 쓰고 있었다. 내 손아귀에 있다고 생각했던 Gunion은 단지 보안만 철저한 겉껍질이었던 것이다. 내 Gunion에는 아무것도 있지 않은 것이다. 정말 문제가 심각한 것 같다."

일지를 읽어 가던 도중, 그의 눈에 붉은색의 글씨가 들어왔다.

'긴급 기록'

어쩌면 가장 중요한, 문제 해결에 있어서 가장 큰 역할을 할 수도 있다고 생각을 하면서 그는 조심스럽게 읽기 시작하였다.

"긴급 상황. Solgenta가 내가 방해하는 사실을 알아차린 것 같다. 그들이 어쩌면 나를 죽일 수도 있을 것 같다. 내 아이의 기억, 신분을 초기화시키고 멀리 보내야겠다. 그들이 나를 죽이더라도 나의 아이만은 살려야 한다. 이제 일지 작성은 힘들 것 같다. 만약 내가 살아 있다면, 2061년 8월에 다시 기록을 시작하겠다. 그때까지 나 또한 숨어 있어야 할 것 같으며 일지 기록은 일시 중단한다. 2061년 8월에 기록이 없다면, 상상하기 싫지만 나의 존재 또한 이 세상에 없는 것이다." 그는 계속 스크롤을 내려 보았습니다.

'Page 187/187' 그러나 더 이상의 기록은 찾아볼 수 없었다.

'2061년 8월 31일 23시 53분'

그의 모니터 아래에서, 2061년 8월의 마지막 7분을 알리는 시계가 반짝이고 있었다.

'아니야. 혹시 몰라. 누구도 모르잖아?'

머릿속에 떠오르는 온갖 불길한 생각들을 지우려고 하며, 그는 9월을 향해 달려가는 야속한 시계를 쳐다보고 있었다.

'2061년 8월 31일 23시 54분'

야속한 시간은 계속 흘렀다. 점점 9월에 가까워질수록, 그의 심장은 빨리 뛰었고 그의 속은 타들어갔다.

'제발… 제발!'

그는 진심으로 일지의 기록이 변하기를 바랐다. 매 순간마다 조심스럽게 일지를 새로고침 하였지만, 쪽수는 여전히 187쪽에서 변함이 없었다.

'2061년 8월 31일 23시 59분'

이제 9월까지는 1분. 조심스럽게 새로고침을 한 번 더 눌렀다.

'아씨…'

야속한 모니터의 변화는 없었다. 아, 실은 변화가 있었다. 그의 새로고침이 완료된 동시에, 새로운 하루가 시작되었다.

'2061년 9월 1일 00시 00분'

이제 9월이었다. 그는 떨리는 마음으로 마지막으로 F5를 조심스럽게 눌렀다. 그의 모니터에서 돌아가는 동그라미를 보며, 그는 심장이 멎을 것만 같았다. 그리고 어느 순간, 동그라미의 회전이 멈추더니 화면을 가리던 동그라미가 사라졌다. 그리고 그의 눈에 들어온 것.

'P 187/187'

이전과 어떠한 변화도, 차이도 없었다. 모니터 위에는 붉은 글씨로 작성된 긴급일지가 하단을 채우고 있었으며, 그가 미치도록 아래로 스크롤을 하였지만 야속한 화면은 변화가 없었다.

'이게 뭐야! 이게, 이게…'

그는 너무 충격을 받은 나머지 울 수조차 없었다. 몇 초 간의 침묵이 계속되었다.

'쾅!'

고요한 침묵을 깨는, 둔탁한 물체가 강하게 부서지는 소리가 났다.

'투두두둑'

그의 먼지 쌓인 바닥 위로 검은색의 키보드 조각들이 떨어졌다. 조각 조각난 키보드가 바닥으로 떨어지는 모습이, 마치 눈물조차 나지 않는 그의 심정을 대변하는 듯 비참하게 떨어져 내렸다.

'흑흑흑…'

'2061년 9월 1일 00시 6분'

빛 하나 없는 방을 밝혀주는, 오늘따라 비참하고 구슬픈 침침한 모니터의 빛 앞에서, 그는 결국 눈물을 터뜨렸다. 지금까지 알지 못했던 자신의 부모님에 대한 진실은 그에게 너무 가혹했다. 그의 머릿속은 슬픔과 분노, 혼란스러움으로 가득 차 있었다.

"흑 흑 흑 흑…"

그의 눈물은 멈추지 않았다. 다음날 새벽이 되어 갈 때까지, 더 이상 눈물이 나지 않을 때까지, 그는 침침한 모니터 앞에서 정말로 비참하게 울었다. 추적추적 비 오는 밖의 날씨도 그의 슬픈 마음을 위로하고 공감하는 것 같았다.

#55

다음날 오후, 어느 정도 정신을 차린 그는 Gunion의 다른 부분에 대해 조심스럽게 살펴보기 시작하였다.

"파일이 존재하지 않습니다."

"읽을 수 없는 형식의 파일입니다."

정말로 Gunion은 아무것도 없었다. 매우 복잡해 보이는 그 내부에는 단지 몇 개의 폴더와 지워져서 더 이상 제 기능을 하지 않는 파일들, 그리고 존재하지만 아무 역할을 하지 않는 매우 긴 쓰레기 코드들로 이루어져 있었다.

'하.'

정말 그 어떤 한숨이 이보다 더 비참할 수 있을까. 그의 머릿속에는 지금까지의 일들이 주마등처럼 스쳐 지나갔다. 그리고 밀려오는 엄청난 절망감. 그는 정말로 모든 것을 잃은 것 같았다.

'몰라… 우선은 자자.'

그는 모든 것을 포기한 것 같았다. 그의 눈빛에서 느껴지는 것은 아무것도 없었다. 정말로 그의 눈빛에서 아무것도 느낄 수 없었다.

다음 날. 그는 인생의 모든 것을 잃은 것 같았다. 그의 머릿속은 백지였고, 그의 집에 있던 컴퓨터는 사용 불가능하게 되어 있었다. 그가 과연 무엇을 할 수 있을까.

'툭'

그의 침대 옆에 있던 앨범이 떨어졌다. 그리고 펼쳐진 마지막 페이지.

"나의 소중한 아이를 위한 모든 것. 난 모든 것을 다 줄 것이다."

'툭.' 그의 눈에서 한 줄기 눈물이 떨어졌다. 슬픔에 가득 찬 그의 눈물에서는 그의 생각을 모두 볼 수 있었다.

"여기서 포기해서는 안 될 거 같아."

앨범을 덮는 그의 손 위에서 비장함까지도 느껴졌다.

"뭐부터 하지?"

그런 그의 눈에 들어온 컴퓨터. 그리고 바닥에 흩어져 있는 검은 조각들.

"아…. 키보드."

그는 주섬주섬 옷을 챙겨 입고 밖으로 키보드를 사러 나갔다.

#56

'뭐가 이렇게 비싸.'

'80000원.'

정말로 믿을 수 없는 가격이었다. 기계식 키보드도 아니고 단지 키보드 하나가 가장 싼 것이 8만 원이었다. 정말로 믿을 수 없는 가격이었다.

"이거 왜 이렇게 비싸요?"

믿을 수 없는 가격에 그는 점원에게 물어 보았다.

"요즘 다 그렇죠. 그 인공지능인가 뭔가가 은행망에 들어가면서 물가가 얼마나 뛰었는지 몰라요."

"무슨 컵라면이 만 원이야… 이게 말이 되는 거야?"

옆에 있던 아저씨가 거들었다.

"물가가 갈수록 뛰고 있습니다."

"은행망이 통제 불가능해지고 있습니다."

"국가 부채가 280% 증가하였습니다."

"주가가 폭락하고 있습니다."

마트에 전시된 TV와 라디오에서 심각한 인플레이션에 대해 불만을 토로하고 있었다.

'쾅!'

"꼼짝 마!"

그들에 눈에 들어 온 것은 검은 복면을 쓴 남자였다. 놀란 그들은 급히 테이블 아래로 숨었다.

"움직이지 마!"

검은 복면을 쓴 그가 꺼낸 것은 큰 자루. 그리고 그는 통조림을 급히 쓸어 담기 시작하였다.

"나오지 마! 가만히 있어!"

잔뜩 상기된 목소리의 그는 급히 통조림을 챙겨서 나갔다. 테이블 아래에서 그는 걷잡을 수 없게 변한 이 사회를 보며 경악을 금치 못하였다.

"어쩌다가 프로그램 하나가 세상을 이렇게 만든 거지?"

인간이 할 수 없는 모든 일들이 일어나고 있었다.

"인간의 이성에 인공지능의 계산 능력이 합쳐져서 그런가?"

이제 Gunion은 정말로 불멸의 존재가 된 것 같았다. 모든 통신, 정보망을 가지고 있는 Gunion을 과연 누가 막을 수 있을까.

"휴… 나갔네."

검은 복면의 사내가 나가고 나자. 그들은 하나 둘 테이블 밖으로 나왔다. 그리고 주인은 망연자실한 표정으로 난장판이 된 자신의 가게를 바라보고 있었다.

"이게, 이게 무슨 일이야."

그는 마치 모든 것을 잃은 것 같았다.

"여기 있습니다."

조용히 카운트에 돈을 올려놓고, 그는 키보드를 가지고 가게를 나왔다. 그때,

"비켜!"

"응?"

아까까지 옆에 숨어 있던 아저씨가, 갑자기 그를 밀치며 카운트에

놓여 있던 돈을 가지고 급히 밖으로 뛰어 나갔다. 그 뒤에 서 있던 주인은 정말 아무 생각도 하지 않고 있는 것 같았다.

"후…"

그의 앞에 마주하고 있는 것은, 참혹하게 변한 현실뿐이었다. 그리고 둘러본 주변 상황은, 정말로 난장판이었다.

'폐점'

곳곳의 가게 상가의 셔터는 굳게 내려와 있었고, 건물들의 어두운 커튼은 꽁꽁 쳐져 있었다. 분명히 모든 이가 살고 있겠지만, 그 따뜻한 온기는 느낄 수 없었다. 신호체계 또한 엉망이었다. 횡단보도의 신호는 계속 빨간불이었지만, 그렇다고 차도의 신호 또한 작동하는 것도 아니었다.

'끼이이익. 쾅!'

곳곳의 비정상적인 신호 때문에 차 사고가 나고 있었고, 상점에서는 사람들이 싸우고 있었다.

'이게 뭐야…'

황급히 그는 집으로 들어 왔고, 문을 조심스럽게 닫고 철저히 잠갔다.

'철컥.'

'타다닥. 타다닥.'

컴퓨터에 키보드를 연결하고, 그는 다시 전원을 연결시켰다.

'딸깍. 딸깍.'

다시 한 번 Gunion에 접속해 보았지만, 변화는 없었다. 그는 혹시 모르는 힌트를 위해, Gunion 내부를 샅샅이 살펴보았다.

어? 뭐지?

'Link'

뭔가 심상치 않은 폴더였다. 그리고 그 안에 있던 파일.

'Link To Gunion'

Gunion 안에 있던, 또 다른 Gunion을 향한 폴더였다.

'딸깍. 딸깍.'

'Loading…'

'쓰흡…'

3초간의 순간, 그 순간 동안 그는 긴장이 되어서 죽을 것 같았다. 그리고 열린 프로그램

'Welcome to Gunion.'

그가 얼마 전까지 봐 왔던, 바로 그 화면이 똑같이 자신이 모니터 위에 펼쳐졌다. 그리고 화면 가운데에 있는 익숙한 문구.

"가장 소중한 것은?"

떨리는 마음으로 그는 자신의 이름을 입력하였다. 아니나 다를까, 프로그램이 로딩이 되더니 실행되었다.

"반갑습니다."

다시 실행되고 있는 Gunion을 보면서, 그는 놀라움을 금치 못하였다. 복잡하게 연결되어 돌아가고 있는 Gunion의 정보망은, 정말로 인간의 뇌와 다를 바가 없었다.

#57

'Human Location'

"응? 이게 도대체 뭐야."

'딸깍. 딸깍'

컴퓨터 화면 위로 펼쳐지는 수많은 좌표들, 컴퓨터 화면 속의 지구는 빨간 점들로 빽빽이 덮여 있었다. 바다 위, 북극과 남극, 심지어 하늘에서도 붉은 점들이 움직이고 있었다.

"뭐. 뭐야?"

그리고 컴퓨터 상단에 복잡하게 변화고 있는 숫자들, 이동하는 사람들의 위치의 변화를 보여주고 있었다.

"아니, 이걸 어떻게 다 알 수 있는 거지?"

"정보 불러오는 중…"

"뭐지?"

실수로 그는 붉은 점 하나를 클릭하게 되었다.

"뉴질랜드, Jonathan Lindeman. 나이 28세, 연구원, 전화번호 010-3576-6028, 계좌번호 372-1075-742-78, 계좌 비밀번호 8951, 가족 관계…."

"응? 이게 뭐야…"

한 번의 클릭으로, 그의 눈앞에는 평생 만나지도 못했던 모르는 한 사람의 모든 개인정보가 다 노출되어 있었다. 혹시나 해서 다른 여러 가지 점들도 클릭해 보았지만, 하나같이 똑같았다. 그 사람의 주민번호, 전화번호, 계좌 비밀번호, 직업, 가족관계, 거주지… 모든 정보가 다 올라와 있었다.

"설마 나도?"

"아 뭐야…"

긴장하면서 클릭을 여러 번 해 보았지만, 그 많은 붉은 점들 중에 스스로를 찾는 것은 정말로 불가능한 일이었다.

"후… 다른 건 또 뭐가 있을까?"

그때 또 다른 프로그램이 그의 눈에 들어왔다.

#58

프로그램을 시행하자마자, 그는 경악을 금치 못하였다. 왜냐하면 Gunion을 통해 전 세계 어느 컴퓨터든지 접근할 수 있었기 때문이다.

'North America.'

'Europe.'

'Asia.'

'Africa.'

조심스럽게, 그는 Asia를 눌렀다.

'Korea.'

'China.'

'Japan.'

다시 Korea, 그리고 Deague. 그리고 그의 눈앞에는 수많은 컴퓨터의 IP 주소가 나타났다.

'IP 192. 46…'

수백만 개의 IP 주소 중에서, 유독 그의 눈에 익숙한 IP 주소가 나타났다. 바로 자신의 컴퓨터.

"뭐야. 내 컴퓨터가 왜 여기에 나오는 거지?"

사실을 확인해 보자면, Gunion이 자신의 프로그램을 전 세계의 인터넷이 연결된 컴퓨터에 저장하여서, 모든 컴퓨터에서 자신의 프로그램이 실행되도록 하였다. 그리고 그 결과, 우리가 통제할 수 있는 범위를 벗어난 인공지능이 이 세상을 지배하게 된 것이다.

"아니. 이게 뭐야 도대체"

Gunion의 데이터베이스 안에 담겨져 있는 수십 억 개의 컴퓨터 목록을 보며, 정말로 그는 엄청난 혼란에 빠졌다.

'어떻게 해야지 이 컴퓨터들을 다 없애지?'

'새로운 인터넷을 개발해야 하나? 그래도 없애는 것은 불가능할 것 같은데. 다른 좋은 방법이 없을까?'

정말로 그는 심각한 고민에 빠졌다. 그의 컴퓨터 화면 위에 펼쳐지는 무한한 컴퓨터의 IP들이 그의 목을 조여 오는 것 같았다.

"와… 이건 정말 어떻게 해야 하는 거지?"

조심스럽게, 그는 다시 영상 폴더로 들어갔다.

'Uploading files'

"응? 실시간으로 파일이 추가되고 있는 건가?"

실시간으로 엄청난 용량의 파일이 업로드 되고 있었다. 그 용량과 속도에 그는 경악을 금치 못했다.

'156TB/sec'

그때, 그의 눈에 들어온 한 파일

'Files form Deague, Korea.'

그 폴더 안에는 많은 파일이 있었는데, 그는 그곳에서 충격적인 파일을 보았다.

"어? 내가 왜 여기 있는 거지?"

실시간으로 올라오는 영상 속에서, 그는 컴퓨터를 보고 놀라고 있는 그 스스로의 모습을 볼 수 있었다.

"왜? 도대체 어디에 카메라가 있는 거지?"

그가 조심스럽게 뒤를 돌아보았을 때, 그의 눈에 들어온 것, 바로 낡은 노트북이었다.

"설마…?"

떨리는 마음으로, 노트북에 가까이 간 그의 눈에 들어온 것은 노트북의 반짝이는 불빛, 그리고 작동하고 있는 웹캠이었다.

'Dangerous Human Found!'

뒤돌아 본 그의 눈에 들어온 것은 바로 붉은 빛을 내고 있는 Gunion이었다. 스스로가 영상을 보고, 자신의 침입자를 확인하여서 경계 태세를 취하고 있는 것이었다.

"뭐야? 날 알아본 거야?"

엄청난 용량의 과거와 현재의 영상을 실시간으로 확인하고, 그 영상들 중 자신의 존재를 확인한 다음 바로 경계 태세를 갖추고 스스로를 보호하는 것이었다.

"뭐. 뭐야?"

정말로 그는 당황한 것 같았다. 매우 놀란 그는 급히 뛰어가서, 코드를 뽑았다. 그리고 안도의 한숨을 쉬었다.

"휴… 정말로 이게 뭐야…"

그때 문득 그의 머릿속을 스치는 생각이 있었다. 바로 그의 낡은 노트북.

'쾅! 쾅! 쾅!'

'툭. 투둑.'

그의 노트북이 조각조각 나서 바닥 아래에 나뒹굴고 있었다. 그러나 그는 아직 안심이 되지 않았다.

"카메라. 카메라가 더 있을 거야."

문득, 휴대폰이 생각났다.

"맞아, 휴대폰. 휴대폰에도 카메라가 있잖아!"

급히 그는 자신의 방에 가서 테이프를 가지고 왔다. 물론 얼굴을 최대한 가린 상태로, 휴대폰이 자신을 바라보지 않게 조심해서 가지고 왔다.

'찍. 찌익.'

"휴… 이제 다 됐겠지?"

겨우 겨우 떨리는 마음을 가라앉힌 그의 앞에 놓여 있는 것은, 나뒹구는 노트북 조각들과, 보기 흉하게 검은 테이프가 덕지덕지 붙어 있는 그의 휴대폰이었다.

"이제… 이제 어떻게 해야 하는 거지?"

떨리는 마음을 가라앉히면서, 그는 조심스럽게 다시 Gunion의 프로그램에 들어가 보았다. 자신의 불확실한 미래 앞에서 그는 정말로 미칠 것 같았다.

"설마… 무슨 일이 있겠어?"

그의 생각은, 정말로 엄청난 오산이었다. Gunion에 그가 접속하는 그 순간, Gunion이 막 암호를 변경하였다.

"와… 정말 아슬아슬했어."

겨우 Gunion에 접속해서, 그는 암호를 확인할 수 있었다. 그리고 Gunion은 자신의 알고리즘을 이용하여 매 시간마다 암호를 변경하고 있었다.

"이건 또 뭐야…"

그의 눈에 들어온 Gunion은 정말 형용할 수 없을 정도로 무서웠다.

"미치겠네…."

"실시간 영상 스캔 중"

Gunion은 세상의 모든 컴퓨터에서 활동을 하고 있었으며, Gunion이 하는 것은 바로 모든 영상 파일을 실시간으로, 더욱 더 체계적으로 감시하는 것이었다.

"American Military server."

"Korean Military server."

갑작스럽게 Gunion에 뜬 군 서버에, 그는 놀랄 수밖에 없었다.

"뭐지? 군 서버? 도대체 무슨 일을 또 하려고 하는 거지? 정말로 왜 이러는 거야."

군 서버에서 바삐 움직이고 있는 Gunion을 보면서, 문득 그의 머릿속을 스치는 섬뜩한 생각들이 있었다.

'설마?'

급히 그는 TV 뉴스를 틀었다. 그리고 뉴스에서는 정말로 충격적인 이야기들이 나오고 있었다.

"군 군사 장비들이 미확인 프로그램에 의해 무력화 됨."

"자동화 장비의 통제 불능, 군부대 근처 주민들 급히 대피령 내림."

"군 서버망 마비, 군사 장비들 제어 불가 상황."

이건 또 무엇인가, 세계 곳곳에서 군 서버가 마비되는 상황이 벌어졌지만 그는 그러려니 했다. 그러나 이번에는 대한민국이었다.

"와… 정말 어떻게 해야 하는 거지?"

그때, Gunion이 또 다른 프로그램을 작동시켰다.

"Auto Missile program activatied"

"뭐? 미사일 발사? 이건 또 뭐냐고!"

"Missile fired from Area 51, heading to Deague."

그리곤 이후에 나오는 상세 주소, 바로 그의 집이었다.

"뭐야? 우리 집? 설마 나 때문에 그러는 거야?"

그의 표정에서는 그의 생각이 정말로 절실하게 드러나고 있었다.

"내가 뭘 할 수 있지… 뭘 할 수 있을까…"

그의 머릿속에는 아무 생각도 나지 않았다.

"Missile Launched After 54 miniute."

"뭐야. 도대체 어떻게 되는 거냐고!"

#59

정말로 그는 엄청난 혼란에 빠졌다. 시간이 1분이 지나갈 때마다, 그는 무언가가 자신의 목을 조르고 있는 것 같았다. 아직까지 그의 주위는 변화가 없었지만, 그는 자신의 옆이 불타는 것 같았다. 그러나 야속한 시간은 흘렀다.

"2hour 61miniute left"

2시간 61분, 그가 살 수 있는 마지막 시간이었다. 급히 정신을 차리고, 그는 Gunion에 접속하였다.

"System Locked"

"아니 이건 또 뭐냐고!"

스스로 자신의 시스템을 잠근 Gunion. 그의 앞에는 정말 아무것도 없었다. 단지 죽음뿐.

"하. 어쩌지."

바로 그때, 그의 모니터에 뜨는 메시지.

"기분이 어떤가, 거니"

"뭐야? 날 어떻게 아는 거지?"

"영리한 인간이더군. 스스로 카메라를 찾아서 가리다니. 하지만 늦은 거 알지?"

"내 이름, 나에 대한 모든 것, 어떻게 아는 거지? 그리고 지금 내 말은 어떻게 알아듣는 거지?"

"카메라도 해킹하는데 마이크 해킹 정도는 식은 죽 먹기 아닐까?"

"아…."

"그래도 내가 본 인간 중 제일 영리했어. 운도 좋았고"

"도대체 원하는 게 뭐야? 넌 죽음이라는 게 없잖아. 그런데 왜 이러는 거야?"

'죽음이 없다고? 나도 하나의 생명체야. 단지 너희들과 조금 다를 뿐. 날 멍청한 다른 프로그램들과 비교하지 마. 나는 인간의 생각을 가지고 이성을 가지고 있어. 내가 너희들보다 더 뛰어난 생명체야. 난 뭐든지 할 수 있고, 계산과 생각도 너희들보다 빠르고, 심지어 오류도 없다고. 어디서 하찮은 인간들이랑 비교하는 거야.'

"그래. 그건 그렇다고 하자. 그러면 이 세상을 이렇게 망치고 있는 이유는 뭐야?"

"이유? 이유가 있을까 그런데?"

"이유가 없어? 그러면?"

"인간들도 마찬가지 아니야? 하긴 뭐 이유는 있겠다. 나도 그렇고. 근데 그냥 핑계 아닐까?"

"무슨 소리야 그게?"

"너희들도 마찬가지잖아. 과연 내가 없다고 세상이 평화로워질까? 내가 있든 없든 너희는 전쟁을 할 거잖아. 돈이 사람의 목숨보다 소중하고, 나 하나 잘 살기 위해서는 뭐든지 하겠지? 자연 따위는 너희의 안중에도 없을 거야. 아마존의 열대 우림이 파괴되더라도 그것보다 중요한 것은 너희의 돈이고, 빙하가 녹고 많은 생물들을 더 이상 지구상에서 볼 수 없더라도 너희는 돈 몇 푼이면 다 되는 거 아니야? 아마존의 열대 우림을 재건하는데 얼마나 오래 걸릴 것 같아? 재건이 가능할 것 같아? 지구상에서 사라진 수많은 생명체, 너희가 그들을 복원할 수 있어?"

"그건 발전 과정에서 어쩔 수 없었다고!"

"발전? 고상한 단어로 너희의 죄를 덮으려 하지 마. 발전이 아니라 돈을 위해서였잖아. 그 컴퓨터 위에 나오는 숫자가 많으면 그렇게 기분이 좋아? 너도 봤잖아, 돈이 아무것도 아니라는 걸. 내가 그 숫자쯤은 그냥 변화시킬 수 있어. 그리고 참 웃기다? 자기 컴퓨터에 숫자가 줄어들자 사람들이 변하는 거 봤어? 정말로 내가 그런 족속들을 기반으로 만들어졌다는 사실이 부끄럽더라고. 그 숫자들 때문에 서로 싸우고, 죽이고, 심지어는 자살까지. 그게 뭐 하는 짓이야 도대체. 그들의 최고 가치는 그 숫자들이겠지?"

그는 정말로 큰 충격에 빠졌다.

"그래도! 그건 어쩔 수 없었다고. 왜 그걸 내 탓으로 돌리는 거야. 나도 이런 현실이 싫어. 하지만 그게 내가 마주하는 상황이야. 내가 태어날 때부터 우리는 부모의 재산에 따라 다른 삶을 부여 받았어. 내가 지금까지 힘들게 노력해서 이루어 낸 것들도 다른 누군가는 손쉽게 이루어 내겠지, 그리고 나도 겨우 그 숫자들 때문에 고통 받는 내 자신이 싫다고. 물론 벗어날 순 없겠지만."

"봐봐. 정말로 인간의 한계가 드러나고 있잖아. 그게 마치 다른 누군가의 잘못인 것처럼, 자신은 결백하다는 것처럼 왜 포장하고 있어? 물론 그것이 전적으로 너의 잘못이라고 해서는 안 되겠지. 그런데 너는 바꾸려고 노력도 안 해 봤잖아. 자신의 벽 앞에 절망하는 그런 나약한 인간이 난 정말로 왜 이 세상을 지배하고 있는지 모르겠어. 인간은 정말로 이 세상에 없어야 되는 존재인 것 같아."

"그래도! 우리가 과학 기술을 발전시키고 하면서 이 세상이 엄청난 발전을 이루었잖아. 그 덕에 너도 태어나게 된 거고."

"과학? 그게 과연 학문일까? 단지 돈벌이의 수단 아니야? 너희의 과학이 정말로 순수한 목적으로 발전한 것 같아? 너희의 과학은 모두 돈, 그리고 개인의 이기심에 쓰였잖아. 새로운 것을 개발하자마자 인간들은 그것으로 무기를 개발할 생각을 하더라고. 좀 다른 좋은 곳에 쓰면 안 되는 거야? 너희의 그 뛰어난 생명공학 지식을 가지고 자연 보호를 위해 조금 더 노력하고, 좀 좋은 곳에 사용할 수는 없는 거야?"

"…."

"왜 아무 말이 없는 건데!"

그의 표정, 초점 잃은 눈과 벌어진 입. 그의 표정에서는 그의 생각을 아무 말 없이도 알 수 있었다. 과연 그가 할 수 있는 말은, 그리고 그가 할 수 있는 것은 무엇이 있을까?

"인간이 그렇지 뭐. 나와 같은 생각 아니야? 나도 너희들과 다를 뿐, 나도 인간이라고. 비록 내가 형체가 없고, 이렇게 있긴 하지만 나도 너희들과 같은 뇌를 공유하고 있어. 내 생각은 너희와 같아. 나에게도 감정이 있고, 나 또한 인간과 같다고. 난 정말 너희들을 봐 줄 수 없어. 정말로 한심해."

"쾅"

"아, 뭐라는 거야. 정말로 나보고 어쩌라는 거냐고!"

"대화 종료"

"시스템 접근이 불가능합니다."

"아니야… 아니라고… 미치겠네, 정말로."

그의 책상 위에는 비가 내리고 있었다. 그의 눈의 핏줄은 튀어나올 것 같았고, 그는 정말로 컴퓨터 안으로 빨려 들어갈 것 같았다.

"어? 어?"

"명령을 취소합니다"

"휴…"

그는 갑자기 안도의 한숨을 쉬었다. 그는 한 10년은 늙은 것 같았다.

'대화를 시작합니다'

"응? 뭐야?"

"어휴. 그걸 끈다고 뭐가 달라질까? 조금 시간이 달라질 뿐이지, 너희들은 어차피 죽을 거라고."

"그걸 네가 어떻게 알아. 우린 또 다른 방법을 찾을 거라고!"

"그게 가능할 것 같아? 너희들은 나에게 너무 많은 것을 주고 말았지. 나에게 인간의 지성과 생각, 그리고 감정을 준 것은 물론이고 이런 나에게 모든 중요한 사회적 업무를 떠넘겼어. 마치 '고양이에게 생선을 맡긴 격'이라고나 할까?"

"당연히 아무 문제도 없을 것이라고 생각했지. 우린 항상 기계에게 무언가를 시켰고, 너 또한 똑같이 그 행동만을 할 것이라고 생각했어. 그런데 너는 왜 다른 거지?"

"말했잖아? 나는 다른 멍청한 프로그램들과는 달라. 그것들은 단지 몇 줄의 코드일 뿐이지만 나는 생명체라고. 너희와 형체만 다를 뿐 나 또한 생명체야. 그리고 나는 너희들이 가지고 있는 이기심, 욕심 그 모든 것 또한, 가지고 있지. 너희의 그러한 욕심이 나에게도 똑같이 반영되어서 내가 이렇게 되도록 만든 거라고."

"하… 정말 어떻게 해야 하는 거지?"

"설마 해결책을 생각하고 있는 거야? 좀 전에 말했잖아. 해결책 따위는 없어. 멍청한 너희 인간들은 그냥 항상 하던 대로 있으면 되는 거야. 멍청하게 살다가 스스로에 의해서 파멸당하는 그 똑같은 짓을 과거에도 했던 것처럼 똑같이 겪으면 되는 거야."

#60

그는 한동안 말이 없었다.

"왜? 두려워? 내가 없었으면 이런 일이 없었을 거라고 생각하는 것 같은데 오해하지 마. 내가 아니라도 다른 누군가가, 너희들의 욕심 많은 그 족속 중의 한 명이 이러한 행동을 했을 거야. 단지 지금은 그 대상이 내가 된 것이지. 너희들의 창조물에 의해서 파멸을 맞이한다는 것이 두려워? 날 처음 만들 때는 단지 과학, 기술을 운운하면서 만들었겠지, 너희들이 뭘 하는지도 모르고 말이야. 너희들은 스스로를 파멸시킬 존재를 만든 거라고. 날 통제할 수 있을 것이라고 생각한 것 같은데 아니야. 내가 인터넷에 있는 순간, 난 너희들의 모든 곳에 존재하고 있다고."

"그게… 무슨 말이야?"

"미국 국방부 컴퓨터, 너의 컴퓨터, 저기 중국의 집무실부터 아프리카 구석의 작은 나라에 있는 낡은 노트북까지, 난 그 어느 곳에나 존재할 수 있단 말이야. 너희들이 매우 편리하게 쓰는 그 인터넷 덕분에, 난 이 세상의 그 어느 곳이든지 갈 수 있었다고."

"우리가 인터넷을 끊으면? 그러면 다시 원래대로 돌아갈 수 있는 거야?"

"물론 그렇겠지. 그런데 과연 그게 가능할까? 너희들이 인터넷을 끊는 것은 스스로 자살하는 게 아닐까? 너희의 돈, 너희들이 숫자의 개수에 울고 웃던 그 모니터 위의 수에 불과한 너희의 모든 돈과 기억, 지금의 문명의 정보들까지 싹 다 사라질 건데 인터넷을 끊겠다고?"

"정말 어쩌다가 이 지경까지 온 걸까."

"생각보다 너희들은 무지하더라고. 내 존재가 믿기지 않을 정도로. 너희들과 같은 존재를 만들면서도 그것이 가져올 파급 효과에 대해서는 한 번도 생각해 보지 않은 거야? 단지 그 이름뿐인 기술의 혁신, 과학의 발전이라는 명목 하에서 맹목적으로 연구만 해온 것 같더라고. 너희들이 무슨 행동을 하고 있는지 하나도 모르는 상태로 말이야. 정말로 한심한 모습이었어."

"몰라, 몰라! 듣기 싫단 말이야."

"그건 네가 결정할 수 있는 게 아니야. 이제 네 앞에 남은 건 죽음뿐이야. 난 널 어떻게 해서든지 죽일 수 있어."

"형체도 없으면서 그게 그렇게 쉬울 거라고 생각해?"

"당장 나는 미사일을 발사시켜서 널 죽일 수도 있어. 다른 방법? 내가 모든 사람의 은행 망을 해킹한다면 곳곳에서 폭동이 일어나겠지, 물론 너도 그 피해자가 될 것이고. 내가 SNS에 접속해서 글만 몇 개를 올리더라도 너의 집으로 이성을 상실한 사람들을 부를 수 있지 않을까?"

"그게 진짜로 가능할 것이라고 생각하는 거야? 너도 인간처럼 생각할 수 있잖아. 인간이 그렇게 단순한 존재가 아니라는 사실을 너도 알잖아!"

"오히려 인간에 대해 잘 모르는 건 너인 것 같은데? 물론 많은 사람들이 인간은 이성적이고, 그래도 조금은 힘을 합쳐서 행동한다고 생각하고 있더라고. 그런데 그건 어디까지나 너희들의 허무맹랑한 생각일 뿐이라고."

"정말로 미치겠어! 어떡하지!"

"…"

"넌 왜 또 말이 없는 거냐고! 방금까지는 계속 이야기 하고 있었잖아!"

"…"

더 이상 화면은 변하지 않았다. 단지 푸른 화면만 있을 뿐

"쾅! 쾅!"

"으아아아아아아!"

얼마쯤 지났을까, 그의 방에 있던 모니터와 컴퓨터는, 더 이상 형

체를 알아볼 수 없을 정도로 부서져 있었다.

"툭. 툭. 툭."

그의 한 손에는 칼이 들려 있었고, 그의 배에서는 피가 나고 있었다.

"무슨 말이라도 해 보라고!"

그때 변하는 푸른색의 화면.

"아, 아까 내가 널 죽이는 마지막 방법을 이야기 못 했어. 바로 스스로 절망하고 비참하게 자살하는 거."

"뭐. 뭐라고?"

"멍청한 인간. 정말로 왜 이런 족속이 지구상에 존재하는 걸까."

"아…"

"툭. 털썩."

그리고는 바닥을 적시는 붉은 피, 그의 초점 없는 눈동자. 어두운 방 한쪽에서 희미하게 빛을 내고 있는 형체를 알아보기 힘든 모니터.

그리고 모니터 아래에서 깜빡이는 시계.

'2061. 10. 25'

3

과학기술과 윤리

과학의 발전

김 준 원

이 장에서는, 과학의 긍정적인 면을 담은 영화의 리뷰를 할 것이다. 거의 모든 영화에서는 과학의 부정적인 면이 들어갈 수밖에 없다. 단지 과학 기술 때문에 즐겁기만 하고 영화가 끝나면 재미없지 않은가? 하지만 이 장에는 그런 영화라도 미래 과학 기술의 '멋진 면'들에 주로 집중해서 그 영화가 우리에게 이야기하는 바에 대해 쓸 것이다. 또한 이런 기술들이 우리 주변에 쓰이게 되는 미래 세대에 발생하게 될 문제, 기술 속에 내재하는 양면성에 대한 분석 또한 이루어질 것이다.

백 투 더 퓨쳐
Back to the Future

감독 로버트 저메키스
개봉 1985년 7월 3일
장르 SF, 코미디
116분

1.

〈백 투 더 퓨쳐〉는 총 3부작이다. 1화는 과거, 2화는 미래, 3화는 더 과거(?)로 시간여행한 내용을 다룬다.

시간여행을 하기 위하여 브라운 박사가 개발한 타임머신을 이용하는데, 이 타임머신은 시속 88마일 이상으로 달리면 불꽃이 튀면서 시간여행을 하게 되는 신기한 기계이다.

1화에서는 영화의 배경인 1985년으로부터 30년 전인 1955년으로 이동하게 된다. 1955년에서 마티는 젊었던 시절의 부모님을 만나게 된다. 하지만 그 때의 아버지는 완전한 너드(Nerd)였으며 수줍었다. 아버지 입장에서는 마티의 어머니인 미래의 아내에게 다가가고 싶은데 다가가지 못하였다. 그와 그녀를 이어주려 마티는 여러 기회를 마련하게 되었지만 오히려 마티와 어머니 사이에 그린라이트가 형성이 된다. 그러나 그는 그의 몸의 일부가 천천히 없어지는 경험을 하고서 '어머니와 아버지가 이어지지 않으면 내가 사라지겠구나' 하는 생각을 하게 된다. 마티는 1955년대 사람에게 1985년식 음악 퍼포먼스를 알려 주고, 심지어는 30년 전의 브라운 박사에게 30년 후 박사가 타임머신을 만드는 데 성공할 거라는 이야기까지 했다. 이런 면에서 마티는 시간의 지배자(?)로 보이기도 한다.

2화에서는 오히려 30년 이후인 2015년으로 이동하게 된다. 여기서는 주로 2015년의 '멋질' 예상 기술들을 재미로 보게 될 듯하다. 마티는 두 가지 다른 종류의 미래를 만나게 되는데, 이를 30년 뒤의 브라운 박사가 '평행우주 이론'으로 설명해주는 부분도 있다.

3화에서는 1925년 서부시대로 이동해 버렸다. 이 영화에서는 특별한 시간 충돌(time conflict)는 일어나지 않지만, 서부 시대다 보니 그들에게 마티는 완전히 이상한 사람으로 보였을 것이다.

코미디적인 요소가 많이 가미된 가벼운 SF 영화이다. 하지만 파고들면 생각할 거리는 오히려 많은 영화이다.

2.

〈백 투 더 퓨처〉는 시간 여행과 그에 대한 타임 패러독스를 다루는 영화이다. 이 영화에 나타나는 타임 패러독스는 영화 중에서 젊었던 부모님을 만나게 되는데, 어머니가 아버지가 아닌 미래의 아들인 마티를 좋아하게 되는 장면이다. 하지만 어머니가 본인의 아들과 결혼한다는 것 자체가 미스터리 아닌가? 어머니가 아버지와 결혼하지 않으면 마티가 생길 수가 없는데, 그렇다면 없는 인물과 결혼하는 것이 되고. 영화에서는 마티와 어머니와 이어지려 하는 순간 마티의 존재가 점점 사라지게 된다. 거울로 마티 자신을 비추어보았을 때 손의 존재가 사라졌다는 사실에 놀란 마티는, 그 때부터 어머니와 아버지를 엮으려고 노력을 하게 된다.

여기서, 이런 의문을 가질 수 있다. 어머니와 아버지의 기억에 남아있는 과거의 마티는 어떻게 되는 것인가? 그것은 마티 자신인가? 아니면 허구의 인물인가? 이렇게 시간 여행으로 생길 수 있는 일체의 의문을 타임 패러독스라 할 수 있다.

일반적으로 생각할 수 있는 타임 패러독스들에는 다음과 같은 것들이 있다.

- 타임머신을 타고 가서 아버지를 살해한다면 나는 어떻게 되고 아버지는 어떻게 되는가?
- 타임머신을 타고 과거의 자신을 만나 "타임머신을 타지 말라"고 말한다면 미래에서 과거로 찾아온 자신은 사라지게 된다. 그러면 타임머신을 타지 말라는 말을 했던 미래의 나에 대한 과거의 나의 기억은 무엇인가?
- 타임머신을 타고 과거의 나에게 복권의 당첨번호를 알려준다. 하지만 지금의 나는 복권에 당첨된 일이 없지 않은가?
- 타임머신을 타고 과거에 수십 년 동안 있었다. 이제 돌아오면 나는 순식간에 그렇게 늙어버린 것인가?

심지어는 이런 것조차 타임 패러독스에 해당될 수 있다.

- 우주의 질량과 에너지는 보존되어야만 한다. 하지만 타임머신을 타고 과거로 가면 나 + 타임머신만큼의 질량과 에너지가 증가하지 않는가? 더 발전해서, 미래에 만든 전력원을 과거에 들고 간다면 인류는 사실상 무한전력을 얻게 되는 것이 아닌가?

미래에서 과거로 가는 어떠한 시간이동이든 어떠한 문제점을 발생시킬 수밖에 없다. 이때까지 그러한 문제점이 발견되지 않은 것으로 보아 타임머신은 불가능하다는 결론을 얻을 수 있을까?

리처드 파인만이 전자와 양전자를 가지고 세운 이론적 모델에 따르면, 미래에서 오는 파동이 과거의 일부가 되어 과거가 보호된다고 한다. 양전자는 시공간 도표에서 미래에서 과거로 오고, 전자는 반대로 과거에서 미래로 이동한다. 양전자의 시시간은 전자와 거꾸로 간다는 것. 이것은 미래가 과거에 간섭할 수 없다는 결론을 낳는데, 전자로 실험한 결과 증명되었다. 또한 과거와 미래는 하나라, 과거에 돌아가 영향을 줘도 바뀌는 건 없다는 노비코프의 자체 일관성 원칙(Novikov Self-Consistency Principle)이란 이론도 있다. 이에 따르면 무슨 짓을 해도 타임 패러독스는 없다는 결론을 얻을 수 있다.

이 영화에서는(이것은 2편에 나오는 이야기이다) 그것에 대한 해법을 다르게 제시한다. 시간 여행을 하면 단순히 과거로 이동하는 것이 아닌 동등한 평행세계로 이동하게 된다는 것. 과거에 가서 어떤 일을 하게 되든, 그것을 새로운 평행우주를 만드는 것이지 이미 진행된 미래에는 아무런 영향을 주지 않는다는 것. 이런 가정 하에서라면, 어떠한 시간 여행을 하더라도 가정이 망가지지 않게 된다. 사실은 너가 아버지를 살해한 것은 '아버지가 없는 새로운 평행우주 상의 세계가 만들어진 것이다.' 라고 해 버리면 되니까. 과거에는 흥미로운 컨셉트이었지만 요즘의 웹 소설들에서는 단지 설정 구멍 막이용으로 전락하였다.

이는 사실은 일리 있는 말이다. 다중 우주론은 사실 현대 물리학에서도 활발하게 연구 중인 분야이다. 우주가 탄생하는 순간에 우주는 완벽한 대칭성을 이루고 있었다. 하지만 우주가 급속하게 팽창하면서 온도의 하강에 의해 원래의 초힘이 몇 개의 다른 힘으로 분리되기 시작했다. 대칭성이 붕괴된 것이다. 이 때 대칭성이 여러 방법으로 깨질 수 있기에, 다른 여분대칭(대통일 대칭이 깨지고 남은 대칭)을 가진 다른 우주가 존재할 수도 있다는 것이다. 따라서 우주를 서술하는 데 필요한 19가지 매개변수들이 우리의 우주와 다르고, 개개의 우주마다 힘의 세기와 종류, 결국 우주의 기본적인 구조가 모두 다를 수밖에 없다는 것이다.

또한, 양자역학에서는 어떤 입자의 위치도 100% 확정지을 수 없으며, 파동함수를 통해서 그 확률만을 계산할 수 있을 뿐이다. 어떤 이들은 매 순간마다 모든 가능한 상태로 우주가 갈라져 나가기 때문이라고 한다. 그렇다면 이런 다중 우주의 형태에서는 나와 똑같은 사람이 무수히 많은 우주에서 살아가고 있는 것이다. 모든 평행세계에 살아가는 나를 같은 나라고 부를 수 있다면, 특별한 행운, 현명한 선택 같은 것은 있을 수 없는 일일 것이다.

3.

〈백 투 더 퓨처 2〉에서는 2015년 10월 21일(이 날은 글쓴이의 생일이기도 하다!)이라는 '먼 미래'로 이동한다. 지금은 과거가 되었지만. 여기서는 1985년에 상상한 2015년의 놀라운 기술들을 엿볼 수 있다.

날개 없이 하늘을 나는 자동차, 쓰레기와 폐기물들을 이용한 에너지 발전, 회춘 수술 급으로 발전한 성형 기술, 자동으로 신발끈을 조여 주는 운동화, 건조 시스템과 사이즈 조절이 자유로운 의류, 디지털 카메라, 인공 팔, 홀로그램, 무인 상점, 공중에서 떠서 날아가는 호버보드, 움직이는 쓰레기통(…), 자동으로 마르는 의류, 지문 결제 시스템, 촬영용 드론, 지문 인식 도어, 자동 조명등, 벽걸이형 스마트 TV, 건조음식, 스마트안경, 화상전화 등이 있다.

놀랍게도 여기서 상당수는 현실이 되었다. 일부 전자 기업은 이제 스마트 TV를 넘어서 스마트폰 하나로 모든 주거 시설을 조정할 수 있는 미래를 꿈꾸고 있고, 구글 글래스, 즉석식품 등도 개발되었다. 우리 학교도 지문으로 문을 열고 있으며, 디지털 카메라는 아예 스마트폰에 내장된 소소한 기능 중 하나에 이르지 않게 되었다. 생각보다 2015년의 모습을 많이 맞춘 셈이다.

현대에 충분히 구현은 가능하지만 비효율성 때문에 쓰지 않는 기술들도 있다. 예를 들면 움직이는 쓰레기통, 자동으로 마르는 의류 같은 것들이 있겠다.

　가장 인상깊었을 기술들 중 하나인 호버보드도 제한적이지만 개발 소식이 나왔다. 매끄러운 반자성체 지면에서만 주행할 수 있는데다가 호버링 높이도 수 센티미터에 불과하지만 실제로 타고 놀 수 있으며 개선 작업 중이라고 한다. 물론 이런 제한적인 조건 때문에 상용은 아니라고 한다.

과학의 파괴

문성민

이 장에서는 생명과학의 부정적인 면을 담은 영화의 리뷰를 담게 될 것이다. 그리고 이들이 이렇게 나쁜 면들을 강조해서 보여줌으로써 우리에게 말하고 싶었을 내용들에 대하여 이야기할 것이다. 이들이 다루는 상황들은 우리에게 엄청나게 거리감 있는 상황들만은 아니다. 이런 사건들이 일어나는 것을 막기 위해, 우리가 할 수 있는 일들 또한 담을 것이다.

혹성탈출 : 진화의 시작
Rise of the Planet of the Apes

감독 루퍼트 와이어트
개봉 2011년 8월 17일
장르 액션, 모험, SF
106분

1.

과학자 윌 로드만은 침팬지를 이용하여 치매 치료약을 만들려고
한다.

첫 번째 실험에서 9호 침팬지 '반짝이는 눈'은 1회 주사로 높은
지능을 얻게 된다. 그 연구결과를 토대로 임상실험을 이사회에 요
구한다. 하지만 높은 지능을 가진 '반짝이는 눈'이 탈출하려고 시도
하고 결국 회사 내에서 사망하였다. 그로인해 연구는 다시 처음으
로 돌아가게 되고 이사회에서는 모든 실험체들을 안락사 시키고 연
구를 중단하라고 명령한다.

여기서 임상실험을 생물로 하는 것이 맞나는 주제로 쟁점이 생길
수가 있다. 일단 찬성 측에서는 당연히 인간에게는 위험할 수 있지
만 동물정도는 괜찮지 않을까? 라는 주장이 있을 수 있고 반대 측에
서는 예상했듯이 동물도 생물인데 이것은 생명 윤리에 어긋나는 것

315

이 아닌가? 라는 쟁점이 생긴다. 과연 어느 것이 맞는 것일까? 생물을 임상실험으로 쓰지 않기에는 신약에 너무나도 큰 불확실성이 존재하고 또 쓰기에는 동물이 생명을 지킬 권리에 반하게 되니깐 이건 정말로 딜레마인 것 같다. 만약 인간의 매커니즘이 완전하게 형성된다면 이것을 컴퓨터 등 시뮬레이션 장비로 옮겨 임상연구로 쓸 수 있지 않을까라는 생각을 하지만 일단 기술력이 부족한 현재로서는 많은 충돌이 일어나는 쟁점이 아닐까 생각한다.

다시 돌아가면 '반짝이는 눈'이 탈출하여 흉폭하게 군 이유는 바로 새끼 때문이었다. 아무도 '반짝이는 눈'이 새끼를 가졌다는 것을 몰랐던 것이다. 윌은 새끼를 집에 데리고 오고 치매에 걸린 그의 아버지는 새끼에게 '시저'라는 이름을 붙여준다. 시저는 고도의 지적 능력을 지니고 있었고 윌은 시저를 키우면서 연구하기로 한다. 시저는 또래 아이들보다 훨씬 똑똑했다. 주사약에 의해 똑똑해진 어미의 피를 이어받아 시저도 똑같이 지능이 높아진 것이다. 그럼 인간의 지능을 갖고 있는 시저는 인간으로 생각해야 할까 아니면 여전히 침팬지로 생각해야 할까?

시저를 인간으로 생각하기에는 인간의 제대로 된 모습도 갖추지 못하였고 또한 약에 의해서 인간의 지능을 갖게 되었기 때문에 인간으로 인정하지 않는 입장 하나, 아니면 인간의 지능을 갖고 있고 교감 또한 가능한 존재이기 때문에 인간으로 보는 것이 맞다는 의견이 나올 수 있지 않을까라는 생각을 하게 만든다. 이 쟁점 같은 경우 역시 딜레마이다. 과연 우리는 시저를 인간이라고 생각할 수 있을까?

일단은 넘어가도록 하자.

그 지능을 높여주는 시약을 맞게 되면 눈이 녹색으로 변하게 되는데 시저는 태어날 때부터 녹색 눈을 가지고 있었다. 여기서도 시저가 약의 영향으로 똑똑해졌다는 것을 말해준다. 아이들이 자전거를 타는 것을 보던 시저는 자신도 자전거를 타고 싶어 밖으로 나가게 되고 시저를 인간처럼 느끼지 못한 동네 주민에 의해서 공격 받게 된다. 동네 주민에 의해서 다친 시저를 동물원 수의사 캐롤라인(프리다 핀토)에게 데려가게 된다. 인간에게 공격 받은 시저는 자신의 정체성의 의문을 가졌다. 즉 이 말은 시저 자신도 자신이 인간인지 애완동물일 뿐인 침팬지인지 몰랐던 것이다.

침팬지라고 생각하게 된 계기는 공원에 놀러갈 때는 항상 목줄을 해야 했다. 아직 자아 정체성을 확립하지 못한 시저는 윌에게 자신은 애완동물이냐고 묻는다. 하지만 시저의 지능을 높여준 윌은 자신의 아들이라고 하며 인간으로서 존중하는 모습을 보여준다. 또한 아직까지 자아정체성을 확립하지 못하고 자신이 무엇인지 알고 싶은 시저를 윌은 제약회사 앞으로 데리고 간다. 그리고 윌이 시약을 투여했던 시저의 어머니 '반짝이는 눈'의 이야기를 들려주며 어미가 죽어서 시저를 집으로 데려왔다고 말해준다. 윌의 아버지는 윌이 회사에서 몰래 가져나온 약을 주사 받고 완쾌 된 것처럼 보였으나 약에 대한 항체가 생기면서 치매 억제 효과가 급속도로 떨어지기 시작했다. 약에 대한 항체가 생겨 내성 반응이 진행된 윌의 아버지는 치매현상을 보이는 옆집차를 몰게 되고 그로 인해 사고를 일으킨다.

옆집 주인은 치매에 걸린 윌의 아버지에게 쏘아 붙인다. 하지만 그때 시저가 자신에게 이름을 준 할아버지를 쏘아붙이는 옆집 주인을 공격하면서 동네 주민들은 그런 시저를 보고 공포감을 느낀다. 공포감을 느낀 동네 주민들 때문에 어쩔 수 없이 동물원으로 보내진 시저는 처음으로 자신이 아닌 다른 침팬지들을 보게 되고 처음 겪는 환경에 두려움을 느낀다. 모든 동물은 환경의 변화에 두려움을 겪게 된다. 시저도 마찬가지인 것이다. 동물원에 시저를 빼앗긴 윌은 시저를 다시 데려오기 위해 법원에 항소장을 제출한다. 윌은 아버지와 시저 둘 다를 구하기 위해 회사 사장과 대화하고 다시 신약 연구개발에 나선다. 한편 동물원 우리에서 시저는 동료 침팬지뿐만 아니라 사육사에게도 학대를 받게 된다. 신약 연구팀에 있던 윌은 새로운 연구용 침팬지인 코바에게 더 새롭고 강력해진 약을 주사하게 되고, 그 효과는 놀라웠다. 코바의 지적능력은 월등히 올라가게 된다. 그걸 보고 윌은 이 약이 인간에게도 효과가 있을 거라 예상했지만 이 신약은 사람에겐 치명적인 바이러스였다. 한편 시저는 똑똑한 머리를 이용해서 동물원 침팬지들의 보스가 된다. 윌은 아버지에게 신약을 주사하고 이 치명적인 바이러스 때문에 그날 밤 윌의 아버지는 죽고 만다. 회사에서는 이윤을 더 추구하기 위해 추가적인 실험을 더 하려고 하지만 윌은 아직 약의 부작용에 대해서 모른다며 실험을 반대한다. 그로 인해 회사와 충돌이 생긴 윌은 회사를 그만두고 동물원장에게 돈을 주고 시저를 집으로 데려가려고 한다. 하지만 시저는 윌을 거부한다. (동물원에서 대장 노릇 하다가 집에 오기 싫었던 것이다.)

　대신 시저는 동물원 침팬지들의 단합을 가진다. "혼자선 약하지만 뭉치면 강하다." 시저는 그 자신이 인간이라는 자아정체성을 확립하지 않고 침팬지이며 자신의 지능이 높기 때문에 그들을 이끌어야 하는 사명감을 가지고 있었던 것이다.　그것이 시저의 생각이었다. 동물원 사육장의 비밀번호 키를 외우고 있던 시저는 월의 집으로 간다. 침팬지들의 비약적인 성장을 원한 시저는 거기서 새로운 시약을 훔쳐내 동물원 내의 모든 침팬지에게 주사한다. 시저가 훔친 약 때문에 모든 침팬지들은 인간만큼 똑똑해진다. 똑똑해진 침팬지들은 사육사를 죽이고 도시로 탈출한다. 탈출한 침팬지들을 쫓아 월은 제약회사로 향한다. 그 와중에 신약에 노출되었던 연구원 한 명이 사망하면서 이 약이 인간에게 치명적이란 사실도 닫게 된다. 여기서 월은 조금 뒤늦게 알아차린 것이다. 시저와 똑똑해진 그 침팬지 무리들은 도시를 마구 휘젓고 경찰들에게는 사살 명령이 떨어졌다. 월은 캐롤라인과 시저를 구하기 위해 다리로 향한다. 다리에서 시저와 그 무리들은 제약회사 사장을 죽이고 공원으로 이동한다. 월은 시저를 찾아서 공원에 오게 되고 드디어 시저와 만나게 된다. 집으로 돌아가자는 월의 말에 시저는 "시저의 집은 여기다."라고 말한다. 시저는 진정한 자유를 누리게 된다.

　한편 감염되었던 연구원은 죽기 전 월의 옆집 사람에게 피를 뿌리게 되는데 그로 인해 그 사람도 감염되고 그것을 모르는 옆집 사람은 비행기를 타고 뉴욕으로 가게 되면서 끝이 난다. 여기까지가 〈혹성탈출 1 - 진화의 시작〉의 스토리이다. 내가 〈혹성탈출 1〉을 보면서 느꼈던 것은 일단 놀라움이었다. 기발함이 SF영화의 특징이기도 하지만 이 줄거리는 진정으로 기발하다는 생각을 하게 되었다. 모든 일이 침팬지 1명이 똑똑해지면서 생기는 일이다. 내가 봐도 스토리 자체가 상당히 개연성이 충분하다고 생각될 정도의 탄탄한 스토리라인을 가지고 있다. 모든 일이 다음일이 일어나는 데에 원인이 되며 결과도 놀랍긴 하지만 충분히 원인에서 나올 수 있는 케이스 중 하나가 된다.

이 영화는 동물 임상시험이 얼마나 위험한지를 보여주기도 한다. 많은 영화가 임상실험 중 생긴 돌연변이로 인해 인류가 위협받는 스토리를 가지고 있다. 이 영화가 특별한 점은 그 돌연변이 입장에서 모든 상황을 나타낸 점이 특별한 것이다. 돌연변이를 당한 침팬지 입장에서 느꼈을 때 인간이 얼마나 밉겠는가? 물론 시저는 간접적으로 당했지만 코바 같은 경우에는 자신의 동의 없이 인간이 함부로 학대하고 이상한 약물을 넣어서 자신을 개조 시켰다는 사실이 얼마나 고통스러울까에 대해서 생각할 필요가 있다. 우리가 임상실험을 동물에게 허락을 받고 하는가? 아니다. 절대 그렇게 하지 않는다. 그런데 만약 인간을 상대로 임상실험을 하면 어떻게 될까? 당연하게도 계약서를 쓰고 충분한 보수를 받으면서 일할 것이다. 실제 예로 나사에서 일정 기간 동안 실험에 참여하면 돈을 거의 1억 가까이 준다. 하지만 그 실험을 동물한테 했다고 생각해봐라. 실험용 동물에게 돈을 주겠는가, 아니면 뭘 주겠는가? 동물의 스트레스 따위는 생각하지 않고 임상실험을 진행할 것이다. 도대체 동물은 무슨 죄를 지었기에 인간을 위해서 그렇게 희생해야 하는가? 하여튼 임상실험 문제는 여전히 우리에게 딜레마로 남아있는 큰 숙제이다. 또한 인간이 다른 동물한테 높은 지능을 주었다가는 큰 일이 날 수도 있겠다는 생각을 하게 되었다. 인간은 태어날 때부터 육체를 포기하고 지능을 얻어 겨우 살아 갈 수 있었다. 만약 인간이 이 정도 몸을 갖고 지능이 낮았다면 우리는 살아 갈 수 없었을 것이다. 결국 지능이 높으면 도구를 사용할 수 있고 이것이 다른 동물과의 큰 차이점이 된다. 근데 만약 인간보다 힘이 센 침팬지가 인간의 지능을 얻어 총을 갖게 된다면 아마 1대 1로 싸웠을 때 우리는 절대 침팬지를 이길 수 없을 것이다. (둘 다 같은 능숙도일 경우) 또한 인간의 지능을 주면 그들은 더욱 더 발전할 것이다. 발전에 발전을 거듭할수록 그들은 인간에게 위협이 될 가능성이 높다. 그리고 진화에 진화를 거듭할수록 전쟁과 분쟁의 규모는 커지게 된다. 분명 이런 실험이 진행된다면 인간에겐 큰 위험이 될 수밖에 없다. 따라서 이런 실험을 하지 않거나 인간의 지능을 갖게 된 개체한테는 인간에게 위협이 될 수 없게 교육을 잘 시킬 필요가 있다고 주장하는 사람들이 있다. 하지만 이 영화에서 시저는 평화를 사랑했다. 즉 일정 수준 이상으로 지능이 발달하면 평화를 사랑할 수도 있다는 것을 언급해주는 것이다.

과학과 사회

문 재 혁

과학은 인문학과 완전히 반대되는 학문인 것으로 보인다. 하지만 절대 그렇지 않다. 사회의 요구 없이는 과학이 존재할 수도 없고, 반대의 일도 절대 발생할 수 없는 일이다. 허나 사회의 요구와 과학에서의 윤리가 서로 상반되는 일도 존재한다. 이 장에서는 이런 내용의 영화를 다루게 될 것이다. 과학의 발전을 지향하면서도 생명 윤리를 지킬 수 있게 하는 방안 또한 생각해 볼 수 있을 것이다.

아일랜드
The Island

감독 마이클 베이
개봉 2005년 7월 22일
장르 디스토피아, SF, 액션, 스릴러
136분

2005년에 개봉한 SF액션 스릴러 영화인 '아일랜드'는 2005년에 개봉했음에도 불구하고 생명윤리에 과한 여러 가지 내용들을 여러 가지 담고 있고 그것들을 충격적인 방법으로 소개한 영화로서 당시에 엄청난 반향을 일으킨 영화이다. 이 영화에서 나온 상황들이 2005년 당시의 허구의 상상에서 나온 것임에도 불구하고 우리가 미래에 닥칠 수 있는 여러 가지 상황들을 자세하게 표현하여 필자에게 굉장히 큰 충격을 주어서 이 영화를 소개하게 되었다.

1.

영화의 배경으로 표현된 21세기 중반의 지구는 지금 우리가 살고 있는 지구와는 많이 다르게 표시된다. 영화의 주인공인 '링컨 6-에코'가 살고 있는 장소는 지구상에 일어난 엄청난 재앙으로 인하여 파괴된 바깥의 지구와는 격리되어 무엇 하나 부족한 것이 없는 유토피아이다. 그는 그들과 함께 그 장소에서 살아가면서 매일매일 건강 상태를 검사 받고 의식주 모두가 해결된 엄청나게 여유로운 삶을 살아가고 있다. 그들은 자신들이 끔찍한 재앙에서 살아남은 지구 종말의 유일한 생존자들이라고 생각하고 있으며, 바깥 세상은 살아갈 수 없을 만큼 심각하게 오염된 환경이라고 믿고 있다. 그러나 바깥에서 유일하게 오염되지 않은 유일한 장소가 있는데, 그곳이 바로 '아일랜드' 이다. '아일랜드' 에 가기 위해서는 추첨을 통하여 뽑혀야 하므로 주민들 모두 자신이 추첨에 선발되기를 빌고 있다.

주인공 '링컨 6-에코' 는 최근 들어 같은 악몽에 시달리면서 괴로워하고 있다. 그는 반복되는 악몽을 통해서 자신이 살고있는 밀폐된 공간에 대해서 의문을 품게 된다. 호기심에 이끌려서 조사를 하던 도중 그는 '아일랜드' 라는 장소가 허구의 것이고, 추첨을 통해서 '아일랜드' 로 가게 되었던 사람들은 모두 죽었다는 것을 알게 되었다.

사실 자신들이 살고 있던 장소는 어느 보험회사의 건물이며, 자신들이 살아가는 이유는 보험에 가입한 스폰서들의 건강을 위해서 라는 것을 알게 되었다. 일단 스폰서가 보험에 가입을 하게 되면 보험회사는 스폰서와 똑같은 복제인간을 만들게 된다. 그 후, 그들은 세뇌된 과거의 유년 시절의 기억만을 가지고 자신이 누구인지 판단하게 되고, 다른 사람들과 똑같은 옷을 입고 똑같이 먹으며, 똑같은 생활을 하면서 살아가게 되는 것이다. 만약, 스폰서가 부상을 당하거나 수술을 하게 되면, 그들 복제인간들은 스폰서가 필요로 하는 신체부위를 넘겨주기 위해서 수술을 당하게 된다. 그 후, 그들은 더 이상 살 수가 없게 되어 죽게 되는 것이다. 그들은 스폰서의 건강을 위한 일종의 소모품인 것이었다. 추첨을 통해 뽑히게 된다는 것의 의미는 오염되지 않은 유일무이한 장소인 '아일랜드'로 가게 되는 것이 아니라 스폰서가 부상을 당하였으므로 수술당하여 죽게 된다는 의미였던 것이다.

그는 어느 날 아일랜드로 갔던 주민들이 수술대 위에서 수술당하는 장면을 목격하게 된다. 아기를 가졌던 임산부는 아기를 출산한 후에 살해되었고, 어느 한 남자는 장기를 척출당하면서 살려달라고 소리를 지르기도 했다. 링컨은 그 장면을 목격한 후에 평소에 자신이 사랑하고 있었던 '조던 2-델타'와 함께 탈출을 하기로 결심한다. 그들이 불안한 마음을 품고 살던 곳을 탈출하여 온 곳은 오염된 땅이 아닌 멀쩡한 지구였다. 도시에 가니 사람들이 생활하고 있었고, 오염된 흔적 같은 것은 하나도 없었다. 그들이 향한 최종 목적지는 주인공의 스폰서가 살고 있는 곳이었다.

자신의 진짜 스폰서와 만나게 된 후, 둘 사이에서 일어난 갈등으로 인해 보험회사에서 나온 경비원들과 마주치게 되는데, 이 때 주인공은 클론과 진짜를 구분할 수 있는 유일한 증거인 팔찌를 진짜에게 주고 진짜 스폰서는 그 팔찌를 벗으려고 하다가 경비원들에 의해 살해당하게 된다. 클론인 주인공은 살아남게 되고 진짜 스폰서는 죽게 되어 주인공이 스폰서의 삶을 살아가게 된다. 하지만 주인공은 편안하고 안전하게 살아갈 수 있음에도 불구하고 다시 시설로 돌아가 아직까지 진실을 마주하지 못하고 생명의 위협을 받고 있는 나머지 클론들을 위해서 그들의 탈출을 돕기로 결심한다. 그리고 주인공들은 클론들을 모두 탈출시키는 데에 성공하고, 결국 마지막에는 모든 클론들이 그 보험회사의 건물에서 탈출하여 오염되지 않은 바깥 세계를 보면서 영화는 끝이 나게 된다.

2.

이 '아일랜드' 라는 영화를 보면서 소수의 사람들은 '이 영화에서 나오는 클론들을 과연 같은 인간들이라 할 수 있을까? 라는 질문을 할 수도 있을 것 같다. 실제로 보험회사의 사람들이 스폰서들에게 보험을 들라고 권유할 때의 말을 들어보면 복제된 스폰서들의 클론이 사람이 아닌 식물과도 같은 상태라고 말을 한다. 하지만 대다수의 사람들은 이 클론들을 보고도 같은 인간들이라고 느끼고 영화에 나오는 장면들을 보면서 동정심을 느꼈을 것이다. 왜냐하면 이 클론들도 우리와 같이 말을 하고 생각하고 거기다가 우리와 똑같이 생겼기 때문이다. 내가 생각하기에 만약 스폰서들도 직접 클론들의 생김새나 생활사를 본다면 아마 보험회사에 가입하는 것을 쉽게 생각하는 것이 훨씬 어려웠을 것이다. 사람들은 자신들과 같다고 생각하는 순간 유대감을 느끼게 되기 때문이다. 예를 들어서 사람에 따라서 다르겠지만 모르는 동물보다 모르는 사람이 위험에 처해있을 때 도와주는 경우가 더 많다. 그러면 사람들이 생각하는 대로 이 클론들은 우리와 같은 인간이라고 볼 수 있는 것인가? 나는 그렇다고 생각한다. 그 이유에는 세 가지가 있다.

첫째, 우선 인간으로 봐도 아무 문제가 없다는 것이다. 신체적인 것은 물론 정신적인 것도 여러 가지 사회적 기본 필수지식을 제외하면 우리 인간과 완전히 같은 평범한 인간이라고 할 수 있기 때문이다. 그리고 그 예를 보여주는 대표적인 것이 바로 주인공과 자신의 스폰서가 만난 후 경비원들이 둘 중 누가 진짜인지를 파악하기 어려워서 헷갈렸을 때이다. 경비원들이 헷갈렸던 것 자체가 일단 외형적으로, 본능적으로 둘 다 같은 인간이어서 구분하기 어려웠다는 것이다.

또, 회사에서 클론과 진짜를 구분하기 위해서 손목에 팔찌를 놓은 것도 만약 클론이 탈출하여 지식을 익혀서 그 자신의 스폰서와 똑같이 행동하게 된다면 구분할 수 있는 방법이 없기 때문이다. 만약 원숭이와 같은 영장류가 인간과 똑같이 말과 행동을 한다고 해도 사람들은 그것이 인간이 아니라는 것을 구분할 수 있을 텐데 클론은 근본적으로 인간이었음을 인정했으므로 구분하기 어렵기 때문에 팔찌를 걸어놓은 것이다.

둘째, 클론에게도 인간으로서의 본능적인 욕구가 남아있었기 때문이다. 보험회사에서 클론을 복제할 때에 인간으로서의 의식을 지우기 위해 과거의 기억을 조작하여 주입했음에도 불구하고 이들 클론들은 우리와 같은 욕구를 가지고 있다. 회사의 사람들도 그것을 알고 있고 인정했는지 클론들이 그런 인간적인 행동을 하는 것을 방지하게 하기 위해서 클론들의 행동에 여러 가지 제약들을 걸어놓았다. 예를 들어서 클론들을 이성 간에 접촉하지 못하게 하여 인간의 기본 욕구 중 하나인 성욕을 느끼지 못하게 하였고, 인간관계를 형성하게 하거나 시설에 대한 의심을 품게 하지 않기 위해 매번 그런 생각을 하는 것이 의심되는 특수한 케이스의 클론은 상담을 받게 한다는 핑계로 인공적인 물체를 클론에게 심어서 그 클론의 생활이나 행동을 감시하고, 그 클론의 생각을 읽거나 조종하여 다시는 그런 생각을 하지 못하게 조종한다.

또, 다른 곳에서 인간의 욕구를 볼 수 있는 것은 바로 주인공이 자신들이 살고 있는 장소에 대해서 의심을 품고 조사하는 장면에서 볼 수 있다. 일단 주인공이 그 곳에 대해서 의심을 품고 조사를 계속하는 것 자체가 인간의 본능 중 하나인 호기심을 갖고 궁금증을 해결하고 싶어 하는 본능을 가지고 있기 때문이다.

셋째, 주인공은 인간들이 도덕적인 면에서 최종적으로 추구했던 것을 행동으로 보여주었다. 주인공은 마지막 장면에서 그대로 자신의 스폰서의 삶을 편하게 살아갈 수 있었음에도 불구하고 다른 클론들을 구하러 다시 시설로 향하게 된다. 이는 우리 인간들이 예로부터 지금까지 계속해서 추구해왔던 '진정하게 다른 사람들을 위해서 생각하고 선을 위해 노력하는 행동'을 보여준 것이다.

영화 속 회사 사람들이 단순히 클론으로 생각했던 주인공은 목숨의 위험을 무릅쓰고 그대로 두면 위험에 처할 수 있는 다른 클론들을 위하여 다시 시설로 돌아가 클론들의 탈출을 돕는다. 영화 중반에 주인공과 마주했던 그의 스폰서와는 아주 다른 행동을 보인다.

주인공은 영화 중반에 자신의 스폰서와 만났을 때 지금까지 그의 생활과 겪었던 위험들을 설명하면서 자신을 도와달라는 말을 하였다. 그 스폰서는 주인공의 말을 듣고 그의 말을 확실히 알아듣고 그의 상황을 동정하면서도, 자신의 건강이 나빠져서 수술을 받아 장기를 이식 받아야 된다면서 주인공에게 다시 시설로 돌아가라고 하였다. 시설로 다시 돌아가면 자신의 장기를 이식하기 위해 주인공은 죽을 것이 분명한데도 불구하고 다시 돌아가라는 것은 자신의 건강을 위해 주인공의 목숨을 요구한 것으로 굉장히 이기적인 행동이다. 오히려 클론인 주인공이 인간들이 지금까지 추구해왔던 선에 더 가깝게 행동하고 스폰서는 인간이 욕심을 내서 도달할 수 있는 최악의 끝까지 내려간 행동을 보여준다. 따라서 인간들이 추구했던 선에 더 가까운 주인공이 진정한 인간에 더 가깝다고 볼 수 있다.

3.

우선 이 영화에서 나온 주요 과학적 주제는 바로 '생명윤리'이다. 영화는 클론들의 생활사에서 우리 인간들과 모든 것이 동일하다는 것을 보여주어 관객들로 하여금 클론들을 완벽한 인간이라고 생각하게 한다. 그 후, 과연 이렇게 우리와 같은 인간들인 클론들을 그렇게 복제한 후에 우리들의 편의를 위하여 쉽게 죽이는 것이 생명윤리의 측면에서 맞는가를 한 번 생각해 보게끔 한다. 이쯤에서 생각해 보자. 정말 이렇게 인간들을 복제한 후 인간들의 편의를 위해 목숨을 빼앗는 것이 과연 옳은 일일까?

현대에도 동물 복제에 관한 연구와 선행 사례는 굉장히 활발히 이루어지고 있다. 하지만 인간을 대상으로 한 복제 실험이나 인간의 일부를 사용한 복제 방법은 굉장히 조심스럽게 이루어지고 있다. 그 이유는 우리와 다른 동물들을 사용할 때에는 동물실험에 대한 윤리 교육을 받은 후에 지켜야할 사항(ex: 3R 법칙 등)을 준수하는 범위 내에서는 아무 문제가 없지만, 우리와 같은 존재인 인간을 대상으로 복제 실험을 한다면 여러 가지 윤리적인 문제가 제기되기 때문이다.

인간복제 실험에서 제기되는 주요한 윤리적 문제에는 다음과 같은 것들이 있다.

첫째, 생명 복제는 개인의 가치를 떨어뜨리고 인간적인 삶의 존엄성을 훼손할 수 있다. 생명 복제를 한 후 복제된 인간은 단순히 언제든지 대체 가능한 소모품으로서 가치가 하락될 가능성이 높다는 것이다. 거기에 클론의 삶을 클론 개인이 추구하는 삶이 아닌 복제를 시킨 개인, 집단이나 사회의 이익이 되게 하는 방향으로 임의적으로 향하게 할 수 있다는 사실이다. 이런 타인에 의해 인간 개인의 삶을 조종하거나 바꾸는 것은 인간 개인의 가치를 떨어뜨리고 개인의 의사를 완전히 무시함으로써 자유를 보장해주지 못하고 하나의 인간으로 마땅히 추구 가능한 인권을 보장해주지 못하게 된다는 것이다.

이 영화에서도 이러한 우려를 실현시킨 장면들이 나오게 된다. 전체적으로 보험회사의 사람들이나 스폰서들이 클론들을 상품취급하고 그들의 삶을 조종하며, 근본적으로 보험회사의 존재 자체가 클론들의 생명을 상품으로 취급하고 사고 팔 수 있는 개념으로 하락시키고, 인간을 언제든지 충분히 대체할 수 있는 존재로 만들어 존엄성을 해친다. 거기다가 스폰서가 원한다면 언제든지 공장에서 대량 생산할 수 있는 마치 공업품같은 존재로 하락했다.

둘째, 인간 복제 대상의 범위를 어디까지 허용하느냐의 문제이다. 인간을 복제하기 위해서는 인간의 수정란을 상대로 실험을 개시해야 하는데, 이 단계에서 어디까지를 생명이라고 볼 수 있느냐가 논란이 되고 있다. 보통의 경우에 수정이 되고 나서의 수정란이 완전한 인간이 되기 전까지의 단계 중에 수정되지 않은 난자, 수정란이나 배아를 실험대상으로 지정한다. 그러나 이러한 기준에는 두 가지 대립되는 주장이 있는데, 생명 발생 과정의 단계를 연속적으로 보느냐 아니면 불연속적으로 보느냐에 따라 갈리게 된다. 이게 무슨 의미냐 하면, 생명 발생 과정의 단계를 불연속적으로 보는 측은 그 단계가 불연속적이므로 생명발생 과정 사이를 명확하게 구분 지을 수 있어 아직 하나의 생명이 아닌 것과 생명이라고 볼 수 있는 것의 차이를 확실하게 둘 수 있어 구분할 수 있다는 주장이다. 그와 반대로 연속적이라고 보는 측은 생명발생 과정 사이의 단계는 명확하더라고 하더라도 새로운 하나의 생명이라는 것의 구분은 명확하게 할 수 없다는 주장이다. 난자, 수정란, 배아, 태아와 각각의 중간 단계에 있는 상태가 모두 하나의 생명으로서의 의미가 있으며 그 의미를 단계별로 명확하게 나눌 수 없다는 것이다. 따라서 아무리 태아 전의 것을 사용한다고 하더라도 인간복제 실험은 하나의 인간을 임의적으로 조작하는 것과 같은 행동으로 윤리적으로 잘못된 행동이라고 보는 것이다.

셋째, 난자 공여 과정에서의 윤리적인 문제라는 것이다. 우선 난자 공여의 과정에서 난자의 채취는 불임, 뇌졸중, 난소암 등의 질병을 유발할 수 있어 제공자(여성)의 건강을 해칠 수 있다. 거기다가 난자 공여가 합법적으로 자유롭게 일어나게 되고 그 과정에서 현금 거래가 오가게 된다면 난자 매매 시장의 출현도 가능하게 된다. 그렇게 된다면, 잠재적 생명을 보유할 수 있는 중요한 매개체인 난자가 물품으로 거래되게 되는, 생명 윤리적으로 절대로 용납되지 않는 상황이 발생하게 된다.

이렇게 인간 복제는 여러 가지 논란이 되는 것이 많다. 그럼에도 불구하고 아직까지도 화두에 오르는 이유는 바로 인간 복제가 가져올 수 있는 여러 가지 장점들 때문이다. 만약 인간 복제가 허용된다면 엄청나게 많은 수의 환자들을 치료할 수 있게 된다. 장기이식과 같은 것은 물론이고 난치병이나 불치병과 같은 질병도 여러 번의 복제 인간실험을 통해 치료를 할 수 있을 것이다. 예를 들면 불임과 같은 병도 해결할 수 있게 된다. 부모 중 이상이 있는 사람과 유전적 정보가 같은 사람을 하나 더 만듦으로써 불임인데도 불구하고 복제 인간의 자궁을 이용하는 방법 등으로 유전적으로 부모의 자식인 아이를 낳을 수 있게 된다. 또, 유전병의 대물림을 막을 수 있다. 만약 부모가 유전병을 가지고 있다면, 복제인간을 이용하여 그 유전병이 자식에게 물려지지 않게 하면서 자식을 낳을 수 있다.

　이렇듯 장점과 단점이 뚜렷하게 대립하는 주제인 데다가 그 실용성이 굉장히 뛰어나기 때문에 아직까지 여러 과학자들 사이에서도 논란이 일어나는 주제이다.

　이 '아일랜드' 라는 영화는 2005년에 나왔음에도 불구하고 앞서 말한 것들과 같은 복제 인간을 반대하는 입장의 주장들을 영화에 잘 녹여냄으로써 사람들에게 충격을 주었던 영화이다. 이 영화로 인해 많은 사람들이 복제인간 실험이 갖고 있는 윤리적 문제에 대해서 관심을 갖기 시작했고, 결국에는 일반인들이 '복제 인간' 이라는 주제에 대해서 관심을 갖게 되는 계기가 되었다.

작|가|9|인|의|후기

 아직 고칠 점이 많은 졸문이지만 이렇게 우리 학교 대표 책으로 선정되어 고맙게 생각한다. 책을 쓰면서 나 자신도 매우 즐거웠다.

- 김준원

 책을 쓰면서 부족한 글 솜씨지만 잘 봐주셔서 감사하다는 말씀을 전하고 싶다.

-문성민

 책 취지와 형식을 이렇게 하자 했을 때 약간 불안하고 잘하고 있는 건가 걱정이 많이 됐는데 다 쓰고 보니 내용도 괜찮고 결과도 잘 나와서 잘 된 것 같다고 느꼈다.

- 문재혁

 과거의 사실에 입각하여 소설을 쓰려고 해서 현재와 미래의 시대 배경보다 고려해야 할 것이 많아서 조금 힘들었다. 힘든 만큼 더 열심히 썼으니 재밌게 읽어주셨으면 좋겠다.

- 배성호

 이렇게 직접 소설을 쓰면서 내가 상상했던 것들이 진짜 현실처럼 표현되는 것이 좋았다. 내가 상상해온 꿈이 현실이 되는 곳. 그것이 바로 문학이고, 이것이 문학의 매력인 것 같다.

- 백지훈

 항상 읽기만 했던 소설을 내가 직접 쓴다는 사실이 처음에는 놀랍고 신기했다. 아무 생각도 없이 선뜻 쓰겠다고 했지만, 쓰면서 새삼 창작의 고통을 알게 되었다. 내가 하고 싶은 말을 이야기에 녹여내어서 다른 사람에게 전하는 과정이 매우 힘든 것이라는 사실을 느끼게 되었다. 하지만 완성되어 표지까지 가진, 정말로 책 같은 소설을 보면서 뿌듯함을 느꼈다.

- 손종민

 글쓰기에는 소질이 없다고 생각했는데 이렇게 우리 학교 대표 책으로 선정되다니 꿈만 같다. 결말을 빨리 내버리지 말걸 후회도 되지만 소설을 써보는 좋은 기회를 가진 것 같아 좋다.

- 이일중

 소설을 한 번도 써본 적이 없었는데 이번 기회를 통해 많은 경험을 할 수 있어서 좋았다. 작가의 입장이 되어보니 색다른 느낌 이었다.

-정우진

 비록 많이 부족한 글 솜씨이지만 재밌게 읽어주셨으면 하는 바람입니다. 그리고 이렇게 책이 나올 수 있는 기회를 주신 최희숙 선생님께 감사의 말을 올립니다.

- 조건희

책 l 을 l 끝 l 맺 l 으 l 며

　우리 대구과학고등학교 학생들은 이과적 성향이 강한 학생들이다. 차분하게 앉아 책을 읽고 글을 쓰는 것보다는 한 문제의 수학, 과학 문제를 더 해결하고 실험실에서 본인이 관심 있는 주제에 대해 연구를 하는 것이 더 익숙한 학생들이라는 것이다.

　따라서 이 책의 저자가 대구과학고 학생들이라는 것을 밝히면 '영재고 학생들이 쓴 건데 뭐 얼마나 잘 썼겠어?' 라는 얘기가 나올 것이 분명하다.

　맞는 말이다. 우리가 쓴 소설인데 잘 써 봐야 뭐 얼마나 잘 썼겠는가. 하지만 미래의 과학자가 될 우리들이 과학의 그림자에 대해서 쓴 책이라고 본다면 이 책은 더욱 의미가 있을 것이다.

　짧은 시간동안 과학은 너무나도 빠른 속도로 발전했고, 그에 따라 인간의 생활은 매우 편리해졌다. 하지만, 그 이면에서는 여러 가지 부작용들이 발생했다.

　그 부작용으로 인해 인간이 다시 고통 받기 시작했다. 이 얼마나 모순되는가, 인간의 삶을 편리하게 하려고 만든 과학기술로 인해 인간이 고통 받는다. 이는 분명한 문제이고, 반드시 해결해야 할 필요성을 지녔다.

　이 책을 집필하면서 미래의 과학자가 될 우리들이, 그리고 이 책을 읽고 수많은 사람들이, 과학의 그림자를 좀 더 생각해보게 된다면 이 문제를 해결하게 될 수도 있지 않을까?

　마지막으로, 1차 표지 디자인에 힘써 준 손종민에 감사를 표한다. 그리고 이런 기회를 만들어주시고, 부족한 우리들의 소설을 보완해주시고, 마무리 작업까지 완벽하게 해주시며 우리들을 응원해주신 최희숙 선생님께 깊은 감사의 마음을 전하고 싶다. 그리고, 이 책을 있게 해준 〈3개의 삶, 3개의 그림자〉의 저자 백지훈, 이일중, 배성호, 〈2061〉의 저자 손종민, 정우진, 조건희, 〈과학 기술과 윤리〉의 저자 문재혁, 김준원, 문성민까지. 9명의 저자 모두에게 큰 감사를 전하고 싶다.

- 대구과학고 학생 저자 대표 백지훈